U0464375

THE TRUE TAILS OF BAKER AND TAYLOR:
THE LIBRARY CATS WHO LEFT THEIR PAWPRINTS ON
A SMALL TOWN...AND THE WORLD
by
JAN LOUCH AND LISA ROGAK

Copyright:©

This edition arranged with MENDEL MEDIA GROUP,LLC
through Big Apple Agency,Inc.,Labuan,Malaysia.
Simplified Chinese edition copyright:
2018 Shanghai Joint Publishing Company Limited

The True Tails of Baker and Taylor

图书馆里的喵星人

［美］ 简·劳奇（Jan Louch）
丽萨·罗格克（Lisa Rogak）　著

苗华建　译

上海三联书店

本书献给伊冯·萨德勒、比尔·哈特曼，以及道格拉斯县公共图书馆的新老图书馆员们；没有他们的帮助，这个真实故事终将被人遗忘。

两岁的时候，我和动物就是亲密无间的好伙伴。照片里我和家里养的狗斯诺伊在一起。（照片由简·劳奇提供。）

"潘恩"是我父母养的一只努比亚山羊，喜欢让人们用皮带拴着自己四处溜达，还喜欢吃冰箱冷冻抽屉里的剩余蔬菜。（照片由简·劳奇提供。）

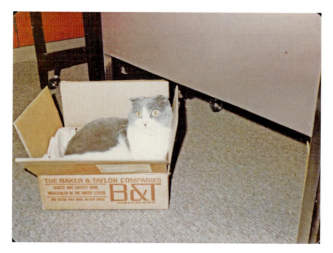

和很多猫一样,贝克无法抵御纸箱的诱惑,尤其喜欢印着它名字的纸箱。(照片由简·劳奇提供。)

贝克喜欢下跳棋,觉得这种游戏很有意思。如果有人不愿意和它下棋,它就把身子趴在棋盘上,用这种方式结束游戏。(照片由简·劳奇提供。)

贝克年幼的时候,喜欢站在高处俯视一切。(照片由简·劳奇提供。)

很多苏格兰褶耳猫喜欢身板笔
直地坐着,但是泰勒把坐姿上升
到艺术的高度,就像这样……
(照片由简·劳奇提供。)

……或者这样。（照片由简·劳奇提供。）

泰勒喜欢舔净酸奶杯里的剩余酸奶,这成了它的一种习惯,不过有时候它的脑袋会卡在酸奶杯里,我们必须赶紧过去救它。（照片由简·劳奇提供。）

贝克和泰勒喜欢圣诞节。在这个节日里,到处都是闪烁的灯光,当然还有吃剩的节日火鸡。(照片由简·劳奇提供。)

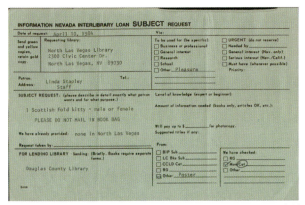

老主顾经常询问他们是否能外借一只猫——或两只,一位图书馆员还用惯常的方式提出了对猫的馆际互借。(照片由简·劳奇提供。)

BAKER AND TAYLOR: TWO LIBRARY CATS

Feline Literati Section □ Douglas County Public Library □ Minden, Nevada □ Pedigree Scottish Fold □ Residence Check-Out Counter □ Permanent Staff

第一张贝克和泰勒的招贴画。这幅画为它们赢得了国际声誉。(照片由贝克和泰勒图书批发有限责任公司提供。)

贝克的正式职务是接待员,尽管工作期间它经常呼呼大睡。(照片由简·劳奇提供。)

……还在呼呼大睡……（照片由简·劳奇提供。）

……依然在睡……（照片由简·劳奇提供。）

……又在睡觉……（照片由简·劳奇提供。）

泰勒最喜欢的地方,是我的桌子。桌子上放着
印有"生日快乐"字样的大水杯,泰勒伸出爪子
就能拿到水杯。（照片由简·劳奇提供。）

和贝克一样,泰勒也喜欢质地良好的纸箱。(照片由简·劳奇提供。)

Common stress spots—those most affected by too much anxiety—include the bladder, fur, skin, and the anal glands located at the base of the tail.

Special Mention
TAYLOR BOOKS—Mascot of the Minden, Nevada, Library.

THURSDAY
DECEMBER
1994
29

泰勒曾经登上"365 只猫,每天一只猫"的年历。

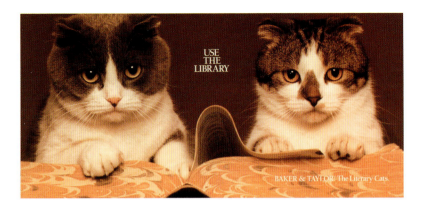

这张招贴画源自对贝克和泰勒的第二次拍摄。因为这张招贴画,贝克和泰勒赢得了更大的名声。(照片由贝克和泰勒图书批发有限责任公司提供。)

除了招贴画,贝克和泰勒图书批发公司还创作了一系列广告,这些广告基于一些著名的艺术作品,并且在这些艺术作品里融入了两只猫的身影。(照片由贝克和泰勒图书批发有限责任公司提供。)

在贝克和泰勒的第二次拍摄过程里,布置了各种各样的道具。由此制作完成的广告,可以针对特定的受众。比如,这个广告就是针对学校图书馆员的。(照片由贝克和泰勒图书批发有限责任公司提供。)

过去的计算机显示器,温暖舒适,体积如微波炉大小。贝克和泰勒经常轮番趴在显示器的顶部。(照片由贝克和泰勒图书批发有限责任公司提供。)

贝克和泰勒的性格差异很大,但是,它们一生都是不可分离的好朋友。(照片由贝克和泰勒图书批发有限责任公司提供。)

两只长着有趣耳朵的猫,在图书馆里四处溜达,读者很快就习惯了这个场景。(照片由简·劳奇提供。)

这两只猫从不知道自己已经出名;它们只知道,很多人喜欢逗它们玩。(照片由简·劳奇提供。)

只要图书馆开门,服务台就是贝克逗留时间最长的地方。(照片由简·劳奇提供。)

贝克第二个最喜欢的地方,是图书馆大门前的地上,它喜欢四肢朝天地躺在那里。几乎所有经过那里的人们,都会忍不住挠几下它的肚子。(照片由简·劳奇提供。)

贝克有时候帮着我们办理借书手续,我们的工作效率经常因此而降低,因为现场所有的人都要摸摸它的脑袋,挠挠它的肚子。(照片由简·劳奇提供。)

除了在广告、招贴画和推广材料里使用猫的照片，贝克和泰勒图书批发公司还在节日贺卡里使用这些照片。（照片由贝克和泰勒图书批发有限责任公司提供。）

这两只猫都不喜欢让人抱，不过，它们很依恋我，即便面对它们深恶痛绝的照相机镜头，它们还会依偎在我的怀里。（照片由简·劳奇提供。）

真人大小的贝克和泰勒服饰,在现在的图书馆及书商的行业展览或会议上仍然被广泛使用。(照片由简·劳奇提供。)

1989 年，这张广告画问世。两只猫的形象是贝克和泰勒图书批发公司广告推广活动里最重要的构件。（照片由贝克和泰勒图书批发有限责任公司提供。）

莱斯丽·克莱姆在 1990 年筹建了贝克和泰勒粉丝俱乐部，其初衷是帮助二年级学生提高学习成绩。（照片由莱斯丽·克莱姆·特威格提供。）

粉丝俱乐部的成员头戴贝克和泰勒的面具。这些面具都是他们亲自绘制的。（照片由莱斯丽·克莱姆·特威格提供。）

莱斯丽·克莱姆在教室的一面墙上,张贴了以贝克和泰勒为主题的照片、招贴画和素描。(照片由莱斯丽·克莱姆·特威格提供。)

收到粉丝俱乐部的素描作品,我们都把它们挂在图书馆儿童读物部的墙上。从这种照片里可以看到,贝克对我们的做法表示认可。(照片由简·劳奇提供。)

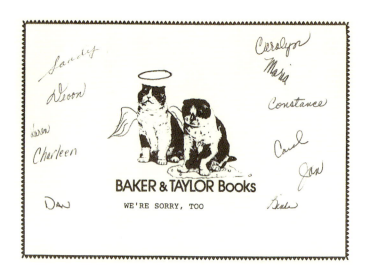

贝克死于 1994 年。在贝克和泰勒图书批发公司的卡片上,所有的图书馆员都签了名,并且寄给所有发来慰问卡或者给图书馆寄来赠书的人士。我给已在天堂的贝克加了一对翅膀,在它的脑袋上画出一轮光环;泰勒的眼泪不断,流到地上,形成了一个小水坑。(照片由简·劳奇提供。)

读者约瑟夫·费吉尼喜欢图书和猫,他是图书馆的常客。(照片由克劳迪娅·伯尔托隆–史密斯提供。)

douglas county public library

December 19, 1997

Dear Baker and Taylor Fan Club,

I was so happy to receive your letters. We put them up in the children's room at the library where I live. Some of you asked me how old I am. I am 15. In cat years I am 105 years old!! That is pretty old for a cat. I am not feeling very well. I have cancer. Today has been a bad day and Jan is going to come get me to take me to the vet. He will put me to sleep so I won't hurt anymore.

I feel sad about dying because I will miss your letters. I always look forward to receiving your letters and the great cat books Ms. Kramm has sent to our library with all your names in them. We put your Christmas and Hanukkah decorations on our library Christmas tree. The angels you made look just like me! Now I will be a real angel in Cat Heaven.

I would like Ms. Kramm to read you a story called CAT HEAVEN by Cynthia Rylant. I am going to Cat Heaven and see Baker. I have missed him a lot.

It is time for me to go......thanks for being my friends. The Baker and Taylor Fan Club will always have a place in my heart.

Love,

Taylor

1625 library lane • p.o. box 337 • minden, nevada 89423 • (702) 782-9841 • fax (702) 782-6766

以泰勒的名义，给粉丝俱乐部最后一次回信，这是有生以来我最感艰难的工作之一。（照片由简·劳奇提供。）

现在，贝克和泰勒图书批发公司每年仍然制作以猫为主题的年历。这些年历将分发给美国各地的图书馆。（照片由贝克和泰勒图书批发有限责任公司提供。）

序 言

　　我出生十八个月后，正值大萧条时期，很多人开始绝望。这是一个距今久远的年代。1932年，林德伯格家的孩子遭到绑架，随之出现大量仿效的绑架行为，绑匪针对的目标，是那些比大部分家庭略微富裕一些的家庭，当然，绑架行为并没有让绑匪获得大宗财富。1929年经济大萧条爆发前，我们一家的日子还算舒适，不过到了1932年，家庭的财富就被一扫而空，父亲和母亲只能找到帮佣的工作，以贴补家用。我们曾经富裕过的唯一痕迹，就是在加利福尼亚州皮埃蒙特地区的克尔顿球场边，拥有一处工匠式样的房子，这让我们成为绑匪的首选目标。

　　有一天，母亲把我放在院子的儿童围栏里玩耍，自己在屋里忙着做家务。我们家养的猎狐狸"拳击手"坐在我的身边，我正在自得其乐地玩着洋娃娃和字母积木游戏。

　　一辆汽车慢慢开到我家大门的前面，一个男子从车里走出。他走进儿童围栏的时候，"拳击手"发出了低沉的吼声。这个男子伸出胳膊，准备一下子把我抱在怀里，就在这个时候，"拳击手"迅速跑到院子里，径直扑向男子的颈部。

男子躲过"拳击手"的攻击,这位未遂的绑架者迅速跑向汽车。"拳击手"直起身子咆哮,露出尖利的牙齿示威。母亲及时从屋子里跑出,看到汽车已经急速开走。我获救了,"拳击手"也成了英雄。

大约70年之后,我父亲去世了;我们发现,在父亲生前收藏的贵重物品里,就有"拳击手"的颈圈与饰物。这条活泼好动的小狗改变了我们一家人的生活。我们都很怀念它。

20世纪30年代后期,大萧条的阴影刚刚消散,第二次世界大战的爆发又给未来生活带来不确定的因素。在大部分时间里,我都在独自玩耍——不仅和家里的宠物,也和周围邻居家的不同动物玩耍,这让我感到某种程度的愉悦。我开始喜欢读书,读书带来快乐;我很快发现,图书可以让我摆脱纷乱的情绪,让内心平静下来。此外,图书带来的另一个好处是,它为我打开了一扇认识世界的窗户。我觉得有意思的是,在宇宙的一个小小角落——也就是在我的小屋子里——就可以窥测到整个世界的面貌。

可以说,我是不由自主地迷恋起图书的。我浏览了家里数量可观的藏书,又去过几个街区之外的公共图书馆。我几乎每天都去图书馆,我如饥似渴的阅读方式,在很大程度上激怒了那位性格稳重却疲于应付的图书馆员。后来,我又转移到邻居家不上锁的那间屋子里(当然,多数情况下征得了主人的同意),那里有弥足珍贵的图书宝藏。

我迷恋于阅读。在这个世界上,我最喜欢图书和动物,如果可以同时拥有它们,那就是我最理想的生活方式。我经常在院子里埋头读书,身边的狗或者猫随意走动着。在这样的时候,我会伸出手,抚摸它们毛茸茸的脑袋;同时,阅读把我带入我想亲身造访的那个世界,不论这是一个想象的世界,还是真实的世界。

如果有机会读到一本讲述动物故事的图书,譬如"绿野仙踪"系列,或者鲁德亚德·吉卜林的《瑞奇-提奇-塔维》,我真的不知道,世界上是否还有比这更美好的事情。

* * *

我还是不明白,究竟什么原因使然,才让图书与动物从我的童年时代开始,总以各种方式在我的人生经历里纠缠在一起。成年之后,我体验了生活里的种种失意,撕心裂肺的离婚让我有一种沉重的压抑感,学习如何适应新的生活与工作环境也给我带来巨大的压力。它们耗尽了我的精力与情绪,所幸的是,动物与图书一直是我逃离现实世界的最佳途径,即便只能逃离一会儿。

如果有一份工作,既有图书陪伴又有动物相随,这该有多好。不过这样美好的想法,即便在我童年时代读过的奇幻故事里,似乎也是一个难以实现的梦想。而实际的事情是,我竟然找到一份图书馆员的工作,在我工作的图书馆里,有两只长着有趣耳朵的猫,一只叫贝克,另一只叫泰勒,它们成了我的猫科同事和朋友。

所有的人,包括读者与图书馆员,很快就喜欢上这两只苏格兰褶耳猫。它们成为贝克与泰勒图书批发公司的吉祥物之后,一些根本没见过它们的人们也开始喜欢上它们。那些热心的粉丝们自然不甘落后,有的打电话问候,有的写信或者发来表达赞叹之意的便条(有时候,这些便条是粉丝以自家宠物猫的名义发出的)。在这样的情况下,很多猫奴纷纷涌入我们的小镇——一个在内华达州西部内华达山脉遮掩之下的小镇——想亲眼看看这两只猫。

"那两只猫呢?"人们一走进图书馆大门,就开口提出这样的问题。这时,我就会告诉他们:"大约十分钟前,我看到它们朝着那个方向跑了。"于是,他们就沿着那个方向找去。我们略微有些吃惊,不过还是可以理解他们,毕竟我们都喜欢猫。

著名的猫类临床医学家和猫类作品作家卡罗尔·威尔伯恩对此做了最好的描述:"图书馆是猫的最佳住所。这让人们感到舒服,也让猫生活得舒适。人们来到图书馆会说'猫也喜欢住在这里'。还有什么事情是比这更美妙的?"

当然,很多人意识到了这一点,难怪全世界数以百万计的人们,在第一时间从招贴画上看到贝克和泰勒的画像之后,马上就喜欢上它们。它们完美地诠释了很多人对图书及猫之间关系的看法。根据在图书馆近二十年的工作经验,我认为,很多热衷于阅读的人们不愿意与别人发生过多的互动,原因是人际交流会影响阅读;相反,那些不会说话的交流对象,譬如狗、猫、鸟、乌龟或者其他动物,反而是读者的最佳交流对象,因为它们不会和你聊天,至少不会用语言与你聊天。图书馆是一个完美的世界:在那里,你可以同时享受图书和动物带来的乐趣。

在将近十五年的漫长时间里,图书馆要照顾两只猫的生活,这并非一件轻松的事情。不过正如俗话所说,这个过程充满乐趣。不仅读者和图书馆员感同身受,几千名特意来图书馆看望贝克与泰勒的游客也有相同的感受。

今天,很多人喜欢得到以猫为主题的年历。举办图书馆年会或者行业性展会的时候,在贝克和泰勒图书批发公司的摊位前,这些人情愿排起长队,等候与身穿贝克和泰勒服饰的模特儿照相,不过他们不一定知道,这两只苏格兰褶耳猫为什么就成了这家公司的吉祥物。他们只知道,如果没有拿着印有贝克与泰勒最新图案的书袋回家,对他们来说,这次会议就是不完美的。

他们还不知道的是,两只猫曾经帮助过图书馆附近一个小镇上的人们。这些人正在努力适应周边环境的发展与迅速扩张,对此他们并非能够轻松应对。它们还帮助过图书馆员行业里的弱势群体,引导他们在这个技术迅猛发展的世界里生存下来。

这两只猫还特别帮助过一位图书馆员，就是我本人。它们激励我勇敢地应对一系列严酷的生活变革，成为自己生活的主人。

我已经退休，仍然一如既往地大量阅读。我觉得，现在到了讲述贝克和泰勒的故事的时候了。这两只长着有趣耳朵的猫，住在内华达州明登小镇（内华达州道格拉斯县的县治——译者注）的图书馆里，它们帮助过社区居民以及世界范围的很多公民，引导他们从阅读中获得更多乐趣，当然，它们也从中得到了极大的快乐。

一

事情源于一个简单的想法。真是这样。

1980年初期，内华达州道格拉斯县急需新建一座图书馆。在过去的十年里，当地人口数量增加了三倍，老图书馆楼很快就不够用了。为了争夺阅览座位，新老居民常常发生争执，肘部相撞的事情也时有发生。

图书馆的书架上放满了图书，我们只能把小说类图书放到图书馆馆长的车库里，而那里与图书馆相隔几个街区。按照正常的流程，如果读者想借小说或者短篇小说集，图书馆员只需要接过读者提交的索书单，按照索书单上的图书名称，到相应书架上找到图书即可；现在的做法是，每天接过读者提交的索书单之后，图书馆员都要钻进汽车，开车到馆长的车库，一次性取出读者要借的所有图书，再开车回到图书馆，为读者办理借书手续。

工作十分繁忙，但图书馆只有两位全日制人员和一位兼职人员，并且我们的工作区也很拥挤。我们挤在里屋一个大工作桌旁完成所有的业务，这些业务包括：为卡片式目录编制索引卡、给图书贴标签和修补图书，等等。我们共用一台打字机——还是手动的。图书馆馆长伊冯·萨德勒坐在工作桌一边,我坐在另一边,我们轮流使用打字机,根据工作需要决定谁先使用。

我利用这台打字机为《记录快报》撰写过临时专栏的文章。《记录快报》是一份地方性报纸,我撰写的有关馆藏新书的评论文章经常刊登在这份报纸上。专栏文章的长度取决于每星期广告版面的大小。如果广告版面过小,编辑会撤掉专栏里末尾两本图书的评论文章,所以,我总是把自己最喜欢的图书放在专栏的顶端位置。这份报纸举办一次竞赛,鼓励读者给专栏起个响亮的名称,最终获奖的专栏名称是"读了就有收获"。我讨厌这种无聊的俏皮话,但这个名称获得了第一名,所以在这件事情上,我除了被迫接受,没有其他选择。

我在1978年开始从事图书馆工作,职务是助理图书馆员,那年我四十七岁。从那时候起,我一直面临着各种各样的困难。从懂事的时候起我就迷恋于图书;我梦想着能有一天,如果每个工作日都有图书与我相伴,该有多好。现在,我竟然就在图书馆工作,还参与新图书馆的筹建工作。我们得到了一笔用于新建图书馆的经费,伊冯带着我与当地的建筑师合作,研究新馆舍的设计问题。建筑师不了解图书馆的建筑需求,我们也不懂如何设计新馆舍,但我们从各自的知识角度出发,提出各自的设计方案,设法实现我们对新馆舍的设计要求。

可以确定的是,我们不希望按照旧馆舍的设计方案再建一座新馆舍。道格拉斯县的第一座图书馆建于1967年,面积只有4600英尺,即便图书馆藏书的规模不大,但加上必要的阅览空间、储存空间和内部工作区域,这个面积显然仍是不够用的。

我们的设计方案是:嗯……该怎么说呢?我们需要一间屋子存放新书,一间独立阅览室供人们阅读杂志。我们需要专门存放虚构作品的很多书架,需要专门存放非虚构作品的很多书架,还需要更多的书架存放传记类图书和参考工具书,等等。我们要确定厕所里坐便器的数量,落实整座建筑物的供暖问题,要确定会议室里需要多少桌椅。我们还希望设置一间会议室,这件事情就足以让伊冯和我在那段时间里焦头烂额。

我们每天都要工作很长的时间,但与过去的工作相比,我还是喜欢现在的工作。我更喜欢很多人愿意倾听我的想法和建议的感觉。有生以来,我第一次可以做出影响别人生活的决定,这个过程无需层层报批,无需等待各级上司的审核。就现在而言,虽然日常工作十分繁忙,让我感觉筋疲力尽,但这一切都是值得的。

* * *

经过几年的规划和建设,新图书馆馆舍终于在 1982 年 7 月 22 日开始正式运行。为了准备盛大的开馆仪式,我们付出了几个月的艰苦劳动,这是我一生中最忙碌的一段时期。志愿者和图书馆员把全部图书从旧馆迁移到新馆,然后按照杜威十进分类法将图书按顺序排架。我们把部分旧家具搬到新馆舍,而且,因为新馆舍的面积是旧馆舍的两倍以上,我们还要把一些新家具、书架及设备搬到新馆舍,然后将其归位。

除了搬运和摆放图书、家具和办公设备,我们还要理顺图书的书架位置,慢慢适应这个全新的工作环境。事实上,为了减少图书的搬运数量,我们给读者发出通知,鼓励他们尽可能多借图书,在新馆舍搬迁完成之前,他们可以延期归还图书,不会因为借书过期而被罚款。

从旧馆舍的关闭到新馆舍的正式运行,这个过渡时期持续了三个星期左右;所以,图书馆重新开张的时候,大量读者蜂拥而至,迫切希望恢复借书。图书馆的搬家及整理工作动用了大量的人力,不过,这项工作也拉近了我们和读者之间的关系——我们拥有一个共同目标,即把新馆建设成为一流的图书馆。

我们感到筋疲力尽,不过,我们也为取得的成就感到骄傲。我们拥有一个全新的图书馆,在从事创造性劳动的时候,读者就可以得心应手地利用身边的现有资源了。

* * *

新图书馆开张几个星期后的某天,伊冯和我在馆内短暂休息,我们走到阅览室,从那里望出去,可以看见室外的露台。

我用眼角的余光看到,窗外一片绿地不停地晃动。从内华达山脉刮来的风无情而犀利,由于刮风的缘故,美国 395 号高速公路(这是穿过小镇的一条主要高速公路)两旁的树木都是倾斜生长的,与山脉形成一定角度。不过奇怪的是,那一天并没有刮风。

我们看到一个小小的、灰色模糊的物体掠过露台。那是一只老鼠。接着又是一只老鼠。

我们的图书馆建在长满紫苜蓿的地块上。有紫苜蓿的地方就一定有老鼠,而且老鼠的数量很多。

我的目光转向伊冯,"看来,这些老鼠要给我们找麻烦了。"我停顿了一下,继续说:"知道我在想什么吗?"

"我当然知道。"

"我们有义务保护纳税人的投资,"她补充道。你知道,图书的装订需要使用浆糊,浆糊是啮齿动物无法抵御的美味,就像猫薄荷草之于猫类动物。实际上,在旧图书馆工作的时候,我曾捡到过一块海绵,上面有两只死去很久的老鼠尸体。没有人大呼小叫。我平静地把它们装进一个肥皂盒里,稍后再做处理。

一个规模更大的图书馆,意味着更多的图书和更多的浆糊,当然就会招来更多的老鼠。

"图书馆养一只猫就好了。"我说道。

"养两只猫也许更好一些。"伊冯回应道。就在这个时候,又一只老鼠从我们眼前蹦蹦跳跳地跑了过去。

我点了点头。"如果只养一只猫,图书馆闭馆后,它在晚上会寂寞的。"

"两只猫就可以相互做伴了。"伊冯说。

"养两只猫当然更好。"我说,"再说我们的新书很多,它们应当得到妥善保护。"

"我们必须保护好图书。"

我们注视着那片还在不停晃动的绿地,通过更加仔细的观察,我们最终发现,这其实是老鼠日常穿行的一条路径,类似于老鼠的高速公路。我们由此萌发的一个想法,后来改变了我们的生活。

* * *

我家养了两只猫,伊冯家里只养了一只。在养猫的事情上我们做得并不过分,但很多人还是把我们称作"疯狂的猫太太"。每年里诺(美国城市,即著名的"离婚之城"——译者注)举办"银山州(内华达州的别称——译者注)猫展"的时候,我们会按部就班地做出旅行安排,在猫展期间每天用大量时间欣赏不同品种的猫。我们特别喜欢英国短毛猫,这种猫体型庞大,脑袋方方正正,一身的鼠灰色皮毛又厚又密,如果人们把手指插入它的厚厚的皮毛很容易就遮盖住手指第二个关节的以下部位。

我们喜欢这个品种的猫,源于我们是狂热的亲英派人士,这一点尤其体现在阅读倾向上。其他地方的一些读者和图书馆员注意到,我们图书馆十分注重英国作品的收藏,这部分的藏书数量增长很快。

结婚后的最初几年里,我在英国生活了一段时间,伊冯也经常到英国出差,这样的经历让我们知道,英国各地的大部分图书馆,包括公共图书馆甚至部分学术图书馆,都会招募一两只猫作为员工,在员工名册上列出它们的名字,其职责是阻止老鼠对图书的损害。很多书店也有类似的做法。

我们两人有很多相似之处:都有一头灰发,年龄也很相近,伊冯比我大四岁,但我的个子要略高一些。当然,我们也有很大的差别。我从事这份理想工作只有几年的时间,而伊冯早就是一名专业的图书馆员,因为代表着图书馆的形象,她的服饰总是比我更讲究一些。人们不知道,图书馆工作其实需要干很多粗活:有时要跪在地上整理书架,要拆开远道寄来、已经破烂不堪的新书纸箱,要掸去图书表面厚厚的灰尘,等等。所以,工作时间里我喜欢穿旧衣服,偶尔也会穿露出窟窿的破衣服,而伊冯在衣着方面比较考究,更加具备专业人士的风范,在和县行政长官或其他政府官员打交道的时候,也容易被另眼相看。

参加1982年猫展的时候,我们特别看好一只健硕的英国短毛猫,它的名字叫"坦克"。我们在它的耳朵后面挠痒,对它轻轻地说话,它就在笼子里面爬上爬下,发出类似拉锯子的叫声。

我们在猫展上边走边看,突然,一只苏格兰褶耳猫吸引了我们的注意力。对我们而言,这个品种的猫是一个重大的新发现。我们两人都有苏格兰血统,伊冯具有苏格兰、法国、英格兰的血统,我则具有苏格兰、意大利、英格兰的血统。我们都有点激动。

苏格兰褶耳猫与英国短毛猫具有相近的血缘关系,它们的毛都很茂密,只不过,苏格兰褶耳猫的眼睛更圆更大,耳朵有皱褶,呈折叠状搭在脑袋上。这种猫的性情有点像猫头鹰,非常聪明,对身边的所有事情都很好奇。它的样子比较友善,但多少也有些矜持。

读了挂在笼子上的说明卡片,我们才知道,第一只苏格兰褶耳猫,是1961年在苏格兰敦提地区附近出生的,它的名字叫"苏西"。耳朵出现折叠现象是遗传畸形的结果,遗传畸形不仅造成耳朵形状的变化,也导致全身软骨组织的形成。苏格兰褶耳猫出生的时候,都有一对直立的耳朵,长到一个月大的时候,耳朵就出现"折叠"现象;如果这时候没有耳朵出现折叠现象,那就永远不会折叠了。它们的耳朵出现折叠现象时,通常会有几种不同的情况:第一种情况是,耳朵只出现一层折叠,表明耳朵的折叠过程只完成一半;第二种情况是,耳朵出现两层或者三层折叠,意味着耳朵更加贴近脑袋。如果出现三层折叠的现象,耳朵就几乎贴在头皮上了。

我们照搬对付"坦克"的方法给它挠痒,对它轻轻地说话,期望把这只长相很像猫头鹰的猫尽早带回家,不过我们也知道,我们自己家里的猫可能不愿意接受它。或许,可以在图书馆里给它找一个位置?

1980年代初期,对于道格拉斯县和卡森谷地区(位于里诺市的南部,塔霍湖的东部)来说,纯种动物是较为罕见的。这个区域散落分布着很多牧场和奶牛场,大部分猫都住在这些牧场和奶牛场的谷仓里。尽管猫与人类也有互动,但大部分猫依然保留着野生动物的特点:如果你喂它们一块罐头金枪鱼肉或者一把粗粮,它们会犹豫半天,然后再慢慢接近你,在很多情况下,猫和人类总是保持一定的距离。

我与孩子住在父母的牧场里。这个牧场位于热那亚小镇,这里是内华达州的第一个定居点,紧挨着明登小镇。我们在谷仓里养了几只猫,除此之外,我们在家里也养了两只猫,一只叫大猫,另一只叫小猫,它们住在条件舒适的屋里。

当地五金店养了一只居家的橘黄色虎斑猫,白天的时候,它常常睡在店铺正面橱窗内一圈圈盘起的橡胶管子上。我觉得,五金店的做法开了一个好头,图书馆可以仿效他们的做法,也养一只猫。那只猫在五金店里住了好几年,所有的人都觉得这很正常。小镇里其他店铺也养猫,其中包括一家花店。

我们做出一个决定:养两只猫,把它们视为图书馆的雇员。我们认为,图书馆董事会没必要知道这件事情,因为我们将承担养猫的任务,同时承担养猫的所有费用。

不过,我们首先需要克服一个小小的困难:经费问题。作为在一个规模不大的农业县里工作的图书馆员,我们没有很多钱,也没有理由让纳税人支付这笔费用。

伊冯和我一面设法节约开支,一面考虑这个问题:该给猫起什么名字,才能体现它们的特点,即它们是两只生活在图书馆里的猫。我们很快想到"杜威"或者"十进分类法"这样的专业术语,不过我们知道,有的图书馆已经给他们养的猫取过这种名字了。我们又考虑给它们分别取名为"第一卷"和"第二卷",不过谢天谢地,我们很快也放弃了这个设想。

"取名叫'页码',你看怎么样?"伊冯问我。

我摇了摇头。"如果取这个名字,那么,第二只猫就该取名为'翻页'或者'封面'了。在我看来,也不能取类似'精装本'或者'平装本'这样的名字了。"

我们相互取笑各自的方案,最终没有达成一致的意见。我开始工作,准备拆开当天早晨刚到的新书纸箱,同时考虑其他的取名方案。我打开第一个纸箱的时候,突然产生了一个灵感。

"贝克和泰勒",这是一家图书馆供应商的名字,我们图书馆的大部分图书都由这家批发商提供,纸箱的各个位置上都盖着公司的名称。在给新书编目和上架之前,我拆开过无数个"贝克和泰勒图书批发公司"的纸箱。更为重要的是,对于有着折叠耳朵、长相很像猫头鹰的这个猫种,贝克和泰勒是两个非常合适的名字。

　　我的脑子在不停地琢磨这两个名字。"贝克,代表正餐时间(单词 Baker 也有烘焙物的意思——译者注)!泰勒,我给你带去一份新鲜的猫薄荷草!"

　　我把这个方案告诉了伊冯,她表示同意。

　　这样,这两只猫就叫贝克和泰勒了。

二

　　我们在猫展上与一位苏格兰褶耳猫的饲养员有过交流。她告诉我们,她有一只皮毛灰白相间的公猫,脊椎略微有些畸形,因为这个劣势,它在任何猫展上都无法崭露头角,但是,如果作为一只图书馆之猫,它却具备无以伦比的优势。这位饲养员还告诉我们,这只猫性情安静,喜欢和人亲近。

　　看来,这只猫的情况很接近我们的要求。到了该做出决定的时候了,为此,伊冯和我开出一份清单,列出理想的图书馆之猫应当具备的特点。比如,它应当具备出色的捕鼠能力;图书馆举办故事会时,面对学步儿童的尖叫声和到处乱摸的特点,它的动作应当十分柔和;一些孩子与成年人爱猫心切,为了找机会抚摸它或者给它挠痒,会在图书馆里四处追它,如果出现这种情况,它应当表现出足够的交际意愿,乐于与人们打成一片。

　　这位饲养员还告诉我们,她愿意以优惠价格把猫卖给我们,开价是九十美元。根据我们多年参加猫展的经验,外国猫种的价格通常十分昂贵。在美国,苏格兰褶耳猫属于稀缺品种,报价通常高达几百美元,甚至更贵。当时,我们只是县政府的两个小雇员,这个价格对我们而言是很昂贵的,不过好在这只猫做过绝育手术,为我们省了不少钱。

饲养员把交割日期定在 1983 年 3 月 10 日,为了按时完成交割工作,我们开始忙碌起来。我们购买了玩具、猫粮、猫的水碗和饭碗,还购买了一个小纸箱;我们把小纸箱放在储藏室里,以保持必要的隐私性。让我感到高兴的是,设计新图书馆馆舍的时候,我们把储藏室的位置设计在工作人员休息室而不是会议室里,因为会议室的门不能总是开着的。

那天终于来临。猫将在这一天被送到图书馆。

"昨天晚上睡得好吗?"伊冯问我。

我向她展示我眼框下面的黑晕。

我们心不在焉地给图书盖馆藏章。为读者检索图书的时候,我竟然长达十五分钟地看着同一个句子,脑子完全处于空白状态,最终只能放下工作。

终于,快到中午的时候,一位女性拿着一个猫笼,走进了图书馆大门。

"它来啦!"

我们赶紧朝着图书馆大门跑去。饲养员把笼子放到地上,然后打开猫笼的门,我们急切地向猫笼里面张望。那只猫眨了眨眼睛,向前走了两步,一半身子在猫笼里,另一半在猫笼外面。它吸了一口气,又往前走了几步,突然间,很多人都争先恐后地伸出胳膊,都想亲手摸摸它。

大家都在轻轻地抚摸这只猫,它却平静地站在那里。我们把食物、水碗和小纸箱的位置指给它看,然后让它自己去找。这个过程只延续了两秒钟,在当天的其余时间里,几位图书馆员和读者一直陪着它在馆里走来走去。可以想象,那天我们几乎什么活儿都没干。

二

趁大家还在逗着猫玩儿,我抽空看了看它的登记证明:

出生日期:1981 年 10 月 6 日

姓名:麦克林家的克林特·伊斯特伍德(克林特·伊斯特伍德是美国电影导演及演员,以体型消瘦的牛仔形象著称。——译者注)

我觉得这个描述不准确。这只猫完全不是体格消瘦、没有吃饱的样子。事实上,它是圆的同义词:脑袋是圆的,身体是圆的,眼睛也是圆的;和"坦克"一样,它也长着一身长毛。

我觉得它更适合取"贝克"这个名字,"泰勒"显然不适合它。它有着灰白相间的标记,脸中间有一条很浅的白色斑纹;它还有一个白白的大肚子,看起来很像面团娃娃。我们给它取名为贝克,因为它就像一个烘焙物,或者说一种面团。此外,伊冯和我认为,"泰勒"这个名字更适合一只举止文雅的猫。

那一天快下班的时候,我锁好图书馆的大门,关上了灯,把贝克带到工作人员休息室。我拍了拍猫窝,它心领神会地跳了进去。然后,它疑惑地看着我,似乎对我说,好吧,现在该干什么?

"明天早晨我还会回来。"我这么告诉它,摸了一下它的脑袋。我觉得它似乎有点寂寞,或许因为我会惦记它,所以我想当然地认为,它也会惦记我。我甚至想为它保留"泰勒"这个名字,因为我看到,读者和图书馆员看到这只猫,他们有多么高兴啊。仅仅用了几个小时,贝克就改变了图书馆的气氛,图书馆变成了一个更加美好的地方。

必须承认,我多少有点私心。图书和猫是我在这个世界上最喜欢的两件事情,现在,我整天都有图书和猫的陪伴,还有什么事情比这更加美好的?

***

猫来到一个新的地方,通常会有两种不同的表现:要么找一个别人很难找到的地方,在那里至少躲上几天;要么表现得好奇心十足,脚刚落地就东看看西看看,看到任何东西都想研究一番。贝克显然属于后者。刚到图书馆的头几天,它就四处游走,这儿闻闻,那儿嗅嗅,沿着走廊来回行走,审视着图书馆里的每一寸空间。它的表现让我联想到建筑监理的角色,在每个建筑阶段完工之后,它都会检查施工的各处细节,任何瑕疵都逃不出它的法眼。

第一个星期即将结束,贝克在图书馆里找到了家的感觉。它一会儿跳到书架顶上,一会儿趴在读者的手提包上睡觉,或者推开阅览桌上的图书、腾出地方让自己躺得更舒服一些;对于这些变化,人们开始慢慢地习惯。它很享受人们不停的抚摸,在成人和孩子不断发出"哇,这里有一只猫"的尖叫声时,也表现得十分淡定。读者在新书陈列区浏览图书的时候,如果它恰好走过,它会停下脚步,摆弄一下读者脚上的鞋带。

就在贝克定居图书馆不久的某天,我看到图书馆员康斯坦丝·亚历山大正在抚摸贝克,和它逗着玩儿,并和它聊天。我们在服务台紧张忙碌的时候,贝克已经选定了它最喜欢的两个地方,一个地方就在天窗下面,如果太阳下山,这里就是它最喜欢待的地方;另一个地方是选民登记箱,因为这是一只箱子,而猫都喜欢待在箱子里。

没过多久,我们就可以根据贝克的所处位置来判断时间了。我们告诉读者,"如果想找到贝克,看看太阳升到哪里,你就知道它在哪里了。"十有八九它就在那个地方。事情很明显,贝克喜欢待在舒适的环境里。

和我们一样,康斯坦丝在家里也养了几只猫,大部分都是混种猫或者从大街上捡来的斑猫,因此,她很了解猫类动物的习性。过了几分钟我问她:"说说看,你觉得这只猫是什么品种?"

康斯坦丝的手指深深插入贝克的毛发里,我从未见过她笑得如此灿烂。"这肯定是一只处于青春期的猫,"她说道,"仿佛是用四个不同品种的猫组合而成的。"

确实,贝克当时的年龄只有十八个月,脑袋很大,身体很长,四肢却又短又粗。"它会长大的,会变成一只漂亮的猫。"康斯坦丝这么告诉我。

* * *

我们聘用贝克的初始目的是让它驱赶老鼠,也做好了所有准备,为它定制业务名片,头衔是"捕鼠师"。但从它落户图书馆以来,竟然连一只老鼠都见不到了。老鼠闻得到猫的气味,一旦知道这里有猫,它们就远远地躲开,即便有食物的诱惑也不会让它们动心。

我们意识到,贝克的主要职责发生了变化:它摇身一变,成了图书馆的接待员。贝克很快就把服务台当成自己的主要岗位。它在那里和我们做着相同的工作:读者进门后要表示欢迎,还要保证图书的安全。它监督服务台的工作,忙碌之余喜欢躺在服务台上,张开四肢,露出肚子,听凭任何人的抚摸。

有的时候我觉得,贝克与读者之间似乎有一个不成文的协定:读者每次借书的时候,必须在它耳朵后面挠三下,然后在它肚子上再挠三十秒。当然,很多读者乐意这么做,而慢慢地,这就成了一种规矩。

图书馆这位新员工的神奇故事很快传遍了小镇,过了不久,更多的人涌入图书馆。他们一走进玻璃拉门,我们就听到他们问:"那只猫在哪里?"显然,读者都听到了这个传奇故事:读者借书的时候,贝克会绕着他们脚踝走一个八字,或者把一两根毛落在还书袋里,提醒他们按时还书。

还有一次,一个大约三岁的小女孩走进图书馆。"小猫!"她尖叫着跑了过去,黏糊糊的小手突然插到贝克厚实的毛发里。

贝克的耳朵微微竖了一下,但它停在原地一动没动。

我松了一口气。它毕竟是在工作。我们聘用的这只猫,非常适合图书馆的工作。我们现在要做的一件事情,是找到名字被预定为"泰勒"的猫。夜间让贝克独自留在图书馆,对此我始终感觉不爽,每天结束工作之前,我都要打开收音机,播放当地传统的广播节目,让广播的声音陪伴着贝克;每天早晨,我走进图书馆的大门,它急切地迎接着我,把我视为同伴,我走到哪里,它就跟到哪里。随后,我开始做各项准备工作,比如,给贝克喂食,清理小纸箱,给猫碗换水,在这个过程里,贝克一直跟着我,随我的脚步跑来跑去。

不过,购买贝克几乎让伊冯和我一贫如洗。在随后的几个月里,我们只能吃意大利面,买不起其他食物。即便如此,我们也没法筹集购买另一只猫的经费。

贝克入住图书馆的几天后,当地报纸《记录快报》的记者乔伊斯·霍利斯特来到图书馆,此行的任务是撰写有关图书馆猫雇员的文章。文章和照片刊登在报纸头版之后,更多的人涌入图书馆,包括一些从未来过图书馆的人。在这些人中间,既有当地的新住户,也有经营本地牧场的老住户。

"你们在图书馆里养了一只猫?"他们问道。根据他们的声音判断,有人早就知道这件事情,有人则流露出担心的神情。

我点了点头。"我们很快就会有两只猫。"

文章登报的那一天,正好轮到我负责拆新书箱子。我们每天都要轮换工作内容,具体的工作包括:给图书贴标签、在目录里添加每本图书的数据、管理服务台,等等。对于翻阅和搬运新书,我从未感到厌倦。我甚至喜欢把图书举到鼻子前，闻闻扑鼻而来的书香。每本书都是一次新的历险，都包含新的知识，包含我以前未曾了解的事情。我在工作的时候，几乎没有时间阅读，这是一件糟糕的事情。晚上到家之后，在照顾猫的间隙里，我会挤出时间尽量多读点书，不幸的是，读书的时间总是不够。

在图书馆工作，却没有足够的时间读书，多么具有讽刺意味啊。

我拆开另一个新书纸箱，纸箱上到处都印着"贝克和泰勒"的字样。我突然想到，这家图书批发公司肯定乐意知晓，图书馆有两只与该公司名称同名的猫，他们也肯定愿意我们给贝克再配一只名字叫泰勒的猫。

我把刚贴完标签的图书放在伊冯的桌上，准备稍后上架。"或许你应该把贝克的情况告诉比尔·哈特曼，"我向她提出建议，"他应该对此有兴趣。"

比尔·哈特曼是贝克和泰勒图书批发公司西区销售与市场部主任，也是我们与这家公司的主要联系人。每隔两个月，他都会行色匆匆地拜访图书馆，和我们聊聊新书信息，在图书馆里四处看看。

"在你之前我就想到了。"伊冯说。她解释道，她已经给比尔寄去刊登相关文章的报纸，还附上一个便条，告诉他我们正在忙于筹集零钱，争取将泰勒招聘进来。

又过了几天，比尔告诉我们，图书馆决定以他们公司的名称给猫命名，对此他感到十分荣幸。他主动联系了几家行业性杂志，比如《出版商周刊》和《图书馆杂志》，询问他们如果图书馆同意招募"泰勒"，他们是否愿意刊登与之相关的故事。伊冯和我都很激动，如果这个计划得以实现，我们小镇里的这个小图书馆，就可能在全国范围内名声大振。

不过我们知道，实现这个计划还要等上几个月。与此同时，我们要做好各项工作,让新近入职的雇员贝克有宾至如归的感觉;此外,还要解决图书馆发展过程里出现的各种问题。

大家必须认识到,图书馆利用率得到很大提升,究其原因,贝克的参与并非唯一的因素。在经济大萧条的背景下,整个卡森谷地区却呈现飞速发展的态势。很多人——尤其是退休人员——不喜欢加利福尼亚州的高额税收和昂贵房价,开始移居内华达州,因为内华达州不征收个人所得税。他们把加利福尼亚州的房子卖掉,只用一小部分售房款,就可以在内华达州购买一处大房子,这就意味着,他们手头有了更多的余钱,可以拥有更高品质的生活。此外,他们可以呼吸内华达州的新鲜空气;这里的山谷地区延绵数英里,如果从塔霍湖出发,只需很短的车程即可抵达。

这里的景色格外漂亮,这是我父母1960年代移居于此的主要原因。父亲希望住在大山里,养一些动物;在他曾经住过的加利福尼亚州海湾地区,这个愿望是很难实现的。

自然,更多新居民的涌入,意味着图书馆将迎来更多的读者。我们非常盼望泰勒早点来到。但是,我们不得不考虑这个事实:我们不能让自己忙得喘不过气来,我们的事情已经够多了。

* * *

贝克到图书馆大约一个月后的一天,它躺在桌上的一摞纸张上,享受那一天的第三次小憩。贝克喜欢睡觉。即便大家逗它玩的时候,它也会抽空小睡一会儿;它常常溜进工作人员休息室,设法找到密室里的食物。我正忙着给读者写信,电话铃响了。电话是比尔·哈特曼打来的。

我在《图书馆杂志》上读到几本新书的介绍,想请他详细地介绍一下。"请等一下,"我在桌上寻找那一期杂志,最终在猫薄荷草的工

二   17

艺品下面找到了。"看到了吗?"

"这件事情先放一放,"他说道,"我有个好消息要告诉你。想不想早点得到'泰勒'?"

"除非运气好到买彩票获奖,否则不可能。"我告诉他。

他笑了起来。"我们买一只'泰勒'送给你,你看怎么样?"

我差点没握住话筒。康斯坦丝也做出"怎么可能?"的嘴型。

"到底是怎么一回事?"我问道。

比尔告诉我,自从伊冯将贝克的情况告诉他,他就一直在考虑这个问题。"这些年来,我去过美国各地的几百家图书馆,几乎所有的图书馆都有一个共同的特征,就是猫。当然,他们不一定像你们这样,养着一只真正的猫,而是说,在他们馆内的照片、招贴画和雕塑上面,都有猫的图案;由此可见,图书馆员都喜欢猫。如果我们制作两只猫的招贴画,给它们取名为贝克和泰勒,而且,它们的原型都住在图书馆里,那么我敢肯定,图书馆员一定会喜欢的。"

我当然不会反对。我们觉得,在短短的几个星期里,图书馆已经发生了可喜的变化。"读者也会喜欢的。"我小心翼翼地说道,担心某个环节会出问题,"你再详细地说说。"

"我们希望找到恰当的宣传方式,在图书馆和图书馆年会上推广公司的业务。"比尔继续说道,"我们的基本想法是,在图书馆年会期间,设法让更多的人走进我们的摊位,在我看来,我们在这方面可以充分发掘猫的作用。至少,猫应当发挥比现在更大的作用。"

我同意他的看法。伊冯参加过上一届美国图书馆协会的年会,她带回的几件礼物里有一个马蹄形钥匙链,还有一个毫无特色的黑色镇纸,上面刻着"贝克和泰勒公司"的字样。她随手把这两个纪念品放在桌上,从未使用过,时间一长,它们的表面蒙上了厚厚的灰尘。

"你们或许知道,我们不是一家特别热情、喜欢张罗的公司。"比尔说到这里,我们都笑了起来。如果与通用电气公司相比,贝克和泰勒图书批发公司当然不在一个等级上;但是,如果与其他图书馆批发商和经销商相比,它称得上是这个行业里的一个巨头。借助两只猫的广告形象,向图书馆员推广公司的业务,可以让"贝克和泰勒公司"的形象更加可亲、更加人性化,而不是一家态度冰冷的大公司。尽管我喜欢这家公司发来的图书,不过比尔说得很对:公司本身还是相当平庸的。

"如果同意我们拍一些照片,以此作为素材,制作一份招贴画,我们很乐意为图书馆买一只'泰勒'小猫,"他说道,"我们双方都是赢家。"

这笔交易太完美了,简直令人不敢相信。不过,如果能够尽快得到"泰勒",我完全可以接受他的建议。

我努力掩饰着兴奋心情,但是我知道自己很难做到这一点。"我要向伊冯汇报一下。"我如此告知比尔。尽管我可以肯定,伊冯绝对不会拒绝这个极佳方案。

我放下电话,跑进了伊冯的办公室。

"有事情吗?"她问到。

我向她转述了比尔的建议,她露出了笑容。五分钟以后,我致电比尔,把几位苏格兰褶耳猫饲养员的姓名和电话号码告诉了他。

我不敢相信居然有这么好的运气。这笔皆大欢喜的交易一旦完成,图书馆很快就有两只猫了,贝克有了小伙伴。我觉得,同意公司拍几个胶卷的照片是一个合理的交换条件。而且,我们也可以得到一些以猫为主题的招贴画,这是一种不错的纪念品。

* * *

图书馆很快就有第二只猫了,这个消息让我们太高兴了,我们不会介意这只猫的长相，不会介意它的颜色和斑纹，只要是苏格兰褶耳猫就可以。后来比尔告诉我，他在华盛顿州的一处猫舍发现一只棕白相间的斑猫，主人愿意出售这只猫，我们很快表示同意。我有点担心比尔会改变想法，因为我觉得这件事情过于顺利，不太像是真的。

这只猫曾经在巡回猫展上大放异彩，在某次猫展上一举夺得四项大奖。它的报价是 250 美元，另加运费 76 美元。如果只靠自己的能力，我们需要很长的时间才能攒出这笔费用。

1983 年 5 月 17 日，我带着泰勒来到里诺机场。我一边和它说着话，一边把手放到猫笼门上。它嗅了嗅我的手，在飞行的大部分时间里，它一直凝视着我。

泰勒出生于 1982 年 7 月 27 日。与贝克一样，它的注册名字也很滑稽：卡里姆·阿卜杜勒·贾巴尔；这是一位非洲籍美国篮球运动员的名字，身高是七英尺两英寸。

回到图书馆后，我把猫笼放在工作人员休息室里，叫来周围所有的人，把贝克也带到这里，让它亲眼目睹这个具有纪念意义的时刻。我打开猫笼的门，泰勒试探性地伸出脑袋，很快又跑到我的桌子下面。我让在场所有的人都离开，只留下贝克。我四肢伏地，安抚着泰勒，此刻它躲到桌子和墙壁的后面。

记得我第一次把猫带回家的时候，猫也有过类似的反应。旅途劳顿让它们感到压抑，因此它们会焦虑不安；当它们来到一个新的环境，周围都是陌生的新面孔，每个人都想抚摸和拥抱它们，如果换作是我，我也会焦虑不安的。

泰勒在桌子下面整整躲了三天，或者准确地说，在这三天里，一旦周围有人走动，它就马上躲到桌子下面。我在桌子下面放了几个碗盏，里面分别装了食物和水，第二天早晨，我还要给碗盏里续一些食物和水。当然，这些东西可能是贝克偷吃掉的，它已经充分证明自己是一只贪吃的猫，它总是舔干净碗盏里的所有猫粮，我们围着桌子吃午饭的时候，它总是一动不动地趴在一边，用充满期待的眼神望着我们。

贝克和我们一样，也对新来的猫充满好奇。泰勒刚来的几天里，有几次我看到贝克躲在我的桌子下面偷看。有一次我往桌下看了一眼，看到它们相互揉着鼻子。我的感觉是，贝克似乎欢迎泰勒的到来，还安慰它说，图书馆其实是一个不错的地方。至少，我没有听到它们的嘘声或者吼声，所以它们相处得还可以。

到了第四天，泰勒终于从桌子下面走了出来，开始试探性在图书馆里四处走动，查看情况。贝克一路跟随，为泰勒打气。泰勒犹豫不决地朝着书库走去的时候，贝克坚定地陪伴着它。泰勒很快就学会独自行走，一会儿闻闻书架上图书的味道，一会儿用爪子摸摸地毯是否柔软，但走了几分钟后，它还是回到了工作人员干活的地方。

开车去里诺接泰勒回来，耽误了很多工作，现在，我需要抓紧时间，把耽误的工作补上。我们搬进了新馆舍，我也有了一台 IBM 公司出品的电动打字机，对这台归我专用的机器，我简直爱不释手。我正在专心致志地打字，突然感到有一双眼睛注视着我的脸庞。泰勒此刻就在我的脚边，全神贯注地看着我，似乎我是世界上最有意思的人。

我伸出手去，摸了它一下，它继续凝视着我。"你想干什么?"我问它，也使劲儿对着它看。不过，最终我还是忍不住，眨了一下眼睛。

它还凝视着我。它有眼睫毛吗? 后来我们开玩笑说，泰勒如果和鱼比赛，看谁保持眼睛不眨的时间更长，它肯定会取得胜利。

大概它饿了。我刚站起来，它就一下子跳到我的椅子上，接着又跳到桌子上。它把桌上的纸码成一摞，凑合地搭成一个临时性猫窝，然后开始表演全世界的猫都会表演的舞蹈：先顺时针旋转几圈，再逆时针旋转几圈，两个前爪在纸张上轻轻拨弄，为自己找一个最舒服的休息地方。最终它一屁股地坐了下来，满意地长舒了一口气：现在到了它的睡觉时间了。

"噢，天哪，泰勒。我还要用这些文件呢。"我抱怨道，但我很快意识到，抱怨是不对的。我可以稍后处理这些文件，现在可以去做其他工作。猫要适应图书馆的新生活，我们也要学会适应新生活。如果趴在馆际互借请求单上能让新来的猫更舒服一些，就让它趴着吧。

到目前为止，所有的人，包括读者和图书馆员，都没有和两只猫产生过矛盾。我知道，这种情况可能会改变，毕竟，并非所有的人都喜欢猫。不过就目前而言，贝克和泰勒为图书馆带来了积极的正能量，这一点是毋庸置疑的。由于贝克和泰勒的存在，人们的感觉更加快乐，情绪更加轻松，即便是那些每天都愁眉苦脸的读者和图书馆员，也出现了积极的变化。

而且，我就是每天都愁眉苦脸的那种人。

* * *

情况很快就搞清楚了：这两只猫的品种与血缘都完全相同，泰勒实际上是贝克的外甥，尽管如此，它们的习性却千差万别。贝克喜欢待在总阅览室里，位置随着阳光的推移而挪动，它喜欢在服务台蹲守，在大门旁欢迎读者光临。泰勒也很快表现出自己的习性：它并不特别喜欢迎接读者的工作，更愿意和为数不多的人亲密接触。

每天的大部分时间，泰勒都在图书馆的工作室里度过；不论某一时刻我正在处理什么文件，只要它想睡觉，就马上趴到这份文件上呼呼大睡。

实际上，来到图书馆后的不长时间里，除了我以外，泰勒没对任何人表示过亲近，包括读者和图书馆员。我的解释是，是我把它从机场接回来的,它就想当然地认为我就是它的主人,这个情况和小鸭或者小鸡十分相似:小鸡或小鸭从蛋壳钻出之后,看到第一个活生生的、可以呼吸的生物,就自然而然地把对方视为自己的主人。

伊冯从一开始就欢迎猫的到来,也尽量抽时间陪它们玩,但作为图书馆的负责人,她有专用的办公室,还要经常出差,参加图书馆界的各种活动,因此,她并非任何时间都在图书馆里。即便她在图书馆的时候,办公室的门也总是关着。工作室里我的桌子旁边,就放着猫食、玩具和小纸箱,这样,自然而然地就形成规矩:为猫准备所有的必需品,是我责无旁贷的任务;此外,如果读者发生出格行为,我必须第一时间保护它们。

泰勒又一次从我的桌子旁边走开,在图书馆里作短暂的巡游,这时,我做了一个决定:为泰勒做一张床。泰勒躺在这张床上,肯定比躺在文件上更舒服。服务台下面有一个失物招领的箱子,我打开箱子,拿出一块旧的阿富汗地毯,把它放在桌子的一角,叠成床的模样。泰勒巡游回来后,又跳到馆际互借的文件架上,准备睡一个长长的午觉。

康斯坦丝看着我。她喜欢猫,所以她知道,泰勒正在和我逗着玩儿。

我拍了拍阿富汗地毯。泰勒抬起头,拉长了身子,躺到阿富汗地毯猫窝的一端。

"真让我开了眼界,"康斯坦丝说道,"很多猫根本就不会理睬你。"

"泰勒和别的猫不一样。"我一边回答,一边开始打字。

泰勒的性格特点越来越明显了。

* * *

第二天早晨,我走进工作室,泰勒就躺在阿富汗地毯上。它直挺着身子,后肢向前叉开,两个前爪放在腰部。

它看上去像一个正在练习瑜伽的人,在做冥想的时候突然被人打扰。

泰勒目不转睛地盯着我看,我大笑起来,简直停不下来。几个图书馆员的脑袋伸进门里,看看究竟发生了什么骚乱。看到这一幕,他们也忍不住大笑起来。

"我见到过猫做这种动作。"一位图书馆员说道。

"做这种动作它会舒服吗?"另一位图书馆员问道。

"它的骨头不会断吗?"

泰勒的耳朵微微竖了一下,身子依然不动,开始逐个辨认我们;每辨认出一个人,它就不易察觉地点点头,似乎它是仁慈的佛陀,正在为每个人祝福。

"它似乎在冥想,"康斯坦丝认为,"你用什么方法让它做这个动作的?"

我的目光透过眼镜上方向她看去,"什么也没做,"我回答道,"除非出现意外情况,否则你无法让猫去做它绝对不愿意做的事情。"

那位饲养员曾经和我解释过,导致苏格兰褶耳猫出现耳朵折叠现象的遗传基因,同样也会让某些猫的肢体和尾巴出现韧带松弛的现象。大部分苏格兰褶耳猫都具有这种生理构造,可以用这样的方式坐着。影响耳朵形状的遗传基因,也会影响臀部和脊椎的形状,这让直身而坐的姿势成为泰勒最舒服的一种方式。

尽管所有人都在大笑,对它评头论足,泰勒依然不为所动。它继续坐在那里,我不停地大笑着。或许,泰勒正在思考世界的奥秘,打量着周围笑得不可自持的图书馆员;又或许,它只是凝视着没有特定目标的空间而已。它轻轻叹了一口气,咕噜了一声,又恢复了佛陀式的坐姿。

有一天,泰勒又做出滑稽动作,我们笑得喘不过气来,我对伊冯说道:"或许我们应该给它取名叫佛陀。"不过,贝克和泰勒图书批发公司肯定不喜欢这个名字。如果真的这么做了,这家公司会要求我们退还泰勒,或要求我们偿还费用,而这是我们无力承受的。

几天之后,我看到贝克的坐姿也变了,不过它比较肥胖,佛陀坐姿让它很不舒服。它想直身而坐的时候,会把身子靠在一旁,再用一只爪子支撑身子,使尽全力让自己显出轻松随意的样子。

但是,佛陀坐姿是泰勒默认的姿势。只要能鼓足勇气走进总阅览室,它就喜欢靠着书架坐着,静静地看着人来人往。它的姿势就像远处山峰上一位正在练功的瑜伽修行者,等待数里之外的信徒前来拜访。

除了独特的佛陀坐姿,泰勒还是一位打呼噜冠军。如果它在我桌子下面睡着了,恰好有一位访客就在附近,访客一定会问:"你的计算机是不是出毛病了?"

贝克和泰勒经常让我们大笑不止。我每天都能看到泰勒的佛陀坐姿,以及贝克摆出"这是我的大肚子,快来摸摸吧"的姿态,每次看到它们我都忍俊不禁。它们摆出古怪姿势的时候,我们每个人都会大笑不已。仅凭这一点,这个图书馆就与我工作过的其他地方截然不同。

三

贝克和泰勒在图书馆里仅仅待了几个星期,但人们的普遍感觉是,它们似乎已经在这里生活了很多年。

它们很快熟悉了这里的生活,读者和图书馆员也很快习惯了它们的生活方式。到了晚上,我们把它们关在工作室里,不让它们在图书馆里乱跑。我向来认为,把猫放到巨大而空旷的空间里,又没有人陪伴,它们难免会感到紧张。毕竟,我们"聘用"猫雇员的目的,是让它们保护图书馆,而不是毁坏图书馆。

伊冯和我细心照顾着贝克和泰勒,就像照顾自己家里的猫。实际上,贝克和泰勒的生活与家猫的生活并没有太大差别;两者的不同之处仅仅在于,贝克和泰勒的家恰好安在图书馆里,和所有的家猫一样,它们绝对是一家之主。

不过,这两只猫和其他家猫相比,有一个明显的特点:白天的时候,贝克和泰勒接触到的人数量很多,种类复杂;因此与普通的家猫相比,它们呈现出更加多样化的性格特征。

早晨我来到图书馆,看到它们蹲在大门口,急切地等着我打开猫粮罐头;到了晚上,我在工作室里备好猫粮、水和小纸箱,最后关上图书馆大门;在每天的这段工作时间里,就像大多数被娇宠的家猫一样,贝克和泰勒也做着同样的事情:吃东西、睡觉、在小纸箱里撒尿拉屎、在晨间亲昵地厮打、找地方打个盹;在做这些事情的时候,它们会不时地挠头和玩耍。

到了午餐时间,包括我在内的大部分图书馆员都拿出午餐,围着桌子吃饭,贝克和泰勒会兴致勃勃地审视午餐饭菜,有一种食物对贝克格外具有吸引力,它的诱惑力足以把贝克从一只懒散的猫变成一只贪吃的老虎。

如果有人带甜瓜作为午餐,贝克闻味后会马上跑来。如果当时它恰好在图书馆的另一端,只要闻到甜瓜气味,它就会一溜小跑赶到工作室,然后跳到放置甜瓜的桌上,像疯了似的要偷走甜瓜。如果甜瓜的主人进行阻止,它就张开前肢跳起舞来,似乎在说:"快给我吧,快给我吧,我比你更爱甜瓜,还是赶紧给我吧。"

天知道,猫怎么会喜欢吃甜瓜?事实上,贝克可以吃光整整一个甜瓜,还是连皮带肉全部吃光。贝克平时的叫声并不洪亮,但只要看到甜瓜,就会发出响亮而高调的叫声。一旦伸出爪子抓到甜瓜,贝克就会把甜瓜送到嘴边;不管谁想夺走它的甜瓜,它都会咆哮不已。

泰勒不喜欢甜瓜,但它绝对算一个酸奶爱好者,更准确地说,它只喜欢柠檬或者香草口味的酸奶。它不止一次地把脑袋伸进废弃的酸奶盒里,吸吮残留的酸奶;它经常把脑袋套在酸奶盒里,一边吸着盒里残留的酸奶,一边在图书馆里到处溜达。有时候,它能把脑袋从酸奶盒里拔出来,有时候没有办法拔出,如果发生后一种情况,我们就要前往救援。

我们开始意识到,在每天的工作时间里,这些异常情况会随时发生。

* * *

有一天，我在服务台忙碌着，给借书卡盖日期章的同时，抽空观察贝克和泰勒的情况。贝克在大门旁四仰八叉地朝天躺着。它年龄不大，也不是你想象的那种肥猫，但它的肚子很肥硕，只要有读者走进大门，它就做几下深呼吸，鼓起肚子给他们看，似乎对读者说："这就是我的肚子，白白胖胖的大肚子。摸摸它吧。"这是它与人沟通的方式。

与泰勒相比，贝克更喜欢交际，具有乐天派的性格。我们在服务台上的印台与选民登记表之间放了一个垫子，贝克经常在那里睡觉，醒来之后，它喜欢在服务台附近巡视，看看图书上的印章是否盖得合适。贝克擅长让读者快乐，泰勒则更喜欢和图书馆员交往，在情绪的感受方面比贝克更敏感。只要走出工作室，泰勒就喜欢以佛陀的姿势坐着，后背靠在复印机上，不紧不慢地抓挠身子，它的爪子总在挠同一块毛发，有时候我会担心，如果那个地方挠的时间长了，毛就会掉光，就会变得光秃秃的。

两只猫的差异让我觉得好笑，我想起一部很老的情景电视剧：《天生冤家》。贝克当然是剧中的奥斯卡·麦迪逊，一个好脾气却贪图享受的懒人；泰勒就是剧中的菲力克斯·昂格尔，一个有着洁癖的怪人。事实上，泰勒行事一直谨小慎微，做任何事情都要做到极致与到位。此外，贝克不在意路上的任何东西，即便遭遇刀山火海，照样心无旁骛地享受日光浴；泰勒具有很强的观察能力，即使闭着眼睛，也能感受图书馆里发生的任何事情。

贝克未必不讲究卫生，不过显然，它远远没有达到泰勒的整洁标准。只要贝克稍微脏了一点，泰勒就无法忍受，就会主动帮它整理毛发。贝克贪吃，不仅喜欢吃甜瓜，也喜欢吃其他东西，泰勒则喜欢大量饮水。虽然泰勒的性格与菲力克斯·昂格尔很相像，但它常常对水碗视而不见,因为水碗是放在地板上的,天知道那里面都有些什么。泰勒喜欢用大杯子喝水,很多图书馆员的桌上都有这种杯子,在多数情况下,这些杯子里都有水。不过泰勒并不挑食,如果大杯子里是咖啡或者茶,它也会喝上几口。

一天早晨,我正在用铲子清理小纸箱,听到有人叫我。

"简?"

"我在。"

"你的猫把我杯子里的水都喝光了。"

哼。向读者显摆的时候,它就是你们的猫;一旦犯了错误,它就成了我的猫了。

我放下铲子,朝着"罪犯"走去。

"这件事让我来处理。坏小子,泰勒。"我说。不过,我的话里压根儿没有怨恨情绪,而且我也只能这样。我怎么可能因此而发怒?我在储藏室里找了一会儿,发现一个有缺口的大杯子,上面印着"生日快乐"的字样。我举起杯子,向聚集到这里的人群发问:"这是谁的杯子?"

没人应答。我给杯子灌满了水,把它放在泰勒睡觉的阿富汗地毯旁边。"这是你的杯子,以后不要再用别人的杯子了。"我告诉它,同时开始清理那只小纸箱。它闻了一下杯子,喝了几口水。从此以后,只要这个杯子里还有水,它再也不会去打搅别人。

* * *

到了那年的秋季,统计数据显示,图书馆的图书借阅量比去年增加了17%。

有意思的是,一些很久没来图书馆的读者惊奇地发现:"哇!图书馆居然里养了一只猫!"几秒钟之后,他们又在惊叹:"天哪,还有另一只猫!"和我们一样,这些读者很快就习惯了这个场景:两只长着有趣耳朵的猫在书架之间随意走动,审视着服务台旁图书馆员的工作,或者,它们只是观察这个不停运转的外部世界。

我充分意识到,图书馆业务得到迅速的发展,得益于多方面的因素。首先,两只猫吸引了大量读者来到图书馆;其次是当地人口数量的快速增加;还有一个重要的原因,就是新图书馆馆舍的设计得当。在旧图书馆里,读者想要伸伸懒腰,放松身心,随意地浏览报纸和杂志,只有数量不多的椅子供他们使用;新图书馆有几间宽敞而通风良好的阅览室,窗户很多,清晨时分,阳光可以透过窗户充沛地照射进来,阅览室与其他区域相对隔绝,那里更加安静。因此,读者在新图书馆里的驻留时间,要长于在旧图书馆的驻留时间,他们不介意猫可能监视着他们的阅读行为。看到一些五十多岁的男子——他们有时还穿着正装——坐在阅览室里浏览《华尔街杂志》,贝克就坐在他们的中间,这一幕真让我们感到欣慰。

我很快意识到,一些新读者以前从未使用过公共图书馆。道格拉斯县在1967年才建立第一所图书馆,在此之前,除了学校里的图书馆,生活在这个地区的很多人根本没有其他图书馆可供利用。即便是学校图书馆也主要收藏一年级读物和旧教科书,没有其他图书可供利用。

旧时代的牧场员工以及第四代或第五代居民,习惯于把野猫养在谷仓里,他们不会在家里养猫,更不用说在图书馆了。所以,听说图书馆养了两只猫,他们一定要亲自到图书馆来看看,因此,有生以来他们第一次走进图书馆的大门,学习如何利用图书馆。

办完有生以来的第一张借书证,他们会顺便走到新书书架前,浏览新到的图书。贝克蹲在他们脚边,用写阿拉伯数字8的方式蹭着他们的脚踝。他们挑选了一本书,把它带回家仔细阅读。当他们下次到图书馆还书时,或许还想再借一本图书,这时,贝克和泰勒就在图书馆服务台旁迎接他们,就像欢迎它们的老朋友。

从某种意义上说,两只猫就像便利商店里的廉价牛奶,本身是一笔赔本生意。读者到图书馆来,最初的目的是想看看猫,但来到图书馆之后,他们就慢慢喜欢上了图书;这样就形成了一个良性的循环,图书馆的读者数量及借书数量也就因此而增加了。

＊　＊　＊

下午稍早的时候,图书馆里很安静。早晨到图书馆来的读者,以及利用午餐时间到图书馆还书的读者,这个时候都离开图书馆了。图书馆的第二波人潮主要由高中学生组成,他们来图书馆是为了写家庭作业。新图书馆在学校放学后接待的学生数量,已经远远超过旧图书馆,原因是学生们从学校出来,只需要走几个街区就能到新图书馆,而旧图书馆与学校的距离较远,学生需要走很长的路才能到达。

贝克喜欢孩子。它总是焦急地等待学校放学,守候着蜂拥而至的学生。下午比较安静的时候,它喜欢趴在图书馆大门口,等待第一拨学生的到来。学生走进图书馆后,它会陪伴他们走进阅览室,然后跳到他们的图书或者背包上,有时还会跳到他们的作业本上。

如果有很多成年人和青少年在场,泰勒会感到害羞和紧张,不过,它也喜欢孩子。我注意到一个有意思的现象:它不愿意成年人做的事情,却愿意让孩子去做,比如,它愿意让孩子故意给自己反向梳毛,愿意孩子在自己周围爬来爬去。只要儿童区域举办特别的活动,它就喜欢在那里溜达。有一天,一位作家来到图书馆,做一次有关恐龙知识的讲座,他带来一些化石,让孩子亲手触摸。那时泰勒恰好在场,它和孩子们打成了一片,胡乱拨弄着那袋化石,明显抢了作家的风头。

我经常看到,一个连 ABC 都没认全、还在姗姗学步的小孩子,竟然对泰勒"朗读"图书里的内容。孩子打开一本图画书(常常倒着拿书),煞有介事地念着"那只猫喵喵喵地叫着",此刻,泰勒就趴在他身边。不过，还有一些孩子不明白，为什么图书馆还要养猫。他们常常在阅读过程里，突然发现角落里有一只猫。还有一些姗姗学步的小孩子，看到泰勒之后并没有马上反应过来，过了一会儿才突然醒悟，随之就紧紧盯着它看。我几乎可以猜出他们是怎么想的：这肯定不是一只真猫，它肯定是我瞎想出来的；或者觉得，这个家伙真像一只猫。有些孩子想看得清楚一些却不敢凑得太近，于是他们选择迅速地逃跑，躲到房间的角落里，就像泰勒那样；要是泰勒想悄悄而迅速地逃离现场，也会躲到房间的角落里。

我还发现，有些小孩子宁可远远躲着猫，他们害怕任何动物，即便面对的只是一个塞着填充物的动物标本。我也感到奇怪，在由牧场业主组成的社区里，很多家长在家里居然不养任何动物。不过，我也看到一些原来不喜欢动物的孩子，开始慢慢喜欢上身边的猫。在喜欢动物的孩子里，有一部分人来图书馆的次数更多一些，这样，他们就有更多的机会与猫相处，猫成了孩子的宠物。

有一位高中学生几乎每天放学之后，都要到图书馆写家庭作业，贝克很喜欢和他作伴，他总是用一只手写作业，用另一只手轻轻拍着贝克。有一次他告诉我："毕业之后我就离开家庭，在外面去谋生活，挣到钱养尽可能多的猫和狗。"

泰勒喜欢傍晚举行的"讲故事时间"，儿童图书馆员卡罗尔·纳格奥特大约每个月举办一次这样的活动。她把儿童图书馆设计成家庭客厅，放上摇椅和动物标本，把棉被铺在地板上，孩子们可以舒服地躺在棉被上聆听故事。孩子们也会带来自己的动物标本，像在家里一样，穿上自己的睡衣（一些孩子家长也穿着睡衣），卡罗尔甚至还穿上长袍和兔毛拖鞋。泰勒通常也会加入孩子的行列，和他们一起听故事。

贝克不喜欢"讲故事时间"，更喜欢在卡罗尔的办公室里闲逛，那里总是乱七八糟地堆着各种服装和动物标本。它喜欢在办公室里乱翻一气,把一些东西拖到自己的猫窝,然后安静地睡一个长长的午觉。图书馆关门的时候,它喜欢躲在文件堆里,我们必须把它们抱回工作室,让它在那里过夜。如果我们找不到贝克,就会第一时间到文件堆里去找,结果总能如愿以偿。

晚上需要安顿它们睡觉。在大部分情况下,泰勒不会给我们增添麻烦,它喜欢自己做好相应准备,无需别人告诉它怎么做。贝克就会给我们制造一些小小的麻烦,它喜欢自由自在的生活方式。如果它没在儿童娱乐室,我们就需要到处检查,看看它是否被关在会议室里,或者,它是否已经躺在书架上呼呼大睡了。

有一次我们真找不到贝克了——每个地方都找过了,就是没有它的踪迹。我们到处叫着它的名字,尽管我们很清楚,这样做其实一点用都没有。贝克不是这样的猫——只要我们一喊“我们在这儿呢,猫咪,猫咪,快过来吧”,它就会乖乖地过来。只有它觉得自己该出来了,才会慢慢过来,不过,就算愿意过来,它也不会跑着过来,而是慢悠悠地踱着步,不紧不慢地走过来。它用肢体语言告诉你:我才不在乎你们呢,我就是这个样! 你们能把我怎么样?

其他图书馆员都回家了,只有同事丹·多伊尔和我留了下来,还在到处寻找贝克。哪儿都没有贝克的踪影,而此时此刻,泰勒就在工作室里的阿富汗地毯上正襟危坐,显出一副高贵的样子。我们找遍了贝克可能躲藏的所有地方,都一无所获,于是,我们开始检查桌子底下,拉开每个桌子抽屉。最后,我们在服务台的桌子底下找到了它,这家伙正躺在柜子里做美梦呢。

“贝克!”多伊尔责怪贝克:“我们都在喊你的名字,你干吗不回答?”

“它干吗要回答?”我替贝克做了回答,抱起它往工作室走去,“再怎么说,它还是愿意待在它觉得最舒服的地方。”

贝克和泰勒只对我反抗过一次,起因是我要把它们送到兽医站看病。在这个世界上,有两件事情是它们最痛恨的,第一是让它们离开图书馆,第二是迫使它们坐汽车。开车送它们去兽医站,就是把这两件事情同时降临到它们身上。把它们装进猫笼的唯一办法,只能是毫不留情地使用暴力:我先打开猫笼的门,抓住猫的后半身,使劲把猫的前半部分往猫笼里塞,它们当然要拼命抵抗。到了兽医站的办公室,猫仍然拼命挣扎,不愿走出猫笼。我只能打开猫笼的门,把猫笼倒过来放,设法把猫放入其他容器里,猫则紧紧抓住猫笼边框,躲在里面不出来。

在场的所有人都有些害怕,面对这种情况,兽医鲍伯·葛林多博士开出"安定"药片作为处方,内容如下:

> 治疗方案:图书馆养的两只猫,一次四分之一的"安定"药片,口服,剂量 2 毫克。该药片可能导致瞌睡。服药期间不能喝酒精饮料。远离儿童存放。

实际上,只要稍微偏离日常生活的轨道,贝克和泰勒就会感到紧张。它们愿意待在室内,对外部世界一点都没有兴趣。贝克抵达图书馆大约一个月之后,一位以前没看到有关图书馆养猫告示的读者看到书架上居然有一只猫,还以为这是附近居民养的,而事实上,确实有很多猫经常在图书馆周围溜达。我们很熟悉这些猫。我在想,或许这些猫会觉得,贝克的工作比他们的活儿轻松多了。

差不多有一年的时间,有一只名叫达德利的猫一直在这一带游荡。尽管它也有自己的猫窝,但它在外游荡的时候,常常持续发出呜咽声,看上去就像一只无家可归的可怜小猫,十分羡慕贝克的生活。一些读者觉得,图书馆既然已经养了两只猫,再养一只猫又何妨?趁我们不注意的时候,有人把达德利放到图书馆大门前;我们一旦看到达德利在图书馆大门处,就很快把它从图书馆后门送走。最终,达德利的主人搬家了,把达德利也带走了。

上面那位读者看到贝克在图书馆里随意走动,就想当然地以为,如果打开窗户,把贝克放出去,就是给图书馆帮了一个大忙。于是他就这么做了。

当然,这位读者当时并没有告诉我们,但过了一会儿,我们听到了猫的呻吟声,还听到了图书馆四周传来轻轻的击打声,但谁都没有细想。快到中午的时候,又一位读者来到图书馆服务台。

"我觉得那只猫跑到图书馆外面去了。"他说。

后来才发现,为了回到图书馆里,贝克在外面的窗户底下至少待了一两个小时。

图书馆之猫:托伯尔

托伯尔来到印第安纳州荆棘镇的荆棘镇公共图书馆。它有

自己的博客——托伯尔探险记：荆棘镇图书馆之猫（网址是：tobersadventures. blogspot. com）。贝克和泰勒图书批发公司决定，将托伯尔作为公司 2014 年年历的封面图，由此确立了它的明星地位，引起国际社会的高度关注。

1）你是怎么最终在图书馆里定居的？

图书馆馆长凯伦·涅米亚救了我。开始，她把我当家猫来养，但我不喜欢和其他动物生活在一起，所以，她把我放到图书馆里，我在那里很快成了老大。

2）你在图书馆里承担什么职责？

我希望自己是一名亲善大使，同时也略微承担一些守夜工作。在捕捉和猎杀潜入图书馆的各种害虫方面，我可以称得上是一位专家。在图书馆组织的很多接待活动里，我是一个必看的项目。

3）工作中让你最气恼的事情是什么？

作为宠物，我最大的烦恼是，每天工作结束之后，我的同事们就都回家了！不过，我也会利用这段时间拼命捣乱。我喜欢吞吃便利贴、粘性纸、绸花和以太网网线。在有工作人员关注的情况下，我很难有机会吞吃这些东西。另外，如果进餐时间延误了，我也很不高兴。让我恼怒的其他事情还有：图书馆员忽视我吃东西的要求、被脑袋朝下地提溜着、在开展有趣活动时被锁在会议室里、给我拍照时有人使用闪光灯。

4）谁是你最喜欢的读者，为什么？

我说不出谁是我最喜欢的读者。那些年龄最小的读者，往往是我最害怕的。小读者看到我都很兴奋，他们会大声喊叫，还会狠狠地敲打我，我不喜欢这样。不过，图书馆员会告诉小读者，应该怎样恰当地与猫接触，应该如何去爱护它们。所以，后来我还是会接待这些小读者，要知道，我过去可是远远躲着他们的！

5) 你最喜欢哪一本书？

现在我最喜欢的一本书，是《哈泽丁小姐家里那些害羞而恐惧的小猫》，作者是艾丽西亚·波特和波基塔·西夫。这本书揭示了一个真理：即便是一只害羞的小猫（人也一样，这一点我敢打赌），也能拿出勇气，干出一番大事。我还喜欢《来了一只复活节的猫》，作者是黛博拉·安德伍德和克劳迪娅·鲁埃达。

6) 你对其他的图书馆之猫有什么建议吗？

对图书馆员的培训，是在图书馆与猫之间建立和谐关系的关键因素。用你的爪子挠挠图书馆馆长，让他或她了解你的期待（他或她开始可能以为自己是老大，但这种想法很快就烟消云散）。此外，如果你希望在图书馆关门的时候，能够得到"人们更多的关注"，你可以设法"意外地"被关进一间小屋子，并且在那里过夜，但这种事做一次就够了。这可以教育一下人类，迫使他们在每天晚上关门的时候查看每只猫的情况。这就意味着，你可以得到额外的关注。为了把事情干得更漂亮一些，在图书馆关门之前，找一个秘密的地方睡上一觉。图书馆员喜欢迎接挑战，愿意在图书馆里搜寻一番，包括卫生间、储藏室和办公室，希望找到这只睡着的猫！

7) 一些图书馆员希望招募猫作为雇员，对此你有什么建议？

赶快招募！不过要记住，所有的猫都有不同的个性，你们应该根据猫的不同个性，让它们承担不同的工作。在成为一只成熟的图书馆之猫前，我愿意成为一只图书馆办公室之猫。这样，我可以更好地理解图书馆的同事，也可以慢慢认识图书馆的其他同事。我的性格文雅而温顺，如果事情太多，或者环境过于嘈杂，我可以去很多安静的地方躲一躲。同事们喜欢和我在一起，我也喜欢他们为了让我坐得更舒服一些，事先就把椅子坐暖和这一点。此外，他们很棒，经常从抽屉里拿东西给我吃，还摸我的肚子！摸肚子的感觉真的很舒服！

8）你还有什么话想说吗？

赶紧成为一只图书馆之猫，因为这是世界上最好的工作之一。如果你是一只猫，就有机会成为一只图书馆之猫。赶紧去办吧！（就是不要在还书槽里睡觉。那个地方太危险！）

四

　　这两只猫到图书馆已经几个月了。我渐渐感到,我花费在它们身上时间太多,用于工作的时间少了。我觉得,所有人都有这样的感觉。

　　有一天,我用一只手抚摸着泰勒,另一只手打字写信。看到这个场景,康斯坦丝对我说:"你看,猫来了以后,确实降低了我们的工作效率。"

　　我嘟囔了两句,赶紧专心打字。搬入新图书馆将近一年了,我们还有很多被耽误的工作,需要赶紧补做。在这段时间里,我们一直忙于整理馆舍,要逐步适应新的工作环境,此外,还聘用了一些新的图书馆员。

　　"我的意思是说,我们应该认真考虑这个问题了。"她说道,"每天至少有好几次,我要抽出时间与它们一起或者单独交谈,还要和其他图书馆员交流猫的信息;不过这样也有好处,这种交谈让我们身心得到放松,图书馆员和读者都有这样的感觉。"她停顿了一下,接着说:"我觉得,你的身心也变得轻松了起来。"

　　"是啊,我们还是静下心来工作了,这就很好。何况,身边至少还有一位喜欢我的人。"

我当然在半开玩笑。我是一位负责征收罚款和记账的图书馆员,而且,我不是一个经常会笑的人。还是孩子的时候,我就不会笑,这是天生的习性,即使过了四十年,这一点仍然没有太大改变。

猫很快适应了图书馆的生活,这让所有人都感到惊讶。我们很快意识到,它们对图书馆工作充满了好奇,喜欢"帮助"我们工作。贝克坐在服务台上,如果爪子所及范围内有一支铅笔或者回形针,贝克就毫不犹豫地把它扫到地上,意思是说:这个东西碍你的事儿了,要赶紧清除。不过我的看法是,它这么做只是为了腾出空间,让身体伸展得更舒服一些。基于这样的情况,每天早晨一上班,我就把桌子收拾得干干净净,并且找来一堆石头,压在不同的文件夹上。

必须承认,康斯坦丝说得很对。在工作时间里,如果有两只猫陪伴着你,尽管它们大部分时间都在呼呼大睡,总是一件让人感觉愉快的事情。如果一些人或事让你抓狂,没有什么比身边有一只态度友善、经常呼呼大睡的猫更容易让你的情绪平静下来的了。它们不一定会坐在你的腿上,不过,只要在胳膊所及之处能够抚摸它们,或者知道它们就在图书馆的某个地方,这对我们就够了。

康斯坦丝还说对了另外一点,就是猫以一种不同寻常的方式,促使我们将更多的时间用于工作。公共图书馆养了两只猫,这是一种超出常规的做法;与过去相比,我们要用更多的时间与读者交谈,和他们发生互动。毕竟,我们要向普通公众解释,一所公共图书馆为什么要养猫。所以,我们不仅要给图书盖章、征收过期罚款,还要花时间回答读者有关猫的提问,告诉他们猫的品种情况。我们为贝克和泰勒感到骄傲,也为新图书馆感到骄傲。

贝克和泰勒的来到,让我们几乎无法到杂货店快速购物。尽管我早就知道,一旦生活在小镇里,即便是匆匆买一箱牛奶这样简单的事情,也会演变为长达一小时的漫长旅行,因为在去购物的路上,会不断遇到老朋友、熟人还有读者,我们要相互问候,作礼节性的简短交谈。贝克和泰勒到来之后,购物的时间长度又几乎延长了一倍,读者在路上见到我,都会关心地询问猫的情况,不论是一周前还是当天早晨才去过图书馆的读者,都会这么问我。

康斯坦丝确实说对了,猫使我变得温柔起来。所以,我做了我过去在图书馆里很少做的事情:我开始微笑了。

而且,康斯坦丝也对我报以微笑。

* * *

泰勒来这里大约一个月后,一位专业摄影师来到图书馆。有了他的帮助,我们就可以履行对比尔·哈特曼先生以及贝克和泰勒图书批发公司的承诺。我们计划在星期日进行拍摄,因为图书馆只在星期日闭馆。问题很明显,贝克和泰勒厌恶旅行,到兽医站的短短旅程都让他们厌烦无比。我告诉比尔,如果把拍摄现场安排在图书馆里,操作起来就会方便。幸运的是,他们接受了我的建议。

摄影师开始布置灯光和照相设备,把一大卷纸贴到墙上作为布景。伊冯和我在一旁看着,一些图书馆员在休息日也到现场观看。猫躲在工作室里,等摄影师准备好了再出来。

摄影师发出信号,表示可以拍摄了。我们按照正常的拍摄程序,打开工作室的门。贝克很快跑到书架的另一头,那里充满阳光,是它最喜欢的地方。我把它抱到拍摄现场,它瞪了我一眼,似乎对我说:你想干什么? 但它还是按照我的意思做了。它对拍摄布景格外有兴趣,不停地在布景后面走来走去,看看那里是否藏着什么东西。泰勒则晃晃悠悠地走到服务台,靠在服务台旁,迅速摆出佛陀坐姿。

摄影师皱了皱眉头。"它不能这样坐。这样拍出来,人们会看到它的私处，很不雅观。"

嗯……也许，这次拍摄任务比我想象的复杂得多。原来我只是觉得，摄影师会很快拍完几卷胶卷，然后所有人都可以回家吃午饭了。"不过，它向来就这么坐的。"我解释道。

比尔点了点头。"我觉得，如果它像普通的猫那样坐着，拍摄效果会更好。"

比尔是我最喜欢的人。因为有了他，我们才有了两只每天都在图书馆里游荡的猫。

"说起来容易，做起来难。"我回答道，其实这句话适用所有的场合。幸运的是，我们把两只猫放到布景前，泰勒居然就像普通的猫那样坐着，不再摆出佛陀坐姿。伊冯和我站到照相机旁边，不停地跳着、叫着、挥舞着双手，吸引两只猫一会儿往上看，一会儿往下看，它们还不时地歪着脑袋卖萌，摄影师顺势抓拍了很多照片。在五分钟的时间里，拍摄过程异常顺利，但是五分钟过后，它们就不愿意待在这个地方，也不愿意再以这种姿势坐着。贝克慢慢地走开，泰勒也恢复了佛陀坐姿，开始平静而仔细地清除身上的灰尘。

我停了下来，不再跳跃，摄影师也从照相机旁走开。看来，今天的拍摄工作不会马上就结束了。

"这里有道具或者玩具吗？"摄影师问。

"请稍等一下。"说完我就跑到工作室，拿出几个玩具。我回到拍摄现场的时候，看到摄影师助手给猫喂了一些食物，它们就留在了原处，安静了一两分钟。摄影师助手将布景上的面包碎屑扫干净，我们再次站好位置。我用一只手挥舞皮球，发出嘎嘎的响声，另一只手举着一根木棍，木棍末端绑着羽毛。我慢慢地转圈跳舞，渐渐转到布景一侧，同时晃动着皮球和羽毛，摄影师发疯似地快速按下照相机快门，抢拍了很多照片。和以前一样，贝克和泰勒最多只能忍受五分钟,超过这个时间限度,它们的注意力就会偏移,开始随意走动。

我们再次把它们放到布景前。我召集起所有在场的人,组成一个跳康加舞蹈的长龙。

这一次过了整整两分钟,贝克才站了起来,晃动一下身子,似乎在说,行了,我受够了。它离开了布景,泰勒也跟着它一起走开。

两只猫恢复了猫的自由天性,这让我感到尴尬,但摄影师并不介意。在随后的几个小时里,我们按照这样的程序不停地工作:五分钟拍摄,十分钟休息。我一边跳着舞,一边把身体扭成麻花形状,以刺激猫做出适当的反应;不到万不得已的时候,绝不能强迫它们做它们不愿意做的事情。

"还需要其他东西来刺激它们。"经过十七次休息之后,摄影师告诉我。

我用羽毛在他的眼前晃了一下:"这个行吗?"

"这个不行。我们用的这个东西会出现在镜头里;在布景的衬托下,它应该十分醒目,但又不能抢猫的风头。"他在屋子里四处查看,我也顺着他的目光看去。图书、椅子、文件夹,这是每个图书馆都有的东西。对我来说,照片里有猫就够了,其他东西只能让照片显得更凌乱。

"除了喜欢自己的猫窝和饭碗,它们还喜欢些什么?"

"我想一下。"我说完后,再次回到工作室,看看还有什么东西是猫喜欢的。上星期有人拿来一个购物包,是百货商店里那种花里胡哨的包。很多猫都喜欢钻进手提包里玩耍,贝克在今天早晨已经翻看过这个包了。

我一把抓起这只购物包,拿到摄影师面前。"看看这个行吗?"我晃了晃购物包,两只猫的注意力马上转移到我的手上。

"我看一下。"摄影师把购物包放在布景前。正如我们设想的那样,贝克和泰勒进入了工作状态,它们闻了闻,用爪子抓挠着购物包,还爬进购物包里玩耍。贝克的脑袋钻进购物包的提手环里,泰勒则钻到购物包里,慢慢地蠕动身体,偷偷地看着我,还不时眨着眼睛。

摄影师咧开嘴笑着,重新开始抢拍照片。不过我很快察觉到,猫又有点不耐烦,贝克的眼睛慢慢闭了起来,泰勒的毛发也竖了起来。它们似乎又要四处乱走了,就在这个时候,我举起一只胳膊打起响指。"贝克! 泰勒! 快看这里!"我叫着。

我意外碰倒了一个摄影灯泡。我不是有意这么做的,我只是希望早点结束拍摄工作。我累了,猫也累了,我不由自主地想到,在已经拍摄的几百张照片里,他们其实完全可以挑选一张还算过得去的照片。这个时候,我看到闪光灯不停地闪光,到了第二天早晨,我的眼前似乎还是一片闪光。

就在灯架撞到地面的一刹那,贝克和泰勒朝上看了一眼。我们后来才意识到,这就是摄影师抓拍到那张标志性照片的时刻,这张照片成为宣传贝克和泰勒的第一张招贴画。

然后,两只猫就出名了。

因为打碎了摄影灯泡,我有些懊悔,不过摄影师只是耸了耸肩,告诉我拍摄动物照片的时候,这样的事情会经常发生。他很清楚,拍摄动物照片是一种压力很大的工作。

不过,更让我担心的是,如果做了如此艰苦的努力,仍然没能拍出有意思的照片,我们该怎么交待。我担心,如果贝克和泰勒图书批发公司看到照片如此糟糕,可能会要求我们把泰勒送回去,或者要求我们偿还他们的捐款。当然,现在已经为时已晚,这里所有的人都喜欢上这两只猫了,因为它们在很短的时间里,改变了图书馆的面貌。我下定决心,即便需要做第二份兼职才能偿还捐款,我也要把它们留下来。

摄影师开始收拾摄影器材,助手们也开始拆卸布景。难道拍摄工作就这样结束了吗?

"我拍了几张很棒的照片。"摄影师一边说着,一边向图书馆大门走去。

我在服务台下面找到了这两只焦躁不安的猫,把它们带回工作室,让它们吃点东西,然后让它们做另外一件事情:睡觉。比起在照相机镜头前摆弄姿势,它们当然更喜欢睡觉。

五

　　显然,有些人不懂得一个道理:图书馆应当是一个宁静的世外桃源。

　　如果想在图书馆里完成某项工作,却不时听到阵阵刺耳的笑声,这肯定让你怒火万丈,而且,图书馆里发生这样的事情绝非偶然。事实上,这样的事情经常发生,我都能准确预测发出笑声的具体流程。

　　首先是几束专注度极高的目光,通常来自几双透过眼镜上方偷窥的眼睛。

　　犯事者一般会低声下气地道歉,摆弄一下手势。然而,几分钟过后,又传来一连串的笑声,最初是断断续续的笑声,后来变成狂野的大笑,彻底打破图书馆宁静的气氛;这个时候,礼仪就被抛到大门之外。

　　甚至贝克的耳朵都开始抽搐。

　　他们又一次做出保持安静的承诺,但是,一切都平静下来之后,他们再次发出笑声……

　　哈哈哈哈哈哈哈哈哈哈哈哈哈哈!!!

　　然后,他们七嘴八舌地说:"对不起!"

当然,到了这个时候,对犯事的一方来说,事情就无法挽回了。

开始是清晰可闻的沉重叹息声,随后是椅子撞击地毯的声音,最后是抗议者逼近一小撮犯事者的脚步声。

这些犯事者就是,唉,其实就是我们。

当时,我正在服务台旁和人聊天。我刚讲完一个故事,关于我如何掉进乡村垃圾场掩埋动物尸体的大坑里的。生活在牧区,迟早要遇到处理动物尸体的问题,不管是自己养的还是别人养的动物。很多牧民选择在自己的属地掩埋动物尸体,不过,也有一些牧民会把动物掩埋到垃圾场里。

在一个周末,我们家一只年龄很大的公羊死了。我和父亲一起把公羊尸体搬上卡车。到了垃圾场,父亲爬到卡车的车厢里,向外推公羊尸体,我站在车下,抓住它的两条腿向外拉。公羊的体格很大,居然一动也不动,我们只能使出更大的力气。突然,公羊尸体被拉下了车,我一下子失去控制,摔进掩埋动物尸体的大坑里。

我浑身臭气熏天。回家的路上,父亲让我坐在卡车后面,不要弄脏驾驶室。到家以后,他把卡车停在谷仓旁的空地上,我就在那里脱下全部衣服,拿着水管把身体冲洗得干干净净,然后,父亲才允许我回家。这片空地正好面对着大街,似乎整个小镇的所有人都在这时开车经过此地,目睹我的惨状。

我的故事讲到这里,一位怒气冲冲的读者走到服务台前,恶狠狠地盯着我们:"够了吧,女士们,你们能不能安静一会儿? 我有很多事情要做呢。"

我们赶紧承诺,一定会保持安静,不过,在这位读者坐下之前,康斯坦丝又大声说道:"我们小镇就像上演了一幕精彩的话剧!"我们忘了之前的承诺,又开始大声说笑起来。那位读者感到无可奈何,用鄙视的眼神瞪了我们一眼,收拾好图书,骂着走出了图书馆。

在我们看来,图书馆服务台工作多少有点社交的性质。我们可以利用这个平台,了解小镇上的各种传闻、读者对某本新书的评价,还可以当面和贝克进行有效的交流。笑声的发起,可能源于有人讲的一段笑话,或者有人讲的一段周末趣事,然后,我们就忘了自己的承诺。大部分人的笑声都各有特点,而且毫无顾忌。我们用笑声来消磨时间,总有人给笑话添油加醋,引来不断的笑声,环境越来越变得嘈杂。唉,这样的事情不提也罢。

道格拉斯县图书馆明登小镇分馆,与传统意义上的图书馆截然不同,关于这一点,在我们小镇里不是一个秘密。不同之处在于,这个图书馆养了两只猫,它们全天候地住在图书馆里,而且,很多读者认为,这个图书馆让他们联想到电视剧《干杯酒吧》,这部情景喜剧的背景,就设置在波士顿的一家酒吧里。读者之所以产生这样的联想,原因不在于我们知道所有读者的名字,尽管我们也确实知道他们的名字,而在于这里的图书馆员都富有个性。在这里,不是图书馆员提醒读者要保持安静,十有八九反而是读者提示我们要保持安静。

图书馆里充满着欢乐的气氛,但我们仍需要完成大量的工作,十分辛苦。要完成所有的工作,仅仅利用白天的工作时间是不够的,所以,我们常常说笑,也常常控制不住脾气,很容易发火。

这里的每个图书馆员都有正式头衔,比如图书馆技术员,或者图书编目员等等,不过,所有的图书馆员要在图书馆不同岗位上轮岗,分别承担不同的责任。也就是说,我们既要在服务台工作,也要整理书架,还要剔除不适合收藏的图书。

一些图书馆员愿意待在后台从事案头工作,或者修补图书。不过,在服务台工作几个小时,可以让身心得到极大的放松,尤其是当工作室里的工作十分忙碌、工作台上堆满图书需要处理的时候。偶尔,图书馆员因为某件事情而闹不愉快,有的人会抱怨,有的人会缄默不语。不过通常的情况是,一些图书馆员喜欢哼小曲,甚至大声唱歌。

或者既喜欢哼小曲,又喜欢大声唱歌。

我们有一位名叫莎琳·卡特勒的图书编目员,主要职责是为到馆的每本新书编制目录卡片。她喜欢唱歌,而且随时都想唱歌。康斯坦丝喜欢哼小曲,尽管在大部分情况下,我认为她没有意识到自己正在哼小曲。她通常不哼特定的曲调,而是随意乱哼。或许是因为工作室里过于安静,或许是想压过泰勒的呼噜声,然而在哼小曲与大声唱歌的间隙里,泰勒的呼噜声也让我难以招架。

事情还没有完。莎琳会根据待编目的图书种类而选择不同的歌曲。比如,如果待编目的图书是爱国主义题材的,她会突然引吭高歌《这是一面庄严的旧旗帜》;如果待编目的图书是一本爱情小说或一本有关情感问题的图书,她会高唱《我要你做我的爱人》。这是工作室一个角落的情景,而在工作室的另一个角落,我又能听到康斯坦丝轻声哼着:"嗯呀,啊呀。"

当然,丹也不甘寂寞,他不想独自唱歌,也要加入唱歌的行列,为莎琳高唱的歌曲增添和声。终于,康斯坦丝停止哼唱小曲,也加入了唱歌的行列。到了这个时候,我只能放弃继续工作的念头,转而来到服务台前,自愿承担服务读者的职责;当然,这份职责也要面临人际交流方面的挑战,因为每天走进图书馆大门的读者都各有不同的性格,要求也各不相同。不过,人际交流方面的挑战通常是即时性的:如果读者提出苛刻或者难以满足的要求,我会设法让他们平静下来,努力寻找解决问题的答案;他们的要求得到了满足,也就对我们满意了。

在大部分情况下,图书馆员之间的关系非常融洽。但是,就像在任何工作场所都会发生的那样,尽管你爱你的同事们,但有时候他们也会让你格外生气。

当然,我也完全清楚,有时候我也让同事们格外生气。

丹·多伊尔在 80 年代中期进入图书馆,对所有事情都充满热情,包括图书和俄罗斯历史(这是他最热衷的课题)。读者很喜欢他,因为他愿意倾其全力地为读者寻找相关资料,也会不遗余力地向他们灌输相关的知识……偶尔,也会谈到我。丹会不假思索地告诉来图书馆的所有读者,我的性格就像"烧焦的棉花糖",表面上僵硬而固执,内心却柔软而敏感。好吧,随他怎么形容我都行。还能怎样呢?

"简有点像一头大熊,脾气很暴躁,不过呢,在我们图书馆员看来,她又像是所有人的妈妈,总把我们置于她的呵护之下,"他继续说道,"有的时候她的脾气不太好,不过,她的内心永远充满爱心,所以我们不去计较她的坏脾气,她这样做都是为我们好。"

* * *

这里所有的人都很快乐,但我从未忘记一个基本事实:我在图书馆工作,我热爱这个工作的主要原因,是图书馆既是一个聚会的场所,也是一个结构化的环境,它应当具备程度很高的组织纪律性和礼仪要求。那个时候,我是图书馆里资格最老的图书馆员(新图书馆开业后,我们招募了几位图书馆员),我习惯于用某种固定的方式完成工作。但是,我也不希望被人当作一个食古不化的老古董,总喜欢这样的唠叨:"想当初,我们就是这么做的;当年被证明是好的做法,现在肯定也好用。"

此外,我很清楚自己的职责范围,如果有人妨碍我履行职责,我一定据理力争、寸步不让。任何时候都要恪守原则,只要认定自己在做正确的事情,就一定要坚持下去;别人或许认为你过于固执,缺少必要的灵活性。我的看法是,如果最终结果是满意的,我的坚持就是正确的,如果结果并不理想,那只是说明,我在错误的时间里表现出固执的性格特征。

但事情总在不断变化。有时候,固执的态度会让别人失望。我经常表现出强悍而暴躁的态度,但我的内心却柔弱而敏感,常常因为自己的恶劣态度感到不安。

更多读者涌入图书馆,就是想看看贝克和泰勒。为了保护它们免受骚扰,我不得不扮演恶人的角色,在履行职责与内心感受之间,形成了尖锐的冲突。比如,读者和访客总是希望有机会抱一下猫,每天我都要告诉他们,这样做是不可以的。首先,它们不愿意被人抱,特别是贝克,如果你抱它的方法不对,它会把你抓伤。想象一下,如果每天有四百个人都要抱它们,这将发生什么情况? 它们会变成毛发全无的吉娃娃犬,或者说,像加了填充物的吉娃娃犬。

对一些读者和图书馆员来说,生活中有没有猫的陪伴,在他们看来都无所谓。有的人更喜欢养狗,另一些人认为养什么动物都可以,还有一些读者显然患有恐猫症,从心底里就怕猫。我们用大量时间向人们解释,伊冯和我用自己的钱养猫,没用过纳税人的一分钱。而有些人并不知道这个情况,或者不相信我们的解释。有一次,一位居民在报纸上读到一篇有关本地当年预算状况的文章,有一行标题是《宠物,资金》(Pet. Cash)。他们认为这是一笔用于养猫的资金,不知道其实是小额备用金(Petty Cash)。于是,这位居民手提两桶明晃晃的硬币,径直走进县政府办公室。审计官觉得这个举动过于搞笑,我们听到这个故事之后,同样感到乐不可支。

还有一次,有人给动物管理部门打电话状告我们,认为我们用残酷的手段分解了猫的耳朵。

我们很难解释清楚,贝克和泰勒究竟是私家养的猫,还是属于公众财产。从某种意义上说,它们是大众的宠物,就像公园里的鸭子那样,人们愿意给它们喂食。当然,在当时那个年代里,从法律的角度看,宠物依然被视为财产,尽管很多人都把宠物当作倍受宠爱的家庭成员。

具体到我们这里的情况,贝克和泰勒属于伊冯和我。不过,养猫的职责主要由我承担,比如给它们喂食、为它们洗澡、送它们去兽医站看病、保护它们免遭伤害等等。和它们在一起,我就像一头奋力保护它们的母狮子,我抚养自己的两个孩子也不过如此,不过那个时候,他们早就长大成人了。当然,如果它们给读者惹了麻烦,我会把它们带走,但我绝不允许任何人伤害它们。出于同样的原因,我不会忘了它们,因为我要对它们负责。在我看来,事情就是这么简单。

* * *

猫和我一样,很难完全避免激怒某些读者,有时出于无意,有时却是故意的。贝克在这方面尤其突出,它经常用舌头去舔读者。我一直觉得,与其说贝克是一只猫,不如说它更像一条狗。我们避免在读者面前使用这个词,但我们习惯于把贝克称作图书馆母狗,它随时随地会展示它的喜好:谁在抚摸它,谁就是贝克舌舔的对象。它喜欢坐在读者正在阅读的图书上,或钻进读者的手提包里或一下子扑到读者的脚上,让读者无法移动,只能轻轻地抚摸它。

贝克喜欢吃香瓜,这个癖好终于给它招惹了麻烦。那天,我正在服务台值班,一位脸色通红的女性从会议室里匆匆跑来。

"你们的猫要挠我!"她上气不接下气地说。

我看了看她。这两只猫性情平和,只有当跳蚤跳到身上时才会脾气暴躁,何况这样的情况也很少发生。

"是那只灰白相间的猫吗?"我平静地问她。

"就是它!"

"你有没有扯过它的尾巴?"

"当然没有!"

嗯……"你当时吃什么东西吗?"

"我吃了水果色拉!"她叫了起来,显然对一问一答的对话方式很不满意。"难道这还有关系啊?"

我已经知道原因,不过我还是要这么问。

"水果色拉里有香瓜吗?"

她似乎突然发现自己长了一个动脉瘤,流露出十分惊讶的表情,"是的,不过我还是不明白,难道这有关系吗?"

我重新给图书盖起章来。"它就是想吃色拉里的香瓜,仅此而已。"我回答她。

"贝克喜欢吃香瓜,甚于喜欢世界上的任何东西。我怀疑,它是否真的挠了你。它也许只是这样地轻轻拍了你一下,对吗?"我探过身去,在她肩膀上轻轻拍了一下。

"谁是它的监护人?"

"和你说话的人就是。"

她恼怒地叹了一口气,跺着脚走回会议室。一分钟后,她走出了图书馆,一路上还嘟囔着"这两只疯疯癫癫的猫"。

我朝会议室张望了一下,看看贝克是否真的变成一只脾气暴躁、攻击性很强的大猫。桌上还放着那位女性舍弃的午餐,贝克正慢悠悠地享受着美味,小心翼翼地挑出香瓜切块,对西瓜和草莓却视而不见。其他读者还在继续着聚会,对此毫不留意,他们已经习惯在图书馆里看到一只吃着香瓜的猫。

在我们的图书馆里,确实每天都能看到这个情景。

六

1984 年元旦后的一天,比尔·哈特曼出现在图书馆,胳膊上还夹着一个卷筒芯子。他笑得都合不拢嘴了。

"我有一份迟到的圣诞节礼物送给你。"他一边说着,一边把礼物递给我。

"是我想要的礼物吗?"

"我想让你第一个收到这份礼物。"

我有点紧张。上次拍摄照片的过程,让所有的相关人士都感到心烦意乱……如果我讨厌这些照片,或者,如果猫的影像很难看,该怎么办?

我展开了照片。贝克和泰勒也跑过来看。照片里,它们坐在略显破旧的购物包前,显得庄重、聪明而友善,不过也略显冷漠。照片呈现一种银白色的意境,猫的皮毛颜色被映衬得光彩夺目。

"拍得太好了!"我说道。

"我们也喜欢这张照片,"比尔回应道,"我们很想知道,图书馆员对这张照片是怎么看的。"

"难道有谁会不喜欢吗?"我一边说着,一边抚摸着这张猫的照片。贝克凑过来,想要啃啃照片边框,我把它轰走了。

比尔告诉我,他要到华盛顿特区参加美国图书馆协会的仲冬会议。这是一次图书馆员的盛大聚会,凭借这个平台,人们可以相互学习、交流新书信息,贝克和泰勒图书批发公司将在这次大会上首次展出以猫为主题的招贴画。

"我们已经运去几箱招贴画,在举办行业性专场的楼面分发。"他解释道,"可能会剩余一些招贴画,需要再运回来。我觉得这批招贴画的质量不错,不过实际效果如何,目前还不清楚。"

"你没机会去,太可惜了。"他说。

确实,真的太可惜了。我喜欢参加图书馆界的会议,这样我就有机会到各地旅行,能在第一时间亲眼看到几个月后出版的新书。此外,还可以参加各种研讨会和讲座,吸取大量的新思想,与其他图书馆员聚会,彻底放松身心。很多读者难以想象,平时举止刻板、态度严肃的图书馆员,竟然有机会与他们中的精英人士欢聚一堂。

作为图书馆的一馆之长,伊冯有权优先参加这些会议,不过今年的情况有些特殊。1983 年是我们图书馆的一个重要年份,我们先是搬入新图书馆馆舍,然后又迎来了两只猫;实际的情况是,我们面临着十分艰巨的任务,所有的人都要努力工作,竭尽全力为读者创造良好的阅读环境。

1984 年 1 月,县政府宣布缩减下个财政年度的经费预算,所有部门的预算一律削减 15%,预算方案从当年 7 月开始生效。这就意味着,我们所有人每周需要工作四十小时,却只能得到相当于三十二小时的工作报酬。本来就够糟糕的,然而更糟糕的事情是,他们居然连当年的图书预算也削减了。也就是说,本来在当年的后六个月里,我们还有 15500 美元的图书经费,对我们这种规模的图书馆来说,这是一笔相对充裕的经费;由于经费的削减,实际的图书经费只有区区几千美元了。

得知预算削减的消息,伊冯马上感到紧张。她关上办公室的门,在那天余下的时间里不停地给县政府官员打电话;其他图书馆员尽量对读者多说好话,让他们宽心。图书馆员也感到很揪心。除了预算方面的坏消息,我们还感到筋疲力尽:经费很少,却要办更多的事情。在随后的几星期里,我注意到贝克受到图书馆员的更多关注和抚爱。

那个时候,全州各个图书馆正在推进一个大型项目:把卡片式目录转换为集中式的计算机目录系统。州内每个图书馆都介入这个项目。大城市的图书馆拥有很多图书馆员和相关资源,项目的进展十分顺利;我们这样的小型图书馆,即便预算保持不变,在经费和人员配备方面也会捉襟见肘、左右为难。

简单地说,我们要把书架上每本图书的信息,输入计算机里做成一条记录。我们要做的是从目录卡片柜里取出一个抽屉,放到计算机旁——计算机与全州范围的计算机形成网络,网络的集结点设在卡森谷市然后开始输入信息。每次输入一张卡片里的信息,这些信息包括:作者姓名、书名、主题词、出版日期、出版社名称、页码、杜威分类法类号、国际标准书号等等。我们需要无数次地输入这些项目的信息。

这是一个在全州范围内联网的数据库,如果其他图书馆将某本图书的记录输入了计算机,我们只需要在这条记录里添加我们的收藏信息。不过,我们必须先确认这本书确实在书架上,既没有被读者借走,也没有被放错地方。如果这本书没在书架的合适位置上,我们就必须核对借书记录,确认它是否被读者借走。

一个有利的条件是,到了1984年,计算机屏幕的尺寸已经大于微波炉的尺寸,它可以释放很多热量;对猫来说,这是一个最好的居住场所：那里舒适温暖，猫可以趴在那里，高高在上，便于瞭望四周，俯视自己的王国。换句话说，尽管屡受挫折，但我们还是有一个好消息：贝克和泰勒还会在我们身边。

我经常坐在计算机旁工作，身边放着一抽屉的目录卡片。那个被叫作屏幕的东西不停地闪烁着，发出"嘟嘟"的声响，有时候还发出急促的尖叫声，每当这个时候，我就必须做好心理准备，马上投入繁复的工作，否则，绿色光标就会消失，屏幕会变得漆黑一片。要知道，那年计算机的视窗界面还未面世呢。那时候，每台计算机都要配备几大本使用手册，每一本的厚度都和电话号码本差不多，通常都要用十页纸、排版方式为单倍行距的洋洋洒洒的内容解释如何打开这个怪物、如何用软盘启动程序。显然，使用手册里的绝大部分内容，都是工程师和程序开发人员编写的。

我顺手拿来一本使用手册，看了看里面的指令，这些指令可能是用世界语写的，读了让人头疼。所幸的是，往往就在这样的时刻，正懒洋洋地趴在屏幕上方的贝克或者泰勒（通常是贝克），会伸出一只爪子拍拍我的脑袋，似乎对我说："嘿，遇到问题了吧？为什么不挠一下我的脑袋？"

它们永远都知道，什么时候我们最需要它们的帮助。

有时候，数据库出现整体瘫痪的状况，大约一半的数据被误删了。有人总是忘记给数据做备份文件。如果数据被删除，就意味着我们只能从头再来，再次输入所有的图书信息。

我们只能利用"业余时间"完成重新输入的任务——如果真有所谓的业余时间，我们肯定高兴得蹦到天上去。随着本地各项事业的发展，尽管图书馆的规模已经扩大，但读者数量也在持续增加，图书馆达到了能力的极限。由于预算的削减，我们无法招募更多的新员工，尽管我们急切地需要他们。为此，我们必须招募更多的志愿者。

我们参加了很多次的"图书馆之友"聚会,筹办过很多活动,希望吸收更多的志愿者;所有这些工作,都更多地占用了我们的时间。这是一种恶性循环。

这些工作当然是有价值的,正如人们对第二次世界大战的看法那样:它是有价值的,但也充满着艰辛。

我们试图尽快完成任务,但是,整个过程需要几年的时间。有时候,工作的繁重程度超出所有人的承受限度。我们在某个时间都丧失过耐心,都对读者发过脾气,特别是要求读者缴纳罚款的时候;读者违规每次被罚的五十美分,对一个宏大项目而言当然不算什么,但让我感到愤怒的是,读者违反了图书馆规定还满不在乎。如果读者还回来的图书被水泡过,用微波炉烤过,最后还被餐具弄脏了,那么,我只能加班加点地工作,以此转移我内心的愤怒。

就在这个时刻,我开始想念贝克了。我只要把手指插入它厚实的毛发,心情就会平静下来。在这样的时刻,我真切地感受到,猫确实给生活带来了巨大的变化。

谈到计算机的使用,键盘是它们向我发起挑战的又一个利器,也就是说,除了猫之外,键盘也是我们需要关注的对象。如果贝克没在显示器顶上呼呼大睡,它会探出脑袋,看着我的手指在键盘上飞快移动(有时也静止不动)。有的时候,我会轻声呵斥一下,或者把它的爪子推到一边,才能看到屏幕上的内容。如果贝克困了饿了,它会伸出爪子,对着我的手指狠狠打几下。如果我没有做出回应,或者它在那天格外任性,它会采取另一种方式,就像它想给正在读报的读者捣乱,如果没有得手,也会采取这种方式。

它会跳到键盘上,一动不动地趴在那里。

"贝克!"我斥责了一句,笑着把它从键盘上挪开。有时候,我允许它在键盘上来回走动,这样,我就能看到它最终会打出什么符号。

在多数情况下,计算机屏幕上会显示各种字母和符号的胡乱堆积,就像这样:

FREJIOP345308T5I54690^&.*()(*&.^MYM%^#

不过有一天,计算机屏幕上显示了以下信息;显然,贝克有话要说:

HIHIHIHIHIHIHIHIHIHIHI

"贝克,我也向你问好,"我一边告诉它,一边挠着它的脑袋,"不过,你最好还是从键盘上走开。"

* * *

在那段时间里,难得有那么一天,我不必双手合十,祈祷不再有一大团漂亮的毛发堵塞计算机键盘,让我们不得不停工。只有在这样的一天里,我们才能完成正常的工作量。我常常梦想着时光倒流,回到那个美好的旧时光里;在那个时候,我们使用的主要工具是可作凭证的还书日期图章,以及擦拭铅笔字迹的橡皮。当时,学会使用计算机本来就是一件很难的事情,加上大部分图书馆员都是年纪较大的女性,由此而形成的巨大压力,是很多人难以想象的。在那个时候,家用电话应答机都被看作一个神奇的机器,所以,只要想到图书馆居然要使用计算机,一些图书馆员就感到恐惧。毕竟,我们在学校里接受的都是传统教育,本地一些资深人士认为,新图书馆的建设完全是浪费金钱,他们过去连旧图书馆的大门都没进去过。当然,一些新近迁移到本地的居民对此持有不同的看法。他们喜欢新图书馆,他们中的大部分人都来自加利福尼亚州的一些城市和大型郊外区域,如果与这些地区的图书馆相比,我们的新图书馆就显得小多了,即便和道格拉斯县的其他公共设施相比,新图书馆也显得微不足道。

六

读者还是成群结队地到图书馆来,并非完全为了看猫。贝克和泰勒来到本地时,正是卡森谷地区处于历史上最艰难的时期,这个地区很快就成为两个不同群体的共同家园。

1980年代初期,明登小镇和整个卡森谷地区开始变革,变革的结果如何姑且不论。当时,经济处于萧条状态,很多牧场主无力维持牧场的运营,别无选择之下只能出售土地和牲畜。他们的孩子在本地区找不到收入丰厚的工作,土地卖掉之后,只能选择离开。与此同时,很多原来住在加利福尼亚的人却纷纷涌入本地,卡森谷地区有很多世代经营牧场的家庭,几十年来一直在这里居住。当地老派居民习惯于凑合着过日子,而新派居民习惯于都市生活方式,他们经常发生冲突。

新居民愿意迁徙到这里,看重的是山谷地区美丽的景色,以及较低的生活成本。但他们安顿下来后很快就发现,这个地区有些死气沉沉,图书馆的规模也太小,尽管在我们看来,与旧图书馆相比,新图书馆简直就像大型购物中心那么壮观。

当然,新图书馆的亮点之一是那两只猫。加利福尼亚的很多图书馆连一只猫都不养,更不用说养两只猫了。新居民走进图书馆后,经常怒气冲冲地抱怨,说图书馆没有收藏他们想看的图书,需要等上几个星期,图书馆才能以馆际互借的方式借来这本书;但如果看到贝克躺在计算机屏幕上呼呼大睡,或者看到泰勒摆出佛陀姿势靠在服务台上,他们的急躁情绪就会缓解。

年会结束不久,我们很快从比尔那里得到消息。"情况怎么样?"

"与会者都喜欢这些招贴画,"比尔说道,"所有的招贴画第一天就被一抢而光。有人甚至一拿就是好几张,高高兴兴地带回了家。"

"哦,难怪我在上星期接到了一个奇怪的电话,"我说道,"还有一些奇怪的邮件。"

"这是怎么一回事？"

有的图书馆员来到贝克和泰勒图书批发公司的摊位前，想多拿一些贝克和泰勒的招贴画。摊位前支着一条横幅，上面写着：道格拉斯县图书馆是这两只猫的家园。看到这个，他们一下子被这两只猫迷住了，决定给我们打电话，确认它们是两只真实存在的猫。那一天我们收到的都是谈论两只猫的贺卡和信件，我们把它们放在一个架子上；这个架子上的信件已经摆得像小山似的，每张卡片和信件都来自一位图书馆员，模拟他们所养之猫的口气撰写。不过到目前为止，没有一位寄信人明确表示，他们的猫是住在图书馆里的。

第一次接到这样的电话，我和电话那头的人都有些困惑。

"这里是道格拉斯县图书馆。"我对电话应答着。

"贝克和泰勒在这里吗？"

"是的。"

"我可以和它们说话吗？"

我正在服务台忙碌着。有五位读者在排队，等待办理借书手续；几个蹒跚学步的孩子和他们的母亲向儿童活动区走去，等着讲故事时间的开始；我还用眼角的余光看到，复印机那里飘来一阵烟雾。

康斯坦丝那天生病在家休息，我不能把事情都推给她，不能让她处理这些麻烦事情。

"康斯坦丝，事情有点不妙，"我开始对着听筒说话，"图书馆里人满为患，我们的人手不足，而且……"

电话那头停顿了一下。"康斯坦丝是谁？"电话那头的女性问道。她自我介绍说，她是新英格兰州某地的一位图书馆员。那天的年会结束之后，她回到自己工作的图书馆，在墙上挂上贝克和泰勒的招贴画，她的同事都向她打听，哪里可以获得一张属于自己的招贴画。

不过,她想先通过电话和这两只猫打个招呼。

我叹了一口气,把电话听筒递到贝克嘴边。贝克正四仰八叉地躺在服务台一个手工制作的垫子上(一位年长读者责怪过我们,认为贝克躺在弗尔米卡牌的服务台上很不舒服,为此她亲手制作了这个垫子)。

当然,贝克并不在乎躺在什么垫子上,它就是想在这里迎接读者。如果它躺在一个明显的地方,让读者一眼就能看到,他们会很乐意摸摸它的肚子。

"对喜欢你的人道别一下。"我举着电话告诉贝克。

那天我接到五个电话。三个电话分别来自不同的图书馆员,他们提出了同样的问题:他们图书馆的其他图书馆员也希望得到一张属于自己的招贴画;另外的两个电话是图书馆行业杂志的两名记者打来的。

我开始清理堆在架子上的邮件,这些邮件都是寄给那两只猫的。我安慰自己说,这是一种暂的时现象。很多人在邮件里表示,希望得到猫的招贴画,另外一些人在邮件里表达了对它们的赞美之情。拉斯维加斯一位图书馆员甚至发来馆际互借的请求,希望"借走"其中的一只猫,还特别注明"请勿把猫装在书包里邮寄"。我把这封邮件给馆里所有同事看了,他们全都大笑不止。我当然不会把真正的猫寄给她,而是通过邮局把猫的招贴画寄了过去。

一位妇女在邮件里表示,她想得到一张招贴画,不过她还补充道:"你们能否把猫爪印在上面?"和大多数猫一样,贝克和泰勒的态度很明确:不喜欢别人强迫它们做任何事情。在我看来,把猫爪摁到印泥盒里,再把爪上的印泥印到纸上或者招贴画上,就是它们不愿意做的事情。

不过,邮件的作者创造了"爪印"这个单词,为自己赢得很好的声誉;在我看来,这是一个很聪明的创造。我收好这封邮件,等到第二天,我带来一个形似爪印的橡皮图章,在招贴画上盖了两次。给泰勒盖章的时候,我选用了绿色印泥,爪印颜色稍淡一些,和贝克的爪印有所区别。我们采用绿色作为图书馆的标志性颜色,文具以及名片底色也采用了绿色。

第一张猫招贴画在那年春季发布之后,有关这两只猫的传说,开始流传到我们难以想象的地方。1984年4月24日,美国旧金山海湾地区发生摩根山地震,震级为里氏6.2级,震中位于圣何塞。我们在明登小镇也能感受震动,随后又发生多次余震,但地震对卡森谷地区没有造成严重的破坏。当地媒体呼吁公众关注震后情况,不过我们的感觉还好,当地生活没有受到任何影响。

到了第二天,《旧金山纪事》的头版刊登了一幅地图,上面勾勒出整个地区受损的房子和建筑物的状况。我们看到,明登小镇也被列为受灾地区,对此我们所有的人不仅感到好笑,更是感到惊讶。

"地震导致建筑物的移动,"这份报纸警告说,"当地图书馆里的书架移动了大约一英尺,连图书馆里的猫都被吵醒了。"

* * *

除了粉丝不断发来邮件,访客也开始造访图书馆。第一批猫招贴画问世之后,在1984年的最初几个月里,访客数量只有一两个人,到了那年夏季,访客数量已经增加到每天五到六人。星期六的时候,访客数量可以多达九至十人。粗看起来,访客数量似乎并不很多,但考虑到他们长途旅行来到这里,就是想看看贝克和泰勒,从这个角度来看,访客的数量就相当可观了。访客愿意花时间和猫在一起,与我们亲密交谈,这消耗了我们本来就不够用的工作时间,而我们也无法回绝这些访客。此外,我也乐意看到,猫让人们的生活更加快乐,尽管很多人是看到图书馆墙面上的招贴画才认识它们的。对我来说,这是一个很好的机会,可以借此宣传我的一贯理念:如果招募一到两只猫作为雇员,图书馆将从中受益匪浅。

有时候,一些访客会带来礼物、食品和玩具,他们希望马上看到猫享用礼物的场景。我的习惯做法是:如果访客到我家赴宴,送上一瓶葡萄酒作为礼物,我会欣然接受,并且感谢访客,然后收好礼物,稍后享用;接待图书馆的访客我也照此办理。如果访客送来食物作为礼物,我就告诉他们,猫会一下子把食品吃个精光,这样一来,我们就必须买一个踏凳,它们必须踩着踏凳才能爬上服务台,因为吃了很多东西,它们会变得很胖。

实际的情况是,我从来不把食物当作礼物送给贝克和泰勒,原因是我无法确认这些食物里的成分。此外,任何一种陌生的食物或者点心,都可能对它们的消化系统造成麻烦。

怎么小心都不过分。

* * *

作为向社区提供的服务之一,大部分公共图书馆都有义务提供一个空间,各类团体和非盈利机构可以全年任何时候在此举办活动。这样的团体或机构包括当地的历史协会、外语学习俱乐部等。我们知道,在图书馆里设置一个舒适的空间,具有非常重要的意义。基于这个认识,在确定新图书馆设计方案的时候,我们经常工作到深夜,与建筑师一起讨论空间设计的各个细节。所幸的是,我们设计的会议室受到读者的极大欢迎,其中的重要原因是,会议室每天都开放很长的时间,与小镇里其他建筑物和组织不同,读者使用会议室是完全免费的。

我最近负责的一项工作,是登记会议室的使用申请,并跟踪实际使用状况;从某种意义上说,这个工作类似于为一年的芭蕾舞表演编排演出计划。每个新年开始的时候,我要给举办活动的团体打电话进行确认——他们可能每周举办一次活动,也可能每月举办一次活动——然后做好相应的登记工作。如果没有团体预约,任何人都可以使用会议室。

如果门开着,猫喜欢在白天溜进会议室。我坐在大厅那头的桌子旁工作,经常能听到一群人的说话声,开始时声音单调而低沉,突然爆发出一阵阵尖叫声和欢笑声。

我想,一定是有一只猫溜进了会议室。

* * *

1984 年 3 月份,也就是贝克来图书馆的一年之后,记者和专栏作家把贝克和泰勒评为“全国名猫”。

第一批招贴画问世后的六个月里,三万张招贴画全部被销售一空。图书馆员和书店都强烈呼吁,要求加印,但贝克和泰勒图书批发公司决定不再重印第一批招贴画,因此,这些招贴画在某种意义上成了珍贵的收藏品。这家公司当时的市场部主任詹姆斯·布鲁克收到了如潮水般涌来的请求信。他在一封信里告诉我:“我很高兴,在我们的图书推广方面,贝克和泰勒做出了很大贡献,不过,我的办公室现在都成了收发室,这让我有些无可奈何。”“我们似乎向全世界所有图书馆都分发了招贴画和购物包,尽管如此,我们仍然不断地接到请求,希望继续提供贝克和泰勒的招贴画和购物包。显然,这两只猫已经成为全美国最受欢迎的动物。”

贝克和泰勒来图书馆一年后,所有的人,包括图书馆员和读者在内都无法想象,如果没有这两只猫,生活将会多么乏味。

图书馆之猫档案：路易

路易是一只棕色的虎斑猫，供职于新罕布什尔州弗里德姆地区的弗里德姆公共图书馆。在 2009 年 4 月的愚人节上，人类朋友在它的脑袋上贴了一个条形码，把它的照片上传到网络上，标题是"请看路易（愚人节玩笑！）"。路易并不懂得这种幽默。

1）你是怎么最终在图书馆里定居的？

我没有真正地"住在"图书馆里，但只要图书馆开门，我就每天到那里上班，图书馆就在我家的对面，中间只隔着一条大街。我和图书馆馆长伊丽莎白在一起，图书馆一开门，我就想去。

2）你在图书馆里承担什么职责？

我的主要工作是坐在服务台上，迎接每位来图书馆的读者。天气好的时候，我就坐在户外的人行道上，和每位经过这里的行人交谈。有时候，如果有人对我大声嚷嚷，我就跑到儿童娱乐室里去；每次放完电影，我都会清扫地板，把掉在地板上的爆米花打扫干净。

3）工作中让你最气恼的事情是什么？

图书馆工作很繁忙,有时候,服务台周围挤满了读者,人们顾不上安抚我。我常常要爬到书架或者DVD架上面,人们才能抚摸到我。

4) 谁是你最喜欢的读者,为什么?

我喜欢所有的读者,真是这样。一些长期服务的志愿者和我很熟悉,他们帮着图书馆员一起照顾我。我很享受星期三早晨的故事会,那个时候,图书馆里挤满了来自各个家庭的人们。我特别喜欢在夏季来本地的那些居民,他们总是在特定的季节来到弗里德姆。他们中的很多人抵达本地后,做的第一件事情就是到图书馆来看我。我看着他们的孩子们一年又一年地长大。

5) 你最喜欢哪一本图书?

我一直喜欢萨拉·斯旺·米勒的《你可以读给猫听的三个故事》,还有她的《你可以读给猫听的另外三个故事》。伊丽莎白在家的时候,会躺在床上给我讲故事,她讲的所有故事我都特别喜欢。听故事的时候,我就蜷缩在她的怀里,她的身边放着一本翻开的图书。

6) 你对其他图书馆之猫有什么建议吗?

请记住,你是推广阅读和展示图书馆形象的大使。有时候,人们到弗里德姆公共图书馆来就是想看看我,慢慢地,他们就成了图书馆的固定读者。

7) 一些图书馆员希望招募猫作为雇员,对此你有什么建议?

我在工作的时候,图书馆大门外会放着一个标记牌,上面写着"我在里面"。这样,如果有人害怕靠近我,或者有人要带狗进图书馆来,我就可以从另外的门出去,避免惹出不必要的麻烦。

8) 你还有什么话想说吗?

吃饭时间到了。我想回家。

七

　　从事图书馆工作的第一天起，我就仿佛回到了童年；猫来到图书馆之后，这种感觉就更强烈了。我的身边总是伴随着图书和动物，它们给我带来了稳定而舒适的生活，只要我还没有失去记忆，这种美妙的感觉就永远不会消散。

　　我出生于1939年8月19日，在加利福尼亚州奥克兰市的皮埃蒙特地区长大成人。在1929年的经济大萧条期间，我外婆几乎失去了全部财产，她留下的唯一财产是一栋工匠风格的房子，由著名建筑师伯纳德·梅贝克（1862—1957，美国建筑师，主要设计作品是旧金山艺术宫——译者注）设计。我们家几代人都住在这栋房子里，它建在丘陵之上，可以俯视旧金山海湾地区。我童年时代的最初记忆，就是亲眼目睹海湾大桥建成时的情景，它连接着奥克兰和旧金山。

　　长大成人的过程里，虽然遭遇了经济大萧条和第二次世界大战，但我依然拥有一个快乐的童年。父母双方的家族都有很强的进取心，却不善交际，这种性格特征源于家庭的血缘遗传，总的来看，都是一些性情古怪的人。在我母亲的家族里，我舅舅哈里·科布登在投资活动房屋这件事情上提出过重要的建议。他参与过和开发商的谈判,在大苏尔地区(美国加州一号公路之一段,以壮丽的崖岸景色著称——译者注)买下一块八百英亩的土地,并且做过各种各样的零活,比如竞技牛仔、密探和业务拳击选手。在我父亲的家族里,我曾爷爷亨利·H.海特在1867年至1871年期间担任过加利福尼亚州的州长;在海特-黑什伯里地区,人们通常把他称作"海特"。我父亲是海军准将约翰·帕蒂的直系亲属,这位将军参与发现了西夏威夷群岛,1800年代中期成为夏威夷群岛国王卡美哈美哈的密友。

我对图书的挚爱,应当归功于几位富有文学细胞的亲属,他们在我之前而迷恋图书:我姑妈夏洛特·科布登·杰克逊创作和编辑过儿童图书,在《旧金山纪事》杂志社当过儿童图书的编辑。她与约瑟夫·亨利·杰克逊结婚,后者1930年至1955年在《旧金山纪事》杂志社担任文学编辑,还曾经担任过大文豪约翰·斯坦贝克的编辑。

我父母喜欢讲述他们的故事。在我很小的时候,我就有一个信念:我和弟弟托尼(他比我小两岁)都出身名门,我们应当好好努力,干出一番大事。不过我喜欢的事情就是阅读、和动物在一起,如果同时拥有它们,生活就完美无缺了。

幸运的是,在我的童年时代,这两件事物唾手可得。我父母特别喜欢狗,狗叫得再厉害,尾巴晃动得再剧烈都没有关系;而一旦猫这么做了,它们就要遭殃。

可能是家庭传统的影响,即便我们养的宠物,性情也比较古怪。在那些年里,我们养过很多狗,它们一直和我们住在一起。有一只形状很像香肠的黑狗,我们不知道它的父母是谁,有一天突然出现在我们的家里,然后就不走了。我父母给它取名叫"小猪"。我们很快发现,这只狗有一种嗜好:任何人只要放下刚开瓶的啤酒,它就会偷走啤酒瓶。"小猪"会喝掉瓶子里的全部啤酒,然后爬上楼梯,开始它最喜欢的游戏:穿越整个房子,在客厅里进行地毯冲浪。

决定要地毯冲浪后,"小猪"就跳到地毯滑槽的一端,从那里开始"冲浪",直到地毯不再向客厅尽头移动;这时,它就停下来耐心等待,等到有人过来,捋平被它拱起的地毯。看到这个情况,人们会惊叹一声:"嗨,'小猪'又在捣乱!"一两分钟之后,它又会重头再来一遍;这个游戏它可以玩上整整一个下午,至少要等它从酒醉状态里清醒过来。

我在童年时代喜欢过很多动物,"小猪"是其中的一只。邻居家养了一群各式各样的动物,有狗、猫、鸟等,可以说,你能够想得到的动物,他们家里都有。我花费大量时间与它们玩耍,父母看我很晚还没回家,就会去邻居家找我,我这才撒手。如果我没和邻居家的动物在一起,父母就会到图书馆来找我。

我七岁的时候,得到了当地图书馆分馆颁发的第一张借书证,这个图书馆与皮埃蒙特大街仅仅相隔几个街区;从那个时候开始,我的生活轨迹就永久地固定下来了。

我很早就掌握了阅读技巧,读完了自己收藏的所有图书,还经常背诵图书里的内容。有了图书馆借书证后,我开始阅读图书馆里的儿童读物,按照书名的字母顺序,从字母"A"开始,依次阅读书架上的每一本书。我经常把某一类图书全部抱下来,把它们摊在地板上认真阅读。在大部分时间里,我完全沉浸于图书讲述的故事里,以至于完全没有注意到周围的情况,其他读者要想通过这里,就必须跨过我的身体。我也听不见图书馆员的重重叹气声,我是图书馆里的最后一名读者了,只有我回家了,他们才能关上图书馆大门。不过我确实感觉到,在我走出图书馆大门的时候,图书馆员一直对我皱着眉头,对我很不满意。

到图书馆关门的时候,我就取出十本图书(这是每位读者每次借书的最大限额),再把其余的图书放回书架。我拿着十本图书来到服务台,两只瘦弱的胳膊勉强拢住这些图书,值班的图书馆员一边用手指轻轻敲打服务台,一边心存不满地盯着我看。

第二天,我把这十本书抱回图书馆,把它们放到书架的正确位置上,再取出昨天留在书架上的那些图书。

一天晚上,值班的图书馆员盖还书章的时候,使出了比平时更大的力气,还递给我一张纸条,让我把纸条带给我母亲。母亲读完纸条后告诉我,从现在开始,每天晚上最多只能从图书馆借出五本图书。开始我对此很不理解,在我看来,图书馆工作就是为读者借书,读者借书是天经地义的事情。不过我猜想,这位图书馆员要么不愿意为太多的图书上架,要么就想早点关门回家。

我提出抗议,不过态度并不过激,因为我母亲希望我息事宁人,不要扩大事端。放学之后,我还会每天下午去到图书馆,那位图书馆员依然对我怒目而视,不过我早就打定主意,知道该借什么书了。我无时无刻不在阅读,不论白天还是晚上;就像所有良好的嗜好那样,我永远都知道哪里会有我下次想读的书。

我们居住的科尔顿球场街区,是一个有着众多住家的死胡同。在那个年代,人们出门从来不锁门,在我看来,邻居家的图书也就是我的图书。大街对面的那一家,住在一栋西班牙殖民地风格的巨大房子里,他们有一套完整的作家 L. 弗兰克·鲍姆的原版图书,存放在他们的汽车间里。第一次看到这些图书的时候,我兴奋得快要晕过去了,它们是我心目中的"圣杯"。

他们家在白天没人,院子里的喷水池水面上漂浮着几只死老鼠。根据这个情况判断,这户人家遇到了很大的麻烦,既然这样,我为什么还要去打搅他们? 直接把书拿回家不就行了? 再说了,我读完了书,还会把书还回来的。

隔壁邻居家的那位女性知道我喜欢读书。有一天,她邀请我到她家里,领着我走到她家的六角形阁楼上,那里有一排大窗子,可以看到海湾的美丽景色,还有一些木头箱子,沿着阁楼的墙壁围成了一圈。她抬起一只箱子的盖板,示意让我过去看。

箱子里放着几百本儿童读物,这还仅仅是一个箱子里的图书。她告诉我,我可以随时到她家看书。从那天开始,我每天都去她家看书。我经常躺在箱子上读书,直到天色变黑,再也看不清书里的内容,或者直到母亲叫我回家,我才恋恋不舍地放下图书。

其实不必再去皮埃蒙特公共图书馆了,不过我还是想去,因为还没读完那里所有的儿童读物。我隐隐地觉得,我频繁地借书一定让那位图书馆员感到恼火。

读完图书馆和邻居家里所有的儿童读物,我开始阅读家里收藏的成人读物,比如西奥多·罗斯福(1858—1919,美国第 26 届总统)所著的《在最黑暗的非洲》。1900 年代初期,我父亲是耶鲁大学的学生,家里的很多图书都是他在那个时期买的。不论是讲述狩猎大型动物的图书,还是论述法律精神的图书都没有关系,我全都照读不误。因为书在这里,所以我要读书。

* * *

在我童年的很长时间里,我父母各有一份全日制工作。在经济大萧条时期,我父亲找了一份清理下水道的工作,我母亲在奥克兰百货商店担任导购员。我母亲的长相很像《欢乐梅姑》(1958 年公映的一部彩色喜剧影片——译者注)里的主角,甚至还有点像扮演这个角色的女演员罗莎琳德·拉赛尔(1907—1976,美国女演员,曾四次获奥斯卡奖提名——译者注)。她不喜欢做家务,也不喜欢做饭,只知道烤箱的两档设置:关闭和升温。

所以,家务活只能由我承担,此外,我还要照看弟弟托尼。我的个子比他高很多,我十二岁的时候,身高已经五英尺十英寸,是班级里个子最高的学生,就算把男生算上也是如此。托尼骨瘦如柴,邻居家孩子经常欺负他。

一天放学之后,我在前面的院子里看书,托尼哭着走了进来。

"赫比·哈根打了我,他说明天还要打我。"他说。

我站了起来,眼睛还盯着书上,"赫比在哪里?"

"就在大街的那头。"他抽噎着回答。

"好,我们过去看看。"我伸出没拿书的那只手,他抓着我的手,牵着我一路走去,这样我就能走路也不耽误读书,不用担心会绊倒在人行道上。我们看到赫比就在那里,托尼停下了脚步,我也放下了图书。我挥起那只没拿书的手,朝着他的鼻子就是一拳。

"以后再敢打他,你就试试看!"我对着赫比大吼一声,然后把书举到眼前,继续读了起来。托尼又拉起我的手,牵着我往家里走。当时我有过一个念头,如果把书扔到他的脸上,一定会把他打得破相,但我不想毁坏图书,不想图书让沾上赫比·哈根身上的臭气;更重要的是,这是一本图书馆的书,如果还书的时候书上还沾着血迹,图书馆员一定要对我罚款。

我的另一项职责是打扫屋子,不过我做得并不好,原因是在不上课的时候,我把大部分时间都用到读书上了。白天时,我母亲经常说的一句话是:"这么多灰,怎么不去擦擦啊?"到了晚上,我母亲则时常说"你的眼睛早晚会坏掉!"她无数次告诉我早点关灯睡觉,我会抱怨她,但从不反抗。我悄悄藏了一个手电筒,可以躲在被窝里看书。

1941年圣诞节的几星期前,我决定让母亲休息,自己在家里做大扫除。我从母亲的卧室开始打扫,还打开了收音机,这样可以边听音乐边干活,让时间过得更快一些。突然,音乐声停了,一个男子用低沉的声音宣布,珍珠港刚刚遭到轰炸。我赶紧跑下楼去,把这个消息告诉所有我能见到的人。我知道，生活即将发生突变，但不知道究竟会发生什么。

在短短的几个星期里，我们的生活发生了急剧的变化。我父亲应征入伍，成为海军陆战队的一名士兵；母亲在奥克兰港的海军后勤仓库工作，担任海军上将切斯特·威廉·尼米兹的助理。

父亲入伍报到之前，曾在东海湾地区担任空袭警报员的工作。只要警报声响起，或者施行了强制性的灯火管制，我父亲就会严格要求所有房屋都要熄灯。每个人都要躲进地下室，我很讨厌那个地方，地下室里不仅漆黑一片，而且到处都有老鼠，死的活的都有。那里有几个盒子形状的捕鼠器，多少可以杀死一些老鼠，但是我的感觉依然很糟糕。一天晚上，我的辫子被捕鼠器卡住了，我让父亲开灯，想看一下情况，便于拔出辫子，却被父亲一口拒绝。从那时起，每当警报声响起，我们往楼下跑去，我总是恳求父母同意我留在楼上，但每次都被拒绝。

所有东西都限量供应，从肉食到衣服，毫无例外。就连纸张也限量，这意味着新书的出版数量很少，不过对于这一点，我倒不太在意，只要有书可读，就问题不大。只要是在纸上印刷的图书，不论新书还是旧书，也不论这些书以前是否读过，我都不在乎。

我的家务活增加了三倍，但在打扫屋子和照看弟弟之余，我还是每天抽出大部分时间用来读书。

一切都处于不确定的状态：我们完全不清楚，如果整个海湾地区被炸成废墟，或者我们对德国或者日本宣战，将来会出现什么情况。

四年之后，战争终于结束了，而有些事情依然如故。我父母还从事着全日制工作，我还在不停地读书，经常提醒自己要定期打扫屋子。

我进入了乌尔苏拉教会学校,这是一所位于圣罗莎地区的天主教女子高中,在那里学习了三年。业余时间我在学校图书馆打工,这个图书馆规模很小,只有一个小房间;我简直不敢相信,我竟然会有这么好的运气。对我来说,图书馆工作是全世界最好的工作,在这里,就是读再多的书,也不会有人指责我。学校的女校长也喜欢读书,她经常到图书馆来,每次来都和我打个招呼;然后,她会挑选一本图书,不停抚摸着图书封面,仿佛是在抚摸猫的皮毛。"这是一本好书。"她经常抚摸着图书,对我这么说。

老师把课程安排得很紧,我没有太多时间用来读书。老师要求我们每天至少要背诵一遍玫瑰经,还要沿着学校前的环形车道快速步行。完成这个任务之后,如果愿意,我们可以选择继续步行,多数女孩都选择继续步行,这样就可以晚些时候再做家庭作业。

我也选择待在户外,不过原因与她们不同:我可以在户外读书。我除了要保护弟弟托尼不受邻家孩子的欺负,还要和他一起练习步行,培养读书的爱好。最终,我学会了一项本领:在和女孩们一起步行时,我可以边走路边读书,两方面都不耽误。

* * *

毕业之后,我在加利福尼亚大学贝克莱分校选修了几门课程,还在该大学图书馆东亚分馆找了一份兼职的工作。即便我读不懂那里的图书,也没有关系。我在图书馆里工作,周围都是书。难道这还不好吗?

我开始和一群自诩当代名士的人士混在一起,其中包括莫特·塞赫勒,他后来成了著名的喜剧演员和政治讽刺作家。我们经常在沙特克大街上的思罗克莫顿大楼里闲逛,我在那里很快爱上了一位大学毕业生,他也爱上了我。当时很多人都认为,应该尽快淡忘第二次世界大战的残酷景象,要保持乐观的态度,积极地向前看。我们两人觉得完全没有理由再拖延婚期了,于是,在初次见面后还不到一年,我就结婚了,成为一位哲学教授的妻子。当时,我丈夫正处于事业的上升阶段。

我们搬到卡尔森大街2214A号的一套小公寓里,那里与大学校园相距不远,房租是每个月37美元。租房协议里有一个条款:我们有义务照看一只名叫"22"的猫,这个名字取自公寓的门牌号码缩写。因为丈夫要到剑桥大学学习,我们很快要去英格兰;我很想念在皮埃蒙特地区度过的日子,那时有动物与我相伴。因此到了这里,每次叫着"22,吃饭时间到了",我都有一种委屈的感觉,不过,这里毕竟有个动物,我的内心稍微好受一些。

我们1952年去了英格兰,在剑桥郊外一个名叫卡宁顿的小村庄安顿下来。让我吃惊的是,那里的战争废墟还未清除,英国大部分地区似乎依然处于战争状态。当时,英格兰实行严格的配给制度,从肉食到鸡蛋、汽油到衣服,都被列入严格控制的范围。我对配给制度还算适应,在加利福尼亚生活的时候,我就帮着父母在相似环境里管理过家庭开支,但英格兰的情况还有所不同,我们就像回到勒狄更斯生活的那个年代。美国家庭常见的自动洗衣机在英国还未普及,因此,在英国我只能手洗衣服,具体的程序是:把衣服先放到黄铜水壶里煮一下,再把衣服放到搅衣机里漂洗、搅拌,最后把衣服晾起来,直至吹干。每次洗完一拨衣服,我都要奖赏自己,我会走到小镇里,享受图书和猫给我带来的愉悦。

我经常去县图书馆,那里有一只常驻的猫;我还经常去附近的书店,那里也有一只驻店的猫,在白天的很多时间里,它躺在书店门口一辆很大的书车上睡觉。我没什么钱,买不起很多图书,但我可以整天待在书店里读书,只要不把书带回家,店员也不来干涉我。在回家之前,我会拐进小镇的一家咖啡馆,喝喝茶,看看咖啡馆里的猫。

你或许会推测,既然英国很多地方都养猫,老鼠应该不多吧。不过实际的情况是,战后英国很多村庄处于休耕状态,原因是很多家庭的成员在战争中阵亡,或者迁移到其他地方,老鼠就趁虚而入,攻占了很多田地。

我们甚至还领养了一只猫。那时,我们向南旅行到了康沃尔郡,那里有一个名叫"老鼠洞"的小镇——名字真是恰如其分。当时,我们在码头上和一只猫玩耍,一个渔夫朝我们走了过来。

"它的名字叫弗雷德。"

我看了看猫,这是一只毛发黑白相间的晚礼服猫。"弗雷德,这个名字起得好。"

"喜欢这只猫吗?"

"什么意思? 难道它不喜欢吃这里的鱼吗?"

"它更喜欢酒吧里的食物,"渔夫说着伸出了大拇指,指了一下酒吧的大致方向。"它喜欢偷吃酒吧里的东西。"

我看了一眼丈夫。我们都想有一只属于自己的猫。他耸了耸肩膀:"我没意见。"

"那就成交。"渔夫说道,"这只猫是你的了。"

我们把猫放入一个盒子,开车回到卡宁顿。在整个旅途里,猫一直安静地坐着,没有发出任何声音。我不时地揭开盒盖,手伸进去挠挠它的脑袋,它发出了呼噜声。

又有图书和猫给我作伴了。我感到心满意足。

最终,我们和房东共同抚养这只猫。房东是剑桥大学的一位图书馆员,他允许我们阅读他收藏的狄更斯和萨克雷的整套作品,我把这些作品都读完了。两年之后,我们该回美国了,离别让我感到悲伤。我们在东英吉利地区给弗雷德找到了新家,它在那里拥有自己的房间,度过了漫长而幸福的一生。

* * *

一位新聘教授从事教学工作所获得的工资,只能应付家庭的基本生活需求。鉴于这种情况,我必须出去工作。我们回到加利福尼亚,住在文图拉县。我没有任何学位,可供选择的工作机会非常有限。

收到第一份用工通知书后,我很快就接受了这份工作,在加利福尼亚州立医院担任技术员。这所位于卡马里略地区的医院,是全美国治疗心理疾病规模最大的医院,著名电影《毒龙潭》(The Snake Pit)就是在这里拍摄的。

我开始以为,我要帮助护理医院里的病人,出乎意料的是,我的第一项任务居然是寻找和拍死苍蝇,然后把它们码在打字纸上。完成任务的难度不大,因为卡马里略地区是一个农业地区,苍蝇铺天盖地,简直无法计数。在每月一次的职工例会上,精神病科主任提出了具体要求,护理人员要想办法把八只死苍蝇(不能多也不能少)码在一张打字纸上,再把打字纸放到主任的桌上,表明我们对苍蝇的危害性有着充分的认识:也就是说,苍蝇可以传染病菌,可能加重病人的病情。

我不再发表任何意见,默默地开始讨伐苍蝇的征程。这家医院简直就是电影《飞跃疯人院》的实景再现,我痛恨这份工作,但是又不能辞职。我缺乏工作经验,又没有学位,工作机会少之又少,辞职之后再找工作将难上加难。

下班后,我回到家里,一头扎进当天还没读完的书本。我没办法一天读完五本书(更不用说十本书了),不过应该说,我读书的速度还是很快的。读书是逃离现实的最好方式。

回美国后,我很快意识到,我们需要不断地旅行,我丈夫只有通过不断讲学,才能丰富自己的教学研究履历。在可以预见的未来,我们需要经常旅行,如果继续养宠物,对它们就很不公平。因此,我应该把不养宠物而节约出来的时间都用在读书上,这样,我的读书时间就可以增加一倍。实际的情况是,因为经常变换居住地点,我们在婚礼上收到的一些礼物,居然直到结婚十年之后才被打开。

1956年,我们迁移到俄亥俄州的奥柏林市;两年后,我在那里怀了女儿朱丽安。我的生育过程延续了几小时,在宫缩间隙,我想找些书来读,在我最终临产的时候,医院里管理图书馆推车的那位志愿者和我成了朋友。1962年,我儿子马丁在纽约州的锡拉丘兹市出生,在他出生前,我抓紧读完了几部神秘小说。

1964年,我丈夫接受了加利福尼亚大学克莱蒙研究生院的工作,我们终于安顿了下来。可以养宠物了。当时我还不知道,我们迁移的这个区域,其实是一个最适合动物爱好者居住的地方。

我们的一个邻居经营着一家宠物商店。他们经常把店里的"商品"带到家里。他们养过一只黑猩猩,它经常逃到外面,在邻里之间乱逛。如果它敲了我家大门(经常有这样的事情),朱丽安就递给它一块饼干,然后牵着它的爪子,把它带回店里。

住在我家后面的那位女性,在自己家的游泳池里养了一池子大乌龟。有一天,她决定送给我们一只大乌龟。我们给它取了一个名字,叫"快如闪电"。它也确实没有辜负这个光荣称号,每星期至少逃跑一次。我们还养过一只负鼠,它就住在我们院子里一棵桉树的下面。

朱丽安继承了我的基因,也喜欢动物。没过多久,她就自作主张地干了坏事。有一天,我闻到她房间里有一股奇怪的味道,但无法确认这是什么味道。我把她的干净衣服挪到一边,打开她存放内衣的衣柜抽屉,眼前竟然出现了一条蟒蛇。我迅速关上抽屉。虽然我也喜欢动物,但是对蛇还是很反感。我迅速而仔细地检查了屋里是否还有其他动物。我打开了壁橱,看到壁橱深处有一个小笼子,前面有一双鞋遮挡着。

那里有一只老鼠,供蟒蛇享用的美餐。

显然,那家宠物商店的老板经常把动物当作礼品送给我女儿,以感谢我女儿送黑猩猩回家的善举。而我还是设法让女儿把蟒蛇和老鼠都送了回去。

* * *

我们不必随时准备行装,不必到处旅行了,为此我特别高兴,而且,我喜欢做一个好母亲。

不幸的是,我感觉我们的婚姻出现了偏差。我丈夫开始躲避我和孩子。起初也没有什么值得一提的事情,但我们的婚姻明显出现了问题,对于这一点,我和丈夫都感觉到了。孩子们最初老黏着爸爸,后来又老黏着我。

到1969年,我丈夫成了一位功成名就的教授,在相关研究领域里享有很高的声誉。他告诉我,他承担的研究工作需要经常旅行和参加学术会议,和家人团聚的时间很少。对此我很少提出过质疑。我怎么能知道,他需要用多少时间与学生在一起,需要用多少时间审阅学生提交的学期论文?每个人都有自己需要承担的责任,都需要做出必要的牺牲,这也是妻子和母亲的应尽之责。

不过我真切地感到,我们的钱从来都不够用。这很奇怪。有一天,他请我坐下,然后直截了当地告诉我,我们的婚姻已经失去意义,他提出了离婚的要求。我一下子全都明白了。

如果你的灵魂突然离开了你的身体,你在自己身后看到一幕既真实又虚幻的景象,你就会明白我当时的感受了。

他说出那个简单句子之后,我就有这样的感受。

我看着他一会儿,笑了起来。那时候,我们结婚差不多有二十年了。

"好吧,你不会在开玩笑吧?"

"当然没开玩笑。"

我站了起来,自己都觉得太平静了,再次努力把自己从梦幻般的远处拉回现实,但是,我需要开出一份清单,把需要做的事情都列在上面,我的脑子却乱极了。

对我而言,婚姻已经结束了;此时此刻,就像我意识到的那样,我只有两个选择。

我可以留在加利福尼亚,抚养两个孩子,同时找一份不需要很高技能、只能领取最低工资的工作,按照我的情况,我也只能找这种工作。但是,我很明白,这份工资甚至不足以支付最廉价的公寓租金。此外,一个大学社区的邻里关系非常紧密,很难保守家庭隐私,我不希望自己还有我的孩子,在被人指指点点的环境里生活下去。

或者,我可以迁移到别的地方。我父母最近在内华达州的热那亚小镇里买下一个规模不大的农场,就在内华达山脉的脚下。我和孩子每年夏天都要在那里住几个星期,骑马、躲猫猫、拜访客人。

我们的家庭关系很融洽。在我开始重新生活的时候,我父母接受了我,帮助和支持着我和孩子们。

正如我意识到的那样,我没有太多的选择余地。

八

一旦下决心要做一件事情,我就变成了一位超级女性,一位冷静而目光敏锐的高效率人士。决定放弃这段婚姻之后,我很快把孩子送到我父母那里,开始重新规划自己的生活。我漠然但有条不紊地处理了相关事务,以最快速度办完了所有手续。

确实如此。三个月后,我带着孩子和财产回到热那亚小镇,在卡森谷地区办完了离婚手续。办理离婚手续的效率之高,超过了我见过的任何事情;法官说话的语速很快,他的话我一句都没听清楚。

毕竟,一切都结束了。对了,其实也并非都结束了;我知道,从某种意义上说,我的新生活才刚刚开始。

* * *

当时,我父母非常生气。他们的婚姻观念非常传统:婚姻应当从一而终,无论地老天荒,都要全力维系自己的家庭。

我母亲继承了意大利祖先有仇必报的秉性,决定采取相应的报复行动。她烘烤了一个蛋糕,把它装在盒子里,通过当地邮局寄出,收件人是我的前夫。我父亲问她,为什么要给前女婿寄蛋糕,她神秘地笑了笑,说在蛋糕的秘密配料里放了某种东西。

我父亲皱了皱眉头。他太了解太太家族的火爆脾气了。"你在秘密配料里放了什么东西?"

"一些砒霜而已。"

我父亲赶紧跑出家门,一路小跑来到邮局,说服了邮局局长,请局长把包裹还了回来。要知道,这种做法是违反美国联邦政府相关规定的。我父亲郑重承诺,不会把这件事情告诉任何人;如果消息传开,邮局局长肯定会被撤职。

父母无微不至地帮助了我,但我还是需要调整好心态,做一个合格的单亲母亲。我没什么钱,还要抚养两个孩子,只能啃老,日子过得十分艰难。每个孩子每月能领到一百美元的生活费,此外,每年每个孩子还能领到一美元的赡养费,这个数字令人啼笑皆非。我可以争取更多,但老实说,我只想让一切尽快过去,这样生活才能继续。

我必须学会精打细算,管理好菲薄的经济收入,支付所有的账单;不过,如果从乐观的角度看,这是新生活的开始,因为至少我知道,我们家的钱究竟都花在什么地方。

所幸的是,孩子们的适应能力很强。他们早已熟悉农场的生活;而且,我父亲认识小镇里的大部分人,孩子很容易就与邻居们打成一片。小镇里的生活圈子很快接受了我们,知道我们和我的父母都是一家子。

和所有的单亲家长一样,我知道,我要在孩子面前表现乐观的态度,向他们灌输一套标准化的说辞:"爸爸很爱你们,妈妈也爱你们,但是,他们不在一起生活了;他们不在一起生活,对大家都有好处。"我不愿意孩子因为我们的离婚而感到困惑,当时朱丽安只有 11 岁,马丁只有 7 岁,所以,在离婚的最初几个月里,我必须尽量保持乐观态度,直到我认为他们适应了新的生活为止。

我有些筋疲力尽。不过,从长达二十年的婚姻生活走出来,过程虽然艰难,我还是经受住了考验。做到这一点很不容易。

* * *

开始的时候,我觉得自己就像困在一个奇怪的屋子里:所有窗户都抹了凡士林,屋里显得模糊而深不可测。我知道,外面的世界有各种奇妙的事情,但我没有精力和愿望追逐其中的任何一件事情。

我父母,甚至家里的动物,都尽了最大的努力,设法让我振作起来。我父亲在我小的时候,养过一些混种狗和小型犬,后来逐步升级,又养了一些大型犬,比如德国牧羊犬和拉布拉多犬。父亲现在最喜欢的一条狗名字叫"实验室",这是一条明星猎犬,一点都不怕枪响,但奇怪的是,它只要看到小鸭子,就吓得浑身哆嗦;鸭子原来是狗最容易捕猎的对象,实际上却成了"实验室"最害怕的动物。

这是一件很搞笑的事情,但我对任何事情都笑不起来。前夫的背叛给我造成了沉重的心灵伤害,让我久久无法释怀。我母亲就像一个雷达,时刻关注我的情绪;一旦我流露出沮丧的情绪,她就会走过来,让我赶紧干活以转移注意力。

"你去邮局把信件取回来,"有一天她对我说,"顺便把潘恩也带上。"潘恩是一头努比亚山羊,平时喜欢在小镇里四处溜达。我们甚至还为它配了专用的牵羊绳。

邮局和我们家相隔几个街区,我带着潘恩出门去了。到了那里,我没把潘恩绑在邮局外面,而是带进了邮局那个小屋里。我从邮箱里取出信件,不过几秒钟的时间,潘恩就把墙上的几张通缉令布告撕下来,放进嘴里咀嚼起来。

"潘恩!"我对它发出警告,很快把它牵到邮局的外面,"瞧瞧你干的好事!"

山羊受到惊吓,连我都吓了一跳。它的古怪举动让我觉得好笑,尽管事情只延续了短短的几秒钟。在回家的路上,我的思绪又回到这个老问题上:我怎么会牵着山羊,来到内华达州的一个小镇邮局里,而不是加利福尼亚州某处的邮局?我的心情开始烦躁起来。

第二天,我母亲又让我到邮局取信件,第三天还是,以后每天都是如此。我的心情渐渐好了起来,每天都能有片刻的好心情,而且延续的时间越来越长。我开始观察潘恩是怎样咀嚼那些布告的,而且我还注意到,通缉令布告每隔几天就会更换一次。潘恩特别喜欢咀嚼安吉拉·戴维斯的通缉令布告,这是一位政治激进分子,也是美国共产党的领袖。过了几星期,邮局局长了解到这个情况,改变了做法,终于有一天,我再也看不到邮局墙上的通缉令布告了,尽管在其他地方还能看到。

除了动物,我挚爱的图书也帮助我走出了困境。它们让我超脱于现实生活,帮助我忘却过去的一切,哪怕只有一两个小时。我的感觉一天天好了起来,我下定决定,要勇敢地面对生活。我觉得,我有责任减轻父母的经济负担,同时要和父母一起,共同承担牧场繁重的劳务。毕竟他们都是六十多岁的人了。

我开始寻找工作机会,不过我很清楚,这不是一件容易的事情。卡森谷地区的就业前景并不乐观,即便到了现在,就业形势也不理想。当时,那里的大部分工作机会都与农业有关。我在医疗机构和图书馆肤浅的工作经历,对寻找工作没有太大的帮助。

另外,我的生活环境也发生了很大变化。说得委婉一点,就是我正经历着一种文化冲击。我原来生活在一个两万四千人的大学城,位于美国人口密度最高的地区之一;现在则迁移到内华达山脉脚下的这个小镇里,整天灰尘漫天,环境混乱不堪。1969 年夏季我搬到热那亚小镇,那里的人口数量只有 137 人;说一句开玩笑的话,我们三人迁居到这里,就导致当地人口数量增加了百分之三。

热那亚小镇后来被外界所知,有两方面的原因:第一,它是内华达州第一个移民定居点;第二,镇上的公众集会经常由于火山突然喷发而中止。我来自一个学者教授随处可见的优雅社区,来到热那亚这样的小镇之后,心理落差确实很大。

现在,395 号高速公路是一条繁忙的四车道公路,最高时速被限制为七十英里。回想当年,经常有一两只狗躺在这条公路上,人们也见怪不怪;司机知道如何及时减速,才能绕过这些逍遥自在的狗。当时小镇上有两个市场,我去了几次之后,收银员就记住了我的名字,为我开设了一个商店账号。如果我带孩子来到肉铺,肉铺老板会给孩子一个热狗,而不是一根棒棒糖。

热那亚小镇就是这样一个地方。

明登小镇是县政府所在地,县图书馆也很有意思。在这个似乎只有邮票大小的建筑物里,塞满了各种类型的图书。但如果和我在加利福尼亚州时常去的那些图书馆相比,这里的图书数量和种类简直少得可怜。

我签了名,领了图书馆借书证,就一头扎进存放神秘小说的区域。我挑选了一大摞图书(不过没按书名的字母顺序挑选),抱着它们走到图书馆服务台前,一位图书馆员给我办理了借书手续。

"喜欢读神秘小说吧?"她对我说,"我也喜欢这类小说,读了还想读。"她停顿了一下,然后看着我的眼睛,"我总能猜出谁是凶手。"

我点了点头。"读点神秘小说,有助于我改掉暴躁的脾气。"

"确实如此,"她回应道,同时伸出了手。"我是伊冯·萨德勒。"

"我是简·劳奇。"我握住了她的手。"见到您很高兴。"

我们谈论起共同喜欢的作家,她还告诉我一些新版神秘小说的信息,她觉得我可能喜欢这些小说。

从那天开始,每次到图书馆借还图书,我都和伊冯交流读书心得,聊聊镇里的大事小情。

　　每次走进图书馆大门,我都忍不住地想,如果有机会在图书馆里工作该有多好啊。但道格拉斯县图书馆的规模很小,我注意到,这里只有两名工作人员。我敢肯定,得到这份工作的可能性很小,求职者一定排成了长龙。

　　我加倍努力地寻找工作,但始终没有结果。有一天母亲告诉我,她认识的一个男子想雇人管理通信联络事务,承担类似秘书的工作,此外,他还希望有人帮他应付日常生活,因为他失去了一条腿,年龄也越来越大。我在卡马里略医院从事过护理工作,还为前夫的无数论文打过字,因为具备这两个优势,我得到了这份工作。

　　过了一年左右,那位男子的行动更不方便了,需要得到更多照顾,而这超出了我的能力范围。我不得不寻找其他工作机会。我听说热那亚小镇上有一家名叫"粉红房子"的餐馆,正在招募一名擅长烹调欧洲菜肴的优秀厨师。我当然为自己的孩子做过饭,觉得凭借自己粗浅的烹调手艺,可以在这家餐馆谋到一份差事。于是我向餐馆提出了求职申请。

　　"为什么不呢,我本来就是厨师啊。"我对他们说。他们让我第二天到餐馆试做一次。第二天,我按照餐馆的菜单开始做菜,不过说实话,在餐馆里做菜和在家里做肉饼和炒通心粉是完全不同的两件事情。不管怎么说,我的烹调手艺最终得到餐馆的认可。过了一天我就上班了。

　　为了保证准时上班,我采用了骑马的交通方式,父母家有一匹马,名叫"天使",它就是我的座驾;上班的时候,我把马栓在餐馆前面的空地上;下班后,我在它的尾巴上绑一个手电筒,即便是半夜开车的汽车司机在路上也能看见我们,这样骑马回家倒也方便。

　　后来我辞去了餐馆的工作,在当地农业推广服务站找了一份工作;服务站的任务是帮助当地农场主和牧场场主改进生产水平。具体地说,我的任务是帮助四健会的孩子们,教他们学习如何饲养牛羊,如何在竞赛中取胜。我对牲畜了解多少？其实也只懂一些皮毛,不过,我和父母生活在二十英亩的牧场里,多少还是掌握了一些相关知识;在父母的眼里,所有动物都是宠物,而不是未来的肉食。五年之后,我在当地商会找到一份工作,具体职责是走访当地企业、定期更换展架上的手册;我参加过当地政府的无数次会议,普通人就算用五辈子的时间,也很难参加这么多的会议。

移居到热那亚小镇之后,我的情绪好多了。我在这里结识了一些朋友,甚至还有过几次约会,不过。离婚的创伤仍然让我隐隐作痛。有一天,我正在家里做饭,突然看到母亲一直盯着我看。

"怎么了?"

"你为什么从来都不笑?"她问我。

"我当然会笑。"

她摇了摇头。"你以前可是经常在笑啊。"

我嘟囔了几句,不过我明白,她说得很对。我们在艰难的年代长大,但我们家里从来不缺笑声。我们经常在笑。我们的幽默通常只是相互嘲讽,偶尔也有恶语相加或出言不逊,但是我们都知道,其实大家并无恶意,这只是我们相互交流的方式。我们永远都明白,我们之间的调侃和嘲讽,的确充满着爱和亲情。

我要快乐地生活下去,要付出最大的努力,让大家过上正常的家庭生活。比如帮助孩子完成作业、承担繁重的烹调事务,但是,我还是感到困难重重。我母亲不喜欢烹调,每周至少要把锅子烧糊一次;她的强项是园艺和绘画,这两个爱好占据了她的很多时间。有一天,她居然用高压锅蒸鸡蛋,结果是高压锅盖子被炸开,鸡蛋飞到天花板上,粘在那里,几天之后才掉下来。还有一次,她想自己动手做面包,却放了太多的酵母。她把面包放进烤箱，想让面包尽快发酵，结果发酵过头，膨胀的面包把烤箱门都顶开了。我们拿出面包给动物吃，结果连动物都不愿意吃。

卡森谷地区特别适合我和家人的生活，我把它看作我们的家园。不过，我还是希望找到一份舒心的工作。移居热那亚小镇后，我找到了几份工作，对此我心存感激，但是，我希望能有一份自己真正喜欢的工作，人际关系不要过于勾心斗角。

有一天，我去图书馆还书，伊冯把我拉到一旁。

她告诉我，图书馆有一位员工就要退休，问我是否有兴趣到图书馆工作。

我说，噢，感谢上帝，我当然有兴趣。我该怎么报答你呢？

她说，不需要报答我。尽管我填好了求职申请书，但还是尽量放平心态，不敢对这个工作机会抱太大的期望。

* * *

所幸的是，我竟然被录用了。我像进了天堂。

不过我很快发现，人们常常误解图书馆员的生活。

大众文化对图书馆员的最大误解，就是认为图书馆员只要听到任何声音，也不管是谁发出的声音，都会对他们发出"嘘"声，也就是说，他们都是一些古板而乏味的人。

实际情况当然不是这样。很多年来，我遇到过很多图书馆员，他们都有不为人知的性格侧面；他们无拘无束，充满各种奇思妙想。对待工作我们严肃而认真，不过下班之后，我们也有很多有趣的事情可做。在看待"古板"这个评价的时候，我必须承认，图书馆员确实很注重物归其位的原则，否则，读者又怎能迅速找到所需的图书？我们其实并不古板，而正好相反，工作中我们需要灵活地处理问题，这差不多就是我们的职业要求。每天走进图书馆大门的读者形形色色、秉性各异,我们要满足读者的需求,需要灵活地运用各种方法。

我在道格拉斯县图书馆担任助理图书馆员的工作,负责工具书的管理。工作几天之后,首先需要承认,我对图书馆工作的误解已经烟消云散。每天为读者推荐图书、利用工具书解答提问、给图书盖馆藏章,这些工作足以让我感到快乐。

哦,但是我错了。上班第一天,工作十分顺利。这里只有两名全日制工作人员,也就是伊冯和我,还有一位兼职人员以及几位老年志愿者;他们给图书上架的时候,通常需要我们的指导。

不过我很快发现,图书馆员的工作十分繁重。很多人都这么想:图书馆员的工作不过就是借借书还还书,没什么大不了的,但是他们没有意识到,一本图书要经过多少工作环节,才能抵达读者手里:首先,我们要选择和订购图书,图书到馆后,我们要核对图书,把相关的数据编入目录或者数据库;如果图书很受欢迎,经多次翻阅后受到损坏,就需要及时修补;最后,如果图书失去阅读价值,就要把它从书架上撤下,或者剔除出去,或者转给"图书馆之友"组织,如果成功出售,每本图书或许能能挣一两个美元。

伊冯侧重于图书馆的管理事务,忙于和政府官员交涉,这样一来,我就成了与读者接触最多的图书馆员。如果读者找不到问题的答案,比如他们希望寻找一份学校校报,或者出于好奇心而提问,我的职责就是要设法解决这些问题。

开始解答读者提问的时候,我有些困惑:解答读者的提问是我乐意做的事情,做这样的事情居然还能获得报酬。对我来说,这是一举两得的事情:我既学到了新的知识,又帮助读者解决了问题。从某种意义上说,图书馆员最重要的工作就是帮助别人。在多年的工作经历里,我不止一次地看到,没有服务精神的人如果选择了图书馆员作为职业,往往几个月后就辞职不干了。

图书馆员的神奇之处就在于,我们或许不懂所有的问题,但我们知道如何找到问题的答案。我喜欢寻找尚不知晓的各种知识。从某种意义上说,我总是有类似哥伦布发现新大陆的感觉:哇!我又发现了新的知识。

有时候,只需要几秒钟就可以找到问题的答案。比如,如何拼写"Peloponnesus"(伯罗奔尼撒半岛)这个单词?寻找这个答案就只需要几秒钟的时间;有的时候,寻找答案的过程可能需要几个月。当然,现在的人们可以通过网络检索信息,答案很快就会出现在计算机屏幕上,姑且不论答案的正确与否。而在只有硬拷贝文本的年代里,硬文本包括图书、杂志、报纸、缩微平片等文献类型,我们在解答读者提问时会遇到很大的困难,因为馆藏参考工具书的数量有限。如果利用本馆馆藏无法解答读者的提问,只能通过馆际互借系统,求助于本州范围以内的其他图书馆,我们要经过仔细的调查,才能找到合适的图书馆,请他们帮助我们解答读者的提问。这需要我们做大量的调研工作。

每次我都会遇到难以解答的问题。毕竟,数据库并非永远及时更新,图书也可能遗失或者被盗,就像我们所说的:图书自己长腿跑了;也可能图书被读者借出,或者只供馆内阅览,不能外借。不过,我还是乐此不疲。在我的整个职业生涯里,最终没能解答读者提问的,只有少数几个案例。在这样的情况下,我的感觉比读者还要糟糕,在通常情况下,读者很快会把自己的提问忘得一干二净。

另外,图书馆员不愿意对读者说"不"。我痛恨这样告诉读者:我无法帮助对方,或者无法找到对方需要的答案;因为在我看来,这是做人的失败。

还有的时候,读者不喜欢我找到的答案。比如有一次,一位读者要求我检索这样的问题:在1872年,某个牧场一共养了多少头母牛;

她认为是 25 头母牛,但是希望能够确认这个数据。幸运的是,我知道馆内有关内华达州历史的馆藏里,有一本书里就有这个问题的答案。我翻到书里的财产报告那部分,上面写着,那年那个牧场只养了 3 头母牛。

她皱起了眉头:"你的答案是错的。"

我把那本书转了个向,让她看到书里的内容。"书里就是这么记载的,"我告诉她,"你真的知道,在 1870 年代里,3 头母牛就是一年的收入吗?"

"那你的答案也是错的。"她轻蔑地看了我一眼,跺着脚走了出去。

我合上了书。我有一点狼狈,不管怎么说,我的检索技巧受到质疑,不过随后我意识到,尽管有着白纸黑字的记载,但是多年来,这位女读者对牧场历史形成了先入为主的看法,自认为这是一个巨大而不断扩展的牧场,母牛的数量难以计数,十七个牛仔专门负责奶牛的饲养工作。我把这个大型牧场当作一个勉强维持的家庭牧场,似乎犯了大错。

所幸的是,如果我解答了提问,不论效果如何,大部分读者都心存感激。有一天,《记录-快报》的记者乔伊斯·霍利斯特——她也是我的朋友——来到图书馆,希望查找一段引语的出处。这段引语是:

"那些未从历史中吸取教训的人,将注定重复犯下同样的错误。"

我拿出《巴特勒熟知引语》这本书,翻到书的最后。使用这本书的正确方法,是检索引语里某个特定单词或者词组,由此查到哪些作者或者文献曾经引用过它们。我快速翻动图书页码,灰尘不停地飘向空中。乔伊斯忍不住打起了喷嚏,我却没有任何反应,我毕竟长期生活在浩瀚的书海里,早就习惯了灰尘扑面的环境。

针对乔伊斯的提问,我选用"历史"这个单词作为检索词,但是没找到她所说的引语。我不会轻易承认失败，反而觉得这本书似乎在向我们发出挑战。我知道，答案就在这本书里的某个地方。

"算了吧，"她说道，"反正问题也不重要。"

我没有放弃。我就像一条见到肉骨头的狗，怎么会轻易放弃？我必须找到答案，否则整个晚上都不会踏实。更确切地说，如果找不到引语出处，我的余生都将备受煎熬。

我皱起眉头，再次审视着那个引语。好像哪儿不太对头。

"也许不应该选用'历史'这个检索词，改用其他检索词再试试看。"我猜测。

"不必了，真不用查了。没事儿的。"乔伊斯还在劝我。

我不再理会她，继续翻页，试图找到一个更合适的检索词。如果选用"过去"这个单词作为检索词，会出来什么检索结果？

突然，就像施展了魔法一般，果然查到了引语的出处。改变一个检索词，就完全改变了检索结果。

"那些未从历史中吸取教训的人，将注定重复犯下同样的错误，"我笑着告诉她，确切的引语应该是这样的。"乔治·桑塔耶拿是第一个说这句话的人。"我把引语工具书放到一边，拿起另外一本有关历史上著名人士的传记资料，"他是一位西班牙裔的美国哲学家，他……"

"谢谢你，"乔伊斯说道，然后就很快离开了。或许她的交稿截止期很紧，已经没时间再聊下去。

我继续阅读桑塔耶拿的传记资料，心里充满了快乐。

* * *

帮助别人给我带来快乐，但这不意味着我整天都保持微笑。毕竟，整天微笑着跑来跑去不符合我的性格；我非常喜欢图书馆的工作，不过，从事这项新的工作需要学习很多知识和技能，这给我带来很大的压力;何况,我的婚姻状况糟糕透顶,离婚造成的心理阴影一直沉重地压在我的心头。这些因素叠加起来,导致我的脾气很暴躁,关于这一点,图书馆里的很多人都知道。我担心地联想到,很多人都把我和我童年时代的那位图书馆员相提并论,那位魔鬼般的图书馆员对我很不好,只允许我每天最多借五本书;我宽慰自己说,我的职责是对借书过期的读者课以罚款,这就是导致我名声不好的主要原因吧。

我移居到卡森谷地区,已经有十个年头了。有时候我还是感到困难重重,不过,我创造了属于自己的生活。我有了家庭,结识了一些好朋友,养了很多动物,还拥有一份理想的工作。

至今我仍然难以相信,我每天埋在书堆里工作,学到很多新的知识,居然还有一份收入,可以养家糊口。

我还没有意识到,正是因为图书馆来了两位毛茸茸的猫雇员,我的生活才变得越来越好。

图书馆之猫档案:埃尔希

埃尔希是一只毛发乌黑的猫,2012年春季,它住进了加利福尼

亚州圣赫勒拿地区的圣赫勒拿公共图书馆。它的脖子上挂了一个标签,一面印着"埃尔希,图书馆之猫"的字样,另一面印着"我不供外借"的字样。它的名字源于埃尔希·伍德先生,他是这所图书馆的主要赞助人。埃尔希在 Facebook 网站上有专门的网页,网页名称是:"埃尔希:图书馆之猫"。

1) 你怎么会住在图书馆里的?

我在当地一个猫收养站被人收养,收养人的想法,是让我成为一只图书馆之猫。当地图书馆老鼠成灾,图书馆员本来就想养一只猫,苦于找不到借口,现在机会终于来了。顺便说一句,我从来没抓过老鼠,而且我也不抓。老鼠太脏了。好在图书馆聘请了人类的宠物养护专家,他们有办法解决老鼠的问题。

2) 你最喜欢图书馆的哪些工作?

每天早晨,我都要迎接图书馆员的到来,向他们汇报昨晚发生的事情。我还帮着他们在抽屉里找文件、拆纸箱,还四处巡视,参与管理工作。必要的时候,我还负责检查阁楼上的狭小通道;因为身材瘦小,所以我最适合做这样的事情。我喜欢坐在最好的图书上面,所以,如果想要寻找好书,只要到我身子下面找就可以了。谈到我的座位问题,我的一项重要任务,就是保持服务台前坐垫位置的不变;这个任务需要占用我很多时间,所以,我经常在工作的间隙里,抽空洗个澡,或者打个盹。

3) 工作中有什么事情是你无法忍受的?

我痛恨所有关上的门,在我看来,这妨碍我圆满地完成任务。我需要关注某些区域,而如果被关在外面,就无法巡逻到位,也无法了解情况啦。我不喜欢被人抱来抱去的。有些读者自称"爱猫人",总喜欢抱我,其实我不喜欢他们这么做。出于同样的原因,我也不喜欢图书馆闭馆,闭馆意味着我要被图书馆员抱进员工休息室,然后在那里独自过夜。更何况,那里也有一扇关上的门。

4)你最喜欢哪些读者?原因是什么?

我知道,从道理上说,这种喜好不太好,不过说实话,我最喜欢的是抽烟的读者。我不知道为什么,我就是喜欢烟草的味道,任何抽烟的读者都很快成为我的朋友。我喜欢在他们还来的图书或者DVD上面滚来滚去。我还喜欢害羞、安静、不擅长交际的读者,似乎他们也很喜欢我,因为我从不评价他们。

5)你最喜欢哪本书?

除了有着烟草气味的图书,我喜欢的图书有《我可以对着它撒尿》和《希德:吃六顿饭的猫》。

6)你对其他图书馆之猫有什么建议吗?

在图书馆里找一个有声音共鸣的地方,在那里调调嗓子。及早地提出这个请求,经常提醒大家,你有唱歌的要求。图书馆闭馆的时候,你可以堂堂正正地在图书馆员面前引吭高歌,他们一定觉得很有趣,这样,他们就愿意在馆里多待一些时候,和你一起玩耍。追逐老鼠也是闭馆之后的有趣游戏。不过要提醒你们,这种游戏不要玩过头,否则不到傍晚的时候,图书馆员就会把你"带到后屋"去,让你去捉老鼠。也不要坐在读者的膝盖上,除非他们邀请你。永远不要坐在还书槽上。

7)对于想招募图书馆之猫的图书馆员,你有什么建议吗?

找一只流浪猫,最好是黑猫和"比较成熟的"猫。我们喜欢舒适的生活,我们在收养站住腻了,特别想找到一个真正的家。图书馆录用我之前,我在收养站已经住了几个月。在图书馆的儿童区域,或者在通风不好的封闭空间里,都要安装空气过滤器,这有助于减少过敏现象。(实际上,三年多来,图书馆从未抱怨说,因为我而引起了过敏现象,不过,作为一个"保险措施",安装空气过滤器绝对是必要的)要在猫的身上安装微型芯片,如果猫会走到户外,就要给它戴上GPS

项圈。拥有图书馆之猫,图书馆就极有可能成为当地收养站的形象大使。我所在的图书馆为收养站募集了很多食品和用品,帮助一些处于危急状态的猫找到了自己的家园。

8) 还有其他的话想说吗?

经常浏览"Facebook",关注我的动态吧!

九

对明登小镇来说,1985 年是一个具有里程碑意义的年份。

在那一年里,我们有了第一个交通红绿灯,它安装在 395 号公路和 88 号公路的交叉口。

交通红绿灯的安装,意味着这里不再安静,本地很多新老居民对此表示伤感,但也有一些人认为,这是文明进步的表现。北面的热那亚小镇的规模依然很小,但在整个山谷地区,一个拥有四五十栋房子的新小区正在紧锣密鼓地加紧开发。

除了明登小镇的新图书馆,塔霍湖东面的西风湾地区也建了一个规模不大的分馆。明登分馆的部分员工也要到这个比本馆小很多的图书馆工作,也就是说,他们要沿着内华达山脉的崎岖小路开车二十英里,才能抵达那里,而沿途的海拔高度达到两千英尺。一些员工不愿在这种路况下开车,这在冬季尤其危险,对那些有恐高症的人更是一段倍感煎熬的车程,但途中见到的整个山谷的景色却美不胜收,令人赞叹不已。

开车经过这段路程,是了解本地飞速发展的最佳途径。我喜欢把车停在这里,走到服务区,远眺山谷那头松子山脉的秀美景色。在

1970 年代,人们经常可以看到的景色,就是一群群牛在那里悠闲地吃着草。现在,白天已经很难看到牛群,到了晚上,灯光比过去更多也更明亮了。过去那里的灯光是一簇簇的,零星点缀着沿途的各个地区,你可以辨别出哪些是小镇里的灯光,哪些是村子里的灯光,比如,你可以知道这里是明登小镇的灯光,那里是加登维尔村的灯光。

现在,这些灯光都融合在一起,村镇之间的界限变得模糊起来。

大量人群涌入卡森谷地区,由此形成的结果是,亲密的邻里关系很快荡然无存;这种亲密的邻里关系,源于这个社区里的居民都相互认识。除了安装交通红绿灯,到杂货铺购物的过程也很说明问题:现在我还习惯于一边走一边随时停下来和人聊天,但是,我见到的一些人,他们完全不认识我是谁,我也不知道他们是谁。他们只是一些上街购物的陌生人,而不是关系密切的好邻居。

这个社区的风气已经改变了。

* * *

到目前为止,我们为贝克和泰勒所做的安排都很顺利。比尔告诉我们,在地区性和全国性的行业大会上,很多图书馆员蜂拥到他们公司的摊位上,希望得到一两张它们的招贴画。他们回去后,就把招贴画挂在图书馆墙上,由此产生了一系列连锁反应:如果他们把招贴画挂在图书馆工作室里的墙上,图书馆员每天都会来到工作室,长时间地欣赏这幅招贴画,时间一长,他们就想得到一张属于自己的招贴画。

还有一些图书馆员希望与读者共同欣赏这幅招贴画。他们把招贴画挂在主阅览室或服务台的墙上,我们就采取这样的做法。有时候,读者会有些困惑,他们会看看招贴画,再看看贝克和泰勒,然后再一次看看招贴画,忍不住地问我:"你们从哪里弄来的这两只猫,竟然和招贴画里的猫一模一样?"

把招贴画挂在读者一眼就能看见的地方的做法激发了读者的热情,他们争先恐后地想得到这幅招贴画。第一张招贴画的下方印着一行字:"猫文化协会,道格拉斯县图书馆,明登小镇,内华达州",也就是说,寄件人把"猫文化协会"作为邮寄地址的做法已经司空见惯。

人们经常直接给贝克和泰勒图书批发公司写信或者打电话,要求得到招贴画,图书馆员也会向公司销售代表索取招贴画。比尔还在给我们邮寄招贴画,数量却逐渐减少。我们转赠招贴画并不收费,贝克和泰勒图书批发公司也不收费,不过,有人会寄上一两美元的现金,支付邮寄的费用;收到这些费用之后,我们就把它们存在储钱盒里,需要时就拿来购买猫食或者猫砂。

在猫的身上花钱,我们从不犹豫,也从不吝啬;我们愿意和所有的人共同欣赏这两只猫,让人们从中感到快乐。不过,我们确实为此花了一些钱,我们从开始就发过誓,绝不动用纳税人的一分钱。

我们的预算十分紧张,伊冯和我共同承担了养猫的全部费用,包括购买猫食和猫砂、带它们去兽医站做定期体检;所有这些费用全都出自我们个人的腰包,在每个月的大部分时间里,我们都处于囊中羞涩的状态。有一次比尔和我们商量下一次拍摄事宜,我们谈到了目前的财政状况,他答应解决这个问题。他所在的公司起草了一份正式协议,明确公司在广告和推广活动里,享有独家使用贝克和泰勒形象的权利,作为回报,公司将付我给们一笔固定的养猫费用。

一个星期后,伊冯和我作为猫方代表,与公司签署了协议。我们很快地得到一张 2500 美元的支票。我们终于舒了一口气,感到浑身轻松。伊冯和我把这笔经费细分为若干个门类,在猫来到图书馆之后的两年里,这笔经费将分别用来支付猫食、猫砂、玩具和兽医检查的费用。

今天,通过 YouTube、Twitter 和 Facebook 这样的网站,像暴躁猫(美国网络名猫。因天生侏儒并长有龅牙而在网络上走红——译者注)和马卢猫(日本网络名猫,是短毛猫和褶耳猫的混种——译者注)这类名猫的交易数额,已经高达六位数字,我们这样的猫交易,简直就不值一提。不过对我们来说,这不是钱的问题,它的重要意义在于,贝克和泰勒让美国人民感受到图书和阅读的美好。

下一次拍摄活动,安排在下个月。

＊　＊　＊

和以前一样,我们把拍摄活动安排在星期日。

这一次,贝克和泰勒图书批发公司有了明确的想法,即针对不同的图书市场,需要拍摄不同的照片。除了比尔,该公司其他人也对猫的摆拍姿势提出了具体要求。

他们带来一些道具,这与上次拍摄时的情况完全不同,上次拍摄的时候,由于手头没有现成的玩具,我们不得不到猫藏匿玩具的地点搜罗了一番。在这次拍摄过程里,几位发型设计师和摄影助理忙前忙后,他们一会儿端来午餐盒子,用于拍摄针对学校图书馆员的广告;一会儿又拿来老式收银机,用于拍摄针对书店的广告。公司还希望拍摄一些猫和图书在同一画面里的照片,他们要求我们"找一些旧书,越旧越好"。

我知道,图书馆里有一本这样的书:一本皮面的旧词典,出版年代是 12 世纪初期,存放在图书馆参考阅览室的专用阅览桌上。

不知他们想把猫放在书的顶部(我不认可这种做法,因为猫爪子会乱抓,容易把书弄坏),还是放在书的旁边。不管他们怎么安排,我还是推着车,把词典拿到拍摄现场。

摄影师布置场景时,我把猫放到工作室门外。它们马上警觉起来,慢慢地、试探性地向我们走来。毕竟,它们已经见过闪光灯和照相机,它们清楚,拍摄不是一件好玩的事情。

与上次拍摄过程相比,这次拍摄过程要做的事情更多。按照摄影师和事务人员的要求,我们让贝克和泰勒摆出不同的姿势:它们一会儿坐在一起,相互对视,一会儿面对面地坐着,一会儿又让它们站起来,一会儿再让它们躺下,看看哪种拍摄效果更好一些。

摄影师和事务人员一副公事公办的架势。他们一会儿说需要这个,一会儿又说需要那个;对他们的指令,我们的两只猫只能保持缄默。摄影师的态度很干脆,我让你们做什么,你们就做什么,就这么简单。毫无疑问,贝克和泰勒是两只很棒的猫,不过,要是有人强迫它们做它们不愿意做的事情,情况就完全不同了。

它们最讨厌的事情,就是让它们先朝一个方向坐着,然后换一个位置,再朝另一个方向坐着;如果这是它们不喜欢的姿势,它们就会深痛恶绝,变着法子逃跑。我们不停地安抚它们,宽慰它们说,拍摄活动很快就结束,同时和猫一起朝着摄影师那边看过去。和上次那样,我们很快又站到摄影师的身后,发出欢快的叫声,晃动着各种玩具,还不时地给它们喂食,希望它们听从安排。

摄影师争分夺秒地抓紧拍摄,一点都没耽误,但两只猫已经受够了,拒绝再摆出任何姿势。

我不想指责它们;我也不喜欢别人强迫我,让我摆出不自然的姿势。

休息时间到了,大家开始吃午饭,我第一次不用把猫带进工作室;它们想尽可能地远离布景、道具和闪光灯。

“该拍词典的镜头了。”重新开工之后,摄影师告诉我们。

放在书托上的词典已被打开,书托左右摇晃着,伊冯和我扶住书托以保持稳定状态。

"请让猫摆好姿势，把爪子放到词典上，这样，在拍出来的照片上，猫只露出前肢以上的部分。"摄影师换了一个镜头，对我们吩咐道。

图书馆里的所有椅子都有标准尺寸，高度都是相同的，要在椅子上放几个箱子，才能让猫够到放词典的书托。"现成的椅子高度都不够，猫没法坐在这样的椅子上摆姿势。"我告诉摄影师。

"那么，你抱着它们试试看。"

我叹了一口气。这件事情并不容易。毕竟，它们不是那种喜欢被人抱着的猫。我看了看趴在地板上的贝克和泰勒，心想事成之后该如何犒劳它们，而且，它们的胃口居然还那么好。我有点心烦意乱。我应该事先向它们道歉，伊冯和我就要迫使它们去做它们不喜欢的事情了。我明白，犒劳它们的唯一方式，就是等拍摄活动结束后，请它们享用数量充足的香瓜和酸奶。

"我们尽力而为。"我回答。

等摄影师做好了准备，我深深地吸了一口气，对伊冯点了点头。我们各自抱起一只猫，把它们放到词典上面，然后，我们就趴在地板上，托起猫的屁股，这样，我们就处于照相机的拍摄范围之外。

它们有点惊慌失措，开始尖叫，并向不同的方向张望，不过它们的身子正对着照相机的镜头。在整个过程里，摄影师始终在快速拍摄，终于等到两只猫同时看着他的那一刻。

突然间，大功告成了。

* * *

一个月以后，图书馆收到了一个包裹，里面附着一张比尔的便条。

"你们感觉怎么样？我们很喜欢这张照片！"他在便条里写道，"顺便提醒你，好好欣赏猫的耳朵！"

猫的耳朵？我们打开招贴画,画面是两只猫把爪子放在词典上的特写镜头,在两只猫之间,是一些被推得有些耸起的图书页码;此外,它们之间还有一行文字:请利用图书馆;画面右下角还有一行文字:贝克和泰勒,两只识文断字的猫。画面上的它们似乎有些恼怒,这也不难理解,在整个拍摄过程中,摄影师不断要求它们改变姿势,它们当然要恼火啦。

就招贴画本身而言,它的宣传效果之好,让人始料不及。它们似乎向读者发布措辞严厉的警告:请利用图书馆,否则有你们好受的!

我们很喜欢这张招贴画,它生动刻画出两只猫的尊严和个性,何况,它还聚集了我最喜欢的两件东西:图书和动物。

伊冯从比尔寄来的包裹里取出了一个小盒子,盒子里面是一些猫耳朵仿制品,供人类朋友戴在头上。我们每个人都拿了一对,在那天的剩余时间里,我们戴着它在图书馆里走来走去。一些读者也希望得到猫耳朵仿制品,我们也分发给了他们,直到最后告罄。贝克和泰勒倒是没有察觉任何变化,不过,我在服务台弯腰取东西的时候,贝克总想摘下我头上的这个饰物。它这样做,也许是它不愿意在读者或者粉丝里,还有人喜欢与它有竞争关系的宠物。

贝克和泰勒图书批发公司印制了三万份"请利用图书馆"的招贴画,制作了无数个猫耳朵仿制品,还有几千个两面印着猫照片的购物袋以及大量的 T 恤衫,准备在即将召开的图书馆大会上分发。1985年,美国图书馆协会在芝加哥召开年会,在这次年会上,该公司的免费赠品受到极大的欢迎。在以后的很多次年会上,该公司摊位的销售代表接到公司的指令,要求控制免费赠品的发放数量:每人每天只能领取一次;否则,在年会第一天议程结束之前,免费赠品就要告罄。在这次大会上,该公司的宣传资料获得了两项最佳赠品的称号:购物袋获得了第二名,T恤衫获得了"最受全美国数千名图书馆员欢迎的免费赠品大奖"。

我为此骄傲，但不感到意外。在任何一届图书馆年会上，领取购物袋都是一个必不可少的环节，有很多书签、宣传资料需要放在包里，更不必说还有猫的招贴画了。此外，图书馆员要搜集新书校样和预印本图书，数量很大，需要有一个包来装这些东西，所以，购物袋是任何图书馆或者出版社行业性展览会上的重要礼品。

大部分出版社和图书经销商也很快发完有其各自商标的购物袋，但是在1985年，贝克和泰勒图书批发公司把两只猫的图像印在购物袋上，其受欢迎程度立刻让其他公司的购物袋相形见绌。这种购物袋的名声有如野火般迅速传开。第一位拿到购物袋的图书馆员马上就被别人拦住，这些人一定要打听到，在哪里可以领取这样的购物袋。很快，贝克和泰勒图书批发公司的摊位上就挤满了人，购物袋的库存数量急剧减少。

比尔给我们寄来一大批购物袋。我们打开了一个购物袋，把它摊在工作室的地板上。贝克特别喜欢在购物袋里扎营；和很多猫一样，它根本抵御不了在包里玩耍的诱惑，不过从另外的角度来看，这也是一件有趣的事情：贝克在一个印着自己和泰勒图案的购物袋里探出脑袋，偷偷看着外面的世界，这是一幅多么有意思的画面啊。

一天下午，贝克在购物袋里呼呼大睡，醒来的时候，忘记自己还在购物袋里。它想从购物包里爬出来，爬到一半的时候，脑袋被包的提手卡住了。它向前跑了几步，购物袋依然罩着它的身体。突然，它如鬼魂附体般地拼命跑进了图书馆。它在书架之间来回乱窜，沿着图书馆周围至少跑了三圈，在这期间，购物袋始终罩在它的身上。在场的所有人惊讶不已，都想设法抓住它，不过，这件事情实在太搞笑了，每个人都歇斯底里地大笑着。最终，贝克在阅览室的一把椅子下停住脚步，我们这才解开购物袋，把它解救出来。贝克用几个月才慢慢恢复了正常状态;在那个星期的其余几天里,只要看到那只购物袋,我们就忍不住哈哈大笑。

* * *

1985年春季,贝克和泰勒图书批发公司以猫为主题的图书推广活动,达到了一个高潮。除了推出招贴画、T恤衫和购物袋,公司还筹划了一个广告活动,即在《图书馆杂志》和《出版商周刊》等行业性期刊上刊登广告。这些广告没有使用猫的照片,相反,艺术家们在广告里只是表现了猫的各种形象,对此我存有疑虑;但第一批广告的效果非常好,它们采用了著名艺术家的作品,比如毕加索、大卫等艺术家的作品,把猫的形象放在这些伟大的素描与绘画之中。有时候,观众一眼就能看见猫的形象,有的时候,猫的形象并不引人注目。广告的标题必须符合艺术品的基调和主题。

比如,有一个广告的标题是"你的音频产品与《泰晤士报》协调吗?"艺术家选用了毕加索的绘画《三位音乐家》,不过在绘画的左下角插入了贝克的画像,它的长相有点像毕加索。在这幅绘画里,泰勒的画像更难察觉。右侧远端那位音乐家脸上的胡须,被V型的口唇所替代,这显然是猫的嘴巴;在音乐家的脑袋上方,漂动着两个三角形,这显然是一对猫耳朵。我大笑不止,这让我想起过去的一个个场景:有时候,我坐在服务台旁打字写报告,还要查阅资料,一只猫不知道从哪里冒了出来;还有的时候,我想找这两只猫,但没能很快找到,不过我知道,它们就在附近,躲在某个不为人知的地方。

这个系列里的其他广告,借鉴了雅各·路易·大卫(1748—1825,法国画家,古典主义画派奠基人——译者注)的作品《马拉之死》,以及约翰·坦尼尔爵士(1820—1914,英国漫画家及插图画家——译者注)早期为刘易斯·卡罗尔(1832—1898,英国数学家、童话作家——译者注)的《爱丽丝梦游仙境》绘制的插图。我喜欢这些广告,它们充满智慧,而且盎然有趣,在我看来,这些广告准确地描绘了猫的独特个性。显然,图书馆员也喜欢这些广告。不过,让我惊讶的是,一些与卡森谷地区毫无关系的人也会来我们图书馆,有些人甚至要开车数百甚至上千英里,一路辛苦,就要想来这里看看这两只猫。

第一批粉丝来到这里,让我们猝不及防,我们当然感到荣幸,不过也觉得好奇。他们竟然如此热切地想亲眼看看这两只猫,还要我们帮忙拍照,为他们与猫合影留念。

有些人还带来招贴画或购物袋,希望得到猫的亲笔签名。我在处理粉丝邮件的时候,会盖上猫爪图章作为猫的亲笔签名。少数粉丝坚持要得到猫的真正签名,对于这样的要求,我当然只能婉拒。

我一直认为,来拜访猫或者给猫写信的人士,大部分都是图书馆员,他们在行业性展览会上拿到了以猫为主题的招贴画和购物袋,所以想过来亲眼看看猫;不过,一些寻常百姓也出现在访客的队伍里,他们从报纸上得知这两只猫的情况。很多报纸对贝克和泰勒都做过报道,一些记者也在全国性消费杂志上报道了相关内容,包括《宠物猫》杂志。美国各地的猫爱好者也纷纷给它们写信,或者前来造访。

粉丝的来信数量,以及要求得到招贴画的请求数量,都出现了井喷状态。我们甚至接到一些长途电话,对方要求与贝克和泰勒通话,要知道,当时长途电话的通话费用是非常昂贵的。如果贝克或者泰勒恰好在我身边,我会把电话听筒凑近它的耳朵,这样,电话那头的人就可以和它打个招呼。

所有的图书馆员都要轮流在服务台值班,但只要粉丝停下脚步,表示想看看猫,或者粉丝打来电话,要求和猫通话,不论值班的图书馆员是谁,他们都会来找我,或者把电话转到我的分机上。

"有人想了解两只猫的情况。"

我深深吸了一口气,开始高谈阔论。

"这里一共有两只猫,名字叫贝克和泰勒,它们住在图书馆里。这是两只苏格兰褶耳猫,一种品种特殊的猫,耳朵上有很多皱纹,还向下耷拉着;贝克有一只耳朵是折叠的,而泰勒的两只耳朵全都折叠。它们是贝克和泰勒图书批发公司的官方吉祥物,这是一家跨国图书批发公司,专门为图书馆提供服务。贝克喜欢吃香瓜,泰勒喜欢吃酸奶,而且……"

我可以继续介绍下去,有时候还会增加很多内容,这取决于听众是否有兴趣继续听我讲下去,也取决于此时此刻我手头是否还有其他工作。

谈论猫的话题永远让我快乐,但是,不断增加的访客和电话数量,肯定也会耽误我的工作。有一天,我上午的工作被打断了三次,一位同事又让我去服务台,给读者介绍有关猫的情况;这一次我不得不告诉她,该轮到她介绍了。图书馆员完全了解贝克和泰勒的情况,也听过我的多次介绍,需要介绍的内容应该烂熟于心了。

她很快表示同意。从那天开始,每位在服务台值班的图书馆员,都自动地成为贝克和泰勒的发言人。这项工作成为他们的一个必尽义务。

十

外地的粉丝不断涌入我们图书馆,本地的粉丝也不甘落后。

在道格拉斯县这样的小地方,图书馆具有特别重要的作用。它是本地唯一的公共场所,居民可以在这里见面和聚会,想待多久就待多久,完全没有购物的压力;此外,入馆也是免费的,因此人们实在没有理由不喜欢图书馆。1950 年代初期,当时我在英国,住地附近有一些规模不大的向读者收费的专业图书馆,只有付了钱,才能走进图书馆大门,才能外借图书。而在道格拉斯县,情况就完全不同了。任何人都可以走进图书馆,只要愿意,在那里待一整天都没关系。

这里的图书馆员——包括真正的图书馆员和两只猫——欢迎所有人来利用图书馆。毕竟,公共图书馆是最具有民主气质的机构。我们不会把任何人挡在门外,也就是说,各个阶层的人士都可以走进图书馆大门,这一点永远不会改变。和公立学校一样,图书馆也是一个保持公正的社会机构,其作用甚至超过了公立学校,因为图书馆的服务对象是社会各阶层的人士,既为儿童提供看图识字的读物,也为研究家族史的成年人提供文献。

读者不仅从书里寻找信息,还经常向图书馆员提出各种问题,希望得到正确的答案;在当时的条件下,仅靠我们自身的力量,根本无法满足读者的所有需求。当地的第一个图书馆规模很小,经常遇到这样的情况。比如,有一位读者希望我们解答,沿着州界从内华达州开车前往俄勒冈州的克莱蒙斯瀑布需要多长时间。美国汽车协会当然可以提供详尽信息,但要获得该协会的会员资格,必须支付一定的费用;而图书馆的服务是完全免费的。

我取出一本地名词典,里面有各州乃至各县的详细地图,可以为第一次去克莱蒙斯瀑布的人士提供行车导航。我在地图上找到一条曲曲拐拐、弯道很多的路线,计算出两地之间的确切距离,估计抵达目的地的大致时间,当然,开车时间的长短,要取决于行车时有多少只狗在路上打盹挡道。

我只能给读者提供大致的数据,但是,读者希望得到的是两地之间的确切距离以及确切的开车时间;尽管读者的要求可能不尽合理,图书馆员也要尽量满足这样的要求。

图书和其他信息资源包含着各种观念和思想,图书馆的任务,是以公正客观的态度帮助读者获得与此相关的信息。过去,图书馆员主要承担着守门人的责任,负责看守通往知识宝库的大门。

在我的图书馆员生涯里,我坚持了一个做法,就是从热门程度、成本、实用性、是否已有相似图书等几个方面,综合评价书架上的图书、杂志和其他资料。当然,并非所有读者都同意我们的评价,不过这没有关系,让我困惑的一个问题是,有些读者不喜欢这样的理念,即图书馆的宗旨是尽可能全面地提供各种观点,不过,不论读者是否同意这些观点,我们都要这么做。

有一天,我正在历史类图书的区域给图书上架,我注意到一本讲述第二次世界大战的图书,书的顶部贴着一摞纸。我抽出这摞纸,原来是一个宣传册子,册子封面上的文字,让我惊讶得屏住了呼吸。

"大规模屠杀犹太人的事件,其实从未发生过。"封面上的硕大红字竟然这样写。最近我在报上读过一篇文章,谈到本地突然有那么一批人,竟然否认大规模屠杀犹太人事件的存在。我打开小册子,发现里面错字连篇,拼写错误和语法失当的现象随处可见。我又检查了周边的其他图书,也有同样的情况。我逐页查看了每一本图书,总共取出了夹在书里的十二本小册子,把它们拿到服务台。

"嘿,他们还在这么干。"丹说道。

"他们以前来过吗?"

"来过。我还见过其中有一个家伙,把册子夹到图书里。我告诫他不能这么做,他反而责怪我干涉言论自由。"

"这绝不是干涉言论自由。"我简直气坏了。"这是在丑化图书馆的形象。再怎么说,我们也不能听凭孩子拿着蜡笔,在不喜欢的图书上乱涂乱画,对孩子尚且如此,我们难道还能允许愚蠢的成年人肆意妄为,把不属于图书馆的小册子夹到图书里?"

我非常喜欢书,看到有人不珍惜图书,就会耿耿于怀。对待图书要像对待宝藏那样倍加珍惜,绝对不能把它们看作一堆无用的垃圾。

我把小册子扔进了垃圾箱,我真的很生气。如果不同意某件事情,可以写作并且出版自己的著述,表达自己的观点,这完全没有问题。传统上,公共图书馆擅长于搜寻表达不同观点的图书,把它们展示在书架上,供读者自行阅读与判断。我想说的是,我们的书架上已经有了希特勒的《我的奋斗》,当然,那个家伙也不会把小册子夹到这样的书里。

从个人的角度看,我绝对不会把《我的奋斗》放到自己的床头柜上。图书馆收藏这本书的原因,是人们有时候需要找到一种对立的观点,用来验证自己观点的正确性,姑且不论自己的观点是否真的正确。我们必须保证信息的畅通。读者想得到他们喜欢的图书,但不一定要购买;我的想法和他们一样,我也愿意到图书馆借书,而不是去书店购买。自然,我们会根据行业性杂志上的书评,以及比尔·哈特曼的推荐,为图书馆选择图书。如果读者想借一本图书馆尚未收藏的图书,我们会把他的需求提交选书委员会的会议讨论,如果做出不购买某本图书的决定,也是由几位图书馆员共同做出的,而不是由一位图书馆员做出。不过实际上,任何读者想借的图书,图书馆都愿意购买。

当然,和任何地方的图书馆一样,我们图书馆每星期至少会遇到一位读者,要求我们把某本书从书架上撤下来。在大部分情况下,读者要求撤下的图书都是政治类图书。保守党读者要求我们撤下由共和党政治家撰写的图书,共和党读者要求我们撤下由民主党政治家撰写的图书。还有读者要求我们只收藏由共和党主流政治家撰写的图书。

事实上,我已经预先准备好说辞,如果读者对某本图书提出指责,我就深深地吸一口气,开始背诵以下这段话:

"谢谢您表达的观点,不过,公共图书馆就像辩论竞赛里的主持人,它的设立,是为读者提供各种各样的观点,而且越多越好;对于每个问题,我们都会提供两个以上的观点,供读者参考。我们赞赏您百忙之中来到图书馆,表述您的观点……"

有时候,读者会和我争辩,但在大部分情况下,他们会悄悄走开,或许他们暗暗在想,如果下次在图书馆里相遇,他们一定要让我看到,他们会对我皱起眉头表示不满。因为担心一些图书还来时已被损坏,我要一本本地检查,看看是否确实损坏、有没有胡言乱语的批注、有无乱涂乱画的现象。有时候,一些心怀叵测的读者借走了图书,然后会谎称图书"丢失"了。当然,他们必须支付相应费用作为赔偿,图书馆也会及时补购这本图书。

有时候，我们和读者的关系成了一场猫鼠游戏：读者把他们讨厌的图书藏起来，或者故意错放到其他位置上，比如故意把这些书和烹调书放在一起。我们最终还会找到错放的书，把它放回正确的位置。

有一次，居然有一位图书馆员，要坚持改变一本图书的排架位置；我不同意她的处理方法，随后发生了争执。这个争执过程很有意思，它以一种奇怪的方式促使我们思考问题。

当时，我正在儿童图书区域给图书上架，看到书架上有一本《亲爱的妈咪》，这是克里斯蒂娜·克劳馥撰写的回忆录，它以伤感的笔触，讲述了主人公在母亲(这位母亲是一名女演员)琼·克劳馥抚养下成长的故事。我从书架上取出这本书，拿给值班的图书馆员看。

"这是怎么一回事?"这位图书馆员问道。

"看看，这是谁干的好事?"我笑着说道。

"是我把这本书放在那里的。"

"你放的? 为什么要放在那里?"

"之前它放错了位置。"

"这不是一本儿童读物，"我说，"相反……"

"它就是一本儿童读物。"我不再说话。对她来说，这涉及如何评价作品的问题；她认为这本书写得很差，而且，读者对象显然不是成年人，所以，她把这本书放到儿童读物的书架上。

她从我手里拿过书，当着我的面，又把书放回儿童读物的书架上，然后拍了拍手上的灰尘，回到了服务台。

那天晚些时候，在她下班之后，我又把这本图书拿下来，放到传记类图书的书架上。

第二天，这本书又被放回儿童读物的书架上。她经常把一些不适合儿童阅读的读物放到那里，已经不止一次了。后来，我们的争执演化成长达数月的拉锯战,在这几个月里,《亲爱的妈咪》一书不停地在传记类图书和儿童读物的书架上来回搬迁。

* * *

图书馆里的图书种类繁多,读者也是形形色色。一些年轻母亲和她们刚学会走路的孩子,喜欢参加图书馆的故事会活动;一些退休的企业管理人员,每天早晨等图书馆一开门就来到图书馆,一头扎进阅览室里,读一两个小时的报纸;社区各个阶层的人士,每天也会走进图书馆。我喜欢图书馆里的这种氛围。

有位读者的样子和泰勒有点相像。他有些谢顶,但有几缕头发还支棱着,构成一个有趣的角度,很像泰勒脑袋上的毛发。他的头发有几种不同颜色,这也很像泰勒;甚至他的发际线也和泰勒一样,都是"M"形状的。

而且,他的动作也像泰勒:他像猫那样走路,常常悄无声息走到别人身边。我在书架前整理图书时,经常突然发现,他就站在我的身边,吓得我浑身哆嗦,而我根本没听到他的脚步声。所幸的是,他和泰勒毕竟有一点不同:至少他不会坐在我身边,总是盯着我看。

大部分老年读者都在白天来图书馆,因为很多人不愿意晚上开车。如果贝克恰好四仰八叉地躺在图书馆门口,一些老年读者进馆之后,就喜欢单脚跪地,俯下身子,对它抚摸一番。贝克和泰勒在随后的几分钟里,会兴高采烈地享受所谓"贝克赞美协会"的最新赞美言辞,但不久它们就会离开,去寻找更有意思的事情。贝克不能长时间关注一件事情。有时候,跪着抚摸贝克的老年读者站不起身来,见到这种情况,我会赶紧跑去,帮助对方站立起来。这只是小小的代价,即便屁股疼了,或者膝盖瘆疼了,读者也在所不惜,因为他们喜欢猫。他们站起身来后,脸上总是挂着灿烂的微笑。

我也这样。

按照规定，很多老年读者是不能饲养宠物的，原因是多方面的，比如，有些老年读者住在退休人员社区或者养老院，没有饲养宠物的条件；有些老年读者的健康状况不佳，没有能力饲养宠物，如果宠物的寿命长于他们的寿命，宠物的未来生活就无法得到保障。老年读者到图书馆来，可能为了浏览新书，可能想借几本神秘小说，不过，他们来图书馆的主要目的，就是想看看贝克。尽管他们的经济状况拮据，他们还是愿意给贝克购买零食，还硬往我手里塞上几美元，让我支付贝克和泰勒的饲养费用。我感谢他们，也接受他们赠送的零食，不过，我婉言谢绝了他们捐赠的现金。如果别人捐赠的是现金，我感觉有些尴尬。猫使人们感到快乐，它们为社区做出重要的贡献，一想到这里，我就非常快乐。

猫随时可以减轻图书馆员和读者的压力，还帮助人们结识新的朋友。正如研究热那亚小镇的历史学家和当地一位居民所说，比莉·莱特米尔利用图书馆做了大量的研究工作，并在此基础上撰写了几部论述卡森谷地区历史的著作。我多次帮助过她，我们渐渐成为朋友。下午开始写作之前，她喜欢和两只猫打个招呼，这样，她注意到一件有趣的事情。

"我在办理借书手续，贝克恰巧不在服务台附近，如果有人过来问我，贝克去了哪里，我们自然就以猫作为话题交谈起来，我们的交谈通常会慢慢转到其他话题上。"她继续说道，"如果我们在图书馆再次见面，甚至在杂货铺或者公园里再次见面，就很自然地和对方打起招呼，'嗨，最近还好吗？'这样，你就结识了一位新朋友。"

* * *

后来，我们遇到了费吉尼先生。

我们要轮流到服务台值班,所以,我并非一直有机会与新读者交流,除非他们经常造访图书馆,或者有问题问我,希望我提供答案。

有一天,我正在服务台值班,一位五十岁朝上的男子抱着一大摞图书走了过来。他看上去有点邋遢,穿了一件破旧的休闲夹克;当年我的父亲也有一件这样的夹克,我母亲吓唬他,说要把夹克扔到火里烧掉,迫于无奈,他只能勉强地把它送给名叫"善意"的慈善机构。他把借书证推到我的手边,我加盖图书外借日期章的时候,他始终专注地看着我。他还回来的三本书分别是杰克·本尼(1894—1994,美国电影喜剧演员——译者注)、卡罗尔·伯内特(1933—　,美国女演员、歌手——译者注)和乔治·伯恩斯(1896—1996,美国喜剧演员——译者注)的传记。

我把书递给了他。他轻轻地抚摸着每一本书,这让我回想起我高中的时候,学校校长也是这样轻轻地抚摸每一本书,仿佛是在抚摸一只猫。我告诉他:"这些书应该两星期后归还。"

"我很快会归还的,"他的声音有点不自然。他戴了一顶老式宽檐帽,帽檐遮住了他的眼睛,我们无法用目光进行交流,"我答应你。"

"谢谢。"我说,顺便看了一眼借书证上的名字:约瑟夫·E.费吉尼,随口说了一句:"约瑟夫。"

他的脑袋往后仰了一下,我看到他的两只眼睛睁得大大的:"我叫费吉尼先生。"

"费吉尼先生,你好。"我复述了一遍,不过他早走出了图书馆大门。

几天之后,他又来到图书馆。上午的时候,我最初看到他在传记类图书的区域翻阅着图书,然后走进阅览室里,专心致志地阅读最新一期的《人物》杂志。快到中午的时候,他到服务台办理几本书的外借手续。这一次,他借了另外一些传记图书,具体地说,是塞米·戴维斯(1887—1981,英国记者、赛车手——译者注)、帕蒂·杜克(1946—2016,美国女演员,1962年获奥斯卡最佳女配角奖——译者注)和艾娃·加德纳(1922—1990,美国女演员,曾获第26届奥斯卡最佳女主角奖提名——译者注)的传记;如果按照书名的字母顺序排列,这些传记在书架上是排列在一起的。上次他就是用这种方式选书的。

我小时候也是这么选书的。

和往常一样,贝克还是待在它最喜欢的地方,也就是计算机显示器的顶部。费吉尼先生轻轻地抚摸它,突然,他猛然抽回了手,好像碰到了滚烫的火炉。

"我可以抚摸它吗?"

"当然可以。它坐在这里,就是让人抚摸的。"我告诉他,"事实上,它的正式名字叫'毛茸茸的压力球'。"

他没有笑。他的手指轻轻抚摸贝克耳朵附近的部位,然后转到它的下巴。在此期间,他一直关注着贝克的脸部。显然,费吉尼先生有过养猫的经历。

他清了清嗓子说:"我的名字叫费吉尼先生。"他说话的声调和以前一模一样。

"你好,费吉尼先生,我的名字叫简。"我伸出手去,但是他只是看着我的手,更使劲地抚摸着贝克。贝克显出很享受的样子,脑袋歪在一边,嘴巴微微张开,一串口水流到了胡须上。

我把手缩了回来,开始了标准化的讲演,讲述贝克和泰勒是怎么来到图书馆的,不过,费吉尼先生似乎并不注意听。

显然,他在某些方面是有残疾的,但他的举止优雅,也喜欢读书,在我看来,这就足以算一个好人了。何况,我们图书馆的读者里,也有好几位残疾读者呢。

我办完了借书手续,他有礼貌地点了点头。费吉尼先生摸了一下贝克的脑袋,收拾好图书,朝着阅览室走去,然后坐在放着一本《国家地理杂志》的椅子上。大约过了五分钟,贝克觉得在服务台待够了,就跳到地板上,慢慢地踱进阅览室。它跳到费吉尼先生旁边的椅子上,费吉尼先生读着杂志,把手轻轻放在贝克的背上。

他们就这样坐了大约四十五分钟。我去吃午饭的时候,看见他们还这么坐着。

第二天,费吉尼先生又来到图书馆,这次没有先去传记类图书的区域,也没有先去阅览室,而是快步来到服务台。当时,贝克和我都在那里。

"今天还好吧,简?"他向我问候。

我差点就伸出手去,转念一想,又把手缩了回去。"很好。费吉尼先生,你怎……"

"萨德勒女士还好吗?"他打断了我的话。

"她很好。想见她吗? 她就在后面的……"

"那么,多伊尔先生还好吧?"

我停顿了一下,"他也很好啊。"

"那么,亚历山大女士也好吧?"

他按照图书馆花名册上的员工名字,一个个地问候下去,我不住地点头,一概回答"还好,还好"。他停了一下,接着又问:"贝克也好吗?"

我克制了一下,决定不告诉他,贝克其实就在他的眼前,此刻他正挠着它的脑袋。我只是用"很好,很好"作为回应,回答他的一个个问候。不过,他已经完成了问候任务,朝着书架的方向走去。

接近中午的时候,他又来到服务台,开始新的一轮问候,不过,这次问候的顺序与早晨正好相反。

"和贝克告别,和多伊尔先生告别,和……"他的脸上掠过一丝关注的神情。"泰勒还好吗?"

"它还在后面睡觉呢。想看看它吗?"

"当然想看! 它在哪里睡觉呢?"他的声音也不那么呆板了。

"请跟我来,我带着你去。"

费吉尼先生跟着我来到工作室,一些图书馆员一看到他,惊讶地睁大了眼睛。一位图书馆员突然拿起电话,像模像样地交谈起来。我知道,图书馆员这么做并非不愿意接待他,而是因为每次接待读者,都要花大量时间送往迎来,这是一种不可缺少的礼节。然而,对每个图书馆员来说,时间显得格外宝贵,我们必须特别珍惜。过了一会儿,我看到几位图书馆员打断了费吉尼先生的话,他气得脸都红了。他再次从头逐个问候,这样就可以问候到花名册上所有员工的名字,确保没有遗漏,而且,他连猫员工也没有遗漏;这有点像讲述一个长篇累牍的故事,或者履行某种前后呼应的仪式。

我指了指饭碗:"这是它们吃饭的地方。"

"它们经过哪条路去的卧室?"

"后面那条路。"我打开了一扇通往壁橱的门。

他往里面看了一眼,点了点头。"今天是好莱坞巨星琼·科林斯(1933— ,英国女演员——译者注)的生日。"他突然对我们宣布。

"是吗?"

"当然是的,她出生于1933年,曾经四次结婚,她的中间名字是汉丽埃塔,她有三个孩子,分别叫塔拉、亚历山大和卡丽娅娜,而且……"

我们回到服务台的时候,他还在继续讲述。

我听到小镇上流传的一个说法,说费吉尼先生是弹震症(服役士兵的一种心理创伤——译者注)患者,很多年之后,我听说他其实是一位高功能自闭症患者，不过没有得到确诊断。我在卡马里略医院工作的时候曾经接待过一些患者，他们的症状与费吉尼先生十分相似。而且，在观看电影《雨人》的时候我得以辨认，费吉尼先生和达斯汀·霍夫曼（1937—　，美国演员、导演——译者注）扮演的角色之间，存在很多的相似之处。

尽管如此，我还是很喜欢费吉尼先生，我们都喜欢书和猫。很多人认为我们是一个类型的人。他从不虐待图书，在我的眼睛里，他的形象永远是高大的。

此外，他读书的方式也和我完全相同。

图书馆猫档案：斯塔克斯

一只棕色的虎斑猫。从 2010 年开始，它就是美国宾州纽卡斯尔地区纽卡斯尔公共图书馆一名尽职尽责的员工。它拥有自己的 Facebook 网页，名称是 Stacks Library Cat，它会尽可能及时地更新网页的内容。

1）你怎么会住在图书馆里的？

在一个夏日里，我悄悄地溜进图书馆，一些图书馆员好几次把我扔到外面，但是，我下决心主张自己的权利，绝不退缩。幸运的是，我叫了几声，可怜兮兮地望着他们，他们就一下子心软了，终于收留了我，我从此脱离了在大街上流浪的生活。

2）你在图书馆里担任什么工作？

我是图书馆的官方接待员，负责吸引孩子更多地利用图书馆；我还负责在图书馆里定期巡视，确认所有业务的顺利进行，同时，也确保我的物品没有被人拿走。

3）工作中你最不喜欢什么事情？

如果人们挪动我的物品，我会很不高兴。我到处乱扔小老鼠和皮球玩具，这样做是情有可原的。另外，我要经常提醒同事，让他们在图书馆的不同地方给我的饭碗和水碗里加料。我四处溜达的时候，要有人拥抱或者亲吻我，我不介意人们抚摸我。

4）哪些是你最喜欢的读者，为什么？

我最喜欢的读者是孩子。成年人愿意为我买东西，不过，孩子会给我带来玩具，参加我的生日聚会，还经常拥抱和亲吻我。所以说，我最喜欢孩子。

5）你最喜欢哪些书？

我最喜欢的图书是利·拉特利奇创作的《假如人是猫》。这本书告诉人们，如果人变成了猫，"就会完全满意现在的自己"。何况，作者与三十只猫生活在一起，光凭这一点，他就是我心目中最棒的人。

6）对其他的图书馆之猫，你有什么建议吗？

我的建议是，让人类朋友多休息一下，适当给予他们一点（不需要很多）关注；这样，他们就会成为你的最好朋友。

7）一些图书馆员打算聘用猫员工，你有什么建议吗？

重要的事情是，要确认图书馆员、董事会和读者都欢迎猫来图书馆。我被聘为图书馆的长期雇员之前，图书馆员设置了一个留言本，鼓励读者写下意见，围绕图书馆是否聘用猫员工的问题充分发表看法。图书馆员了解所有读者的意见，看到读者都表示支持的态度，董事会才正式招募了我。

8）还有需要补充的吗？

实践证明，在为图书馆募集经费方面，我发挥了巨大的作用。利用我的画像制作的书签、装饰品和日历，很快就销售一空。我还吸引很多人第一次走进图书馆，而且，他们还将成为图书馆的固定读者。图书馆员经常警告我，我都要被宠坏了，不过我注意到，他们经常盯着我看，整天都在微笑。

十一

"储藏室里有你的包裹。"一天早晨我刚上班的时候,康斯坦丝告诉我。

我感觉有点奇怪。一般情况下,不论是粉丝询问猫的状况的邮件,还是了解图书馆状况的信件,我的邮件都会放到我桌上的收件盒里。有时候,比尔·哈特曼会寄来一些多余的 T 恤衫、购物袋和推广材料,由于种种原因,这些产品最终没有投入批量生产。

包裹里可能是一个新买的大马克杯。我看了看印着泰勒生日快乐字样的大马克杯,它就放在阿富汗地毯的旁边。泰勒不断捣乱,试图让我放下工作陪它一起玩,所以,它每星期至少有一次把杯子推到桌下,但它并不鲁莽行事,只是在杯子里的水快要喝完时,才会使出这么一招。大马克杯出现了裂缝和碎片,严重影响了它的初始功能——也就是盛水。我当然需要买一个新杯子。

"包裹为什么放在储藏室里?"

"如果放在其他地方,贝克和泰勒会把它撕成碎片的。"

嗯……这两只猫,尤其是贝克,如果包裹里装着猫薄荷草,就会对包裹发起攻击。

又或者,如果包裹里装着香瓜,它们也会贸然下手。

我打开储藏室的门,拿出一个规格超大、塞得满满当当的牛皮纸信封,上面有几个牙印和爪印。我捏了一下信封,感觉软软的,并不坚硬,因此可以判断,信封里装的肯定不是大马克杯;我又看了一下寄件人地址:俄亥俄州,加哈纳市,杰弗森小学。我一打开包裹,贝克和泰勒的图像赫然出现在我的眼前。我抽出一大摞贺卡,这是用蜡笔在工程用纸上绘制的贺卡。看来,一个班级的全体学生都绘制了一份贺卡。每张贺卡上都有贝克和泰勒的画像,它们的颜色与真实的贝克和泰勒十分接近,不过,也有一些孩子喜欢选用桔黄色或者绿色。在绘制猫耳朵这方面,一些孩子画出了褶耳猫的特征,即两边耳朵都折叠着,另外一些孩子完全没有画出耳朵。还有一个孩子几次尝试画出猫的形状,都没有成功,最终还是放弃了,在画面上写了几个大大的黑叉。

我打开其中的一份贺卡。

"亲爱的贝克和泰勒,"贺卡这样写道,"我的名字叫托马斯。我今年七岁。我觉得你们俩很聪明。你们还很机智。我想去看你们,但是,老师告诉我,你们住在内华达州。我就改变了主意。希望你们在图书馆里生活快乐。"

我笑了起来。到目前为止,给我们寄信的大部分粉丝都是成年人。粉丝访问我们图书馆的时候,成年人的表现通常比孩子更热情。父母争先恐后地去看贝克和泰勒,他们的孩子都害羞地躲在一边。也许,父母一反常态的情绪表达,让孩子感到尴尬;也许,孩子更喜欢狗而不是猫。不过,从收到的这些贺卡来看,俄亥俄这所小学的孩子,显然与我们以前遇到的孩子不同。

我仔细地查看着贺卡,希望看到一份成年人制作的贺卡。我看到一个便笺本,封面上用铅笔绘制了两只苏格兰褶耳猫的图像,它们显然不是贝克和泰勒,不过我能够辨别得出,这便笺本来自最近一届的猫展。谢天谢地,便笺本的里面,我看到一幅成年人手工绘制的图画。

这个成年人自我介绍说,她叫莱斯丽·克莱姆,是俄亥俄州的一位小学二年级教师,自称是一位猫的超级粉丝,尤其酷爱苏格兰褶耳猫。

"我在《宠物猫》杂志上读到一篇有关贝克和泰勒的文章,决定动员全班同学给它们写信,并且把这个作业作为写作课的一个内容。"她解释道。她向我介绍说,她给贝克和泰勒图书批发公司写过信,要求得到一些相关的招贴画。学校收到了招贴画,她就把它挂在教室的墙上,还告诉学生,这两只猫住在一个图书馆里。学生随即围绕它们提出了各种各样的问题,根据这个情况,她决定把这些问题作为教学重点,纳入统一的教学计划。

在第一次写作课上,每个学生都给猫写了信,教师克莱姆女士也写了信。

她在信里附了一张全班同学的照片。同学们举着一面旗帜,上面写着"贝克和泰勒粉丝俱乐部"的字样,在他们后面的墙上,还挂着贝克和泰勒的图像。

粉丝俱乐部?我看了看照片上的孩子们,很多人正在换牙,缺了几颗牙齿,膝盖绑着绷带,头发恣意地张开,他们父母或许一两小时前刚刚仔细地为他们梳过头发。他们让我想起我自己的童年,想起了在他们这个年龄的我。

为什么不呢?我接着看了很多题词和绘画,在此期间,贝克和泰勒一直注视着信封,如同两枚热跟踪导弹,紧紧追踪着猎物。泰勒咬着信封的底部,贝克早把脑袋伸了进去。

我费了很大力气,才把信封从它们的爪子里夺过来,然后,把信封里剩余的贺卡全都倒在桌子上。两个心形的猫薄荷草掉了出来。贝克兴奋地扑向红色的心形猫薄荷草，泰勒则高兴地扑向蓝色的。

我不期望获得礼物。相反，倒是人们期待得到我们的礼物。我觉得这样也好，因为我历来欣赏粉丝寄给猫的邮件，如果这些邮件的字面背后隐藏着某种急智，就更加赏心悦目了。几个月前，我们收到一张卡片，收件人是"猫的室友"，我们觉得这种说法很好笑。

不过，情况十分明显：这位教师提出这个请求，不是想得到印着图书馆名猫图案的招贴画或者购物袋，而是恳切希望以这两只猫作为契机，帮助学生提高学习成绩。谁能拒绝这样的请求？

所以，我决定帮助他们。

贝克和泰勒还在快乐地享用猫薄荷草，利用这段时间，我开始给莱斯丽·克莱姆回信，感谢她和学生做出的努力，并且感谢他们寄来的玩具；我赞赏他们的工作：以猫作为教学工具，帮助学生提高阅读和写作能力。

我回想起当年的情景，那时，我的儿子马丁刚满六岁，就被诊断出患有阅读障碍症。当时他是一年级学生，在逻辑能力测试中取得高分。具备这样的能力，完全可以小学毕业了，但他讨厌上学，在课堂教学过程里总是神情沮丧。二年级的老师帮助了他，真正改变了他的生活。

一些学生在贺卡里提出与猫有关的问题，我在回信里答复了一部分问题。

"它们最喜欢的颜色，是食物的颜色。"

"它们最喜欢的图书，是与加菲猫相关的所有图书（加菲猫是它们的偶像）。"

"看到我们从抽屉里拿出开罐器，它们的动作频率马上加快；不过，假如图书馆里有蟋蟀、蜘蛛或者尾巴长长的小动物，它们的动作频率也会加快。"

我折叠好信,开始在信封上写地址,又在下一刻停了下来。我在想,还能做哪些事情,可以帮到他们? 我记得一些大学生也打来电话,问候我们的两只猫。他们这么做,或许只是一种恶作剧行为。但是,对这些七八岁的小学生来说,这两只猫是真实存在着的。如果他们知道,这里有两只猫急切地希望读到他们的作文,并且还给他们回信,那么,他们就能更专心致志地完成写作课程。

我从来没有以猫的口气写过信,不过,试一试又何妨呢? 我把一张纸插入打字机,开始给他们写信。

亲爱的二年级同学:

我看了看猫,它们正享受着尼皮塔卡塔里亚的绝佳美味——"尼皮塔卡塔里亚"是猫薄荷草拉丁学名的正式发音。它们懒洋洋地躺在地板上,脑袋和四肢完全处于放松状态,贝克甚至还打起了呼噜。

收到了你们寄来的包裹,我们非常高兴! 事实上,我们高兴得有点过头,在监护人回来之前,图书馆员不得不把包裹锁起来。

我琢磨着,如果猫能说话,是否就是这样的。小时候我就觉得,狗和猫如果想说话就一定能说,它们肯定有很多有趣消息要告诉我,只是出于某种原因,它们不说罢了。我没有想明白其中的奥妙,这让我感到沮丧。我挖空心思地想象,面对一屋子的二年级学生,猫会怎么说话,此外我也不知道,相隔两千英里的这些孩子,究竟希望了解图书馆之猫哪方面的情况。

我经常看到,一些小学教师带着一个班的学生到图书馆来,他们和学生交谈的时候,似乎就是把他们看作小学二年级的学生。我还是孩子的时候,很讨厌成年人的这种态度,在我看来,他们就是觉得我们什么都不懂。

我的孩子度过了漫长的童年时代,才慢慢长大成人。在他们的童年时代,尽管他们年龄还小,我还是在交谈时把他们当大人看待。我给加哈纳小学的二年级学生回信,感觉就像当年我和自己的孩子交谈一样:

> 我们经常睡觉,也有很多睡觉的地方,不过,我们最喜欢睡在纸盒里,或者睡在杂货铺的购物袋里。凡是利用过图书馆的人士都会注意到我们,不过说实在的,我们不喜欢他们对我们拍照。我(贝克)喜欢吃香瓜,"泰尔斯"喜欢喝酸奶。

很少有人知道,我给这两只猫起了绰号;我把泰勒叫作泰尔斯,把贝克叫作贝基或者贝克斯;在别人面前,我一般很少叫它们的绰号,不过,对于一群二年级学生来说,嗯,我觉得他们不会介意。

> 我们的监护人要把你们寄来的所有信件和照片挂在主题墙上,这样,孩子们一到图书馆就能看到,很多其他的孩子也都认识我们。好好学习吧,请保持对动物的热爱之心。

> 你们的朋友:贝克和泰勒。

在过去的几年里,我用坏了几个猫爪图案的橡皮印章。尽管如此,我还是希望把印章做得更加逼真一些,这样,如果莱斯丽在班级里传递这封信件,同学们拿着信件开始阅读时,就有理由相信,这两只图书馆之猫真是给他们回信了,而且还在信上签了名。我没有像过去那样,在信件结尾处盖上两个相同的猫爪印章,而是盖上四个印章,其中有两个是贝克的猫爪印章,另外两个是泰勒的猫爪印章。我想办法让两只猫的猫爪印章有所区别,也就是说,在加盖泰勒猫爪印章的时候,我略微减轻了力度,使印章颜色淡一些;毕竟,泰勒做事比较谨慎,贝克有点大大咧咧。我拿着信件挥舞了几下,让印章早点晾干,然后折叠好信纸,把它放进信封。

谈到猫爪图案的印章,盖章的力度问题让我颇感得意。这是我的决定,也是我创造力的体现,它强化了我和这两只猫的关联,它们真正地改变了我的生活。

经常给粉丝俱乐部写信,给我带来很多快乐,但是我也在想,这可能是我第一次也是最后一次收到他们的来信。一旦收到招贴画或者购物袋,大多数粉丝就不再给我们写信,只有个别粉丝会寄来感谢信。按照粉丝俱乐部的严格定义,双方至少要有不定期的相互通信。我需要处理粉丝的很多邮件,这让我疲于奔命,更何况,还有很多粉丝要亲自拜访我们图书馆,要亲眼看看我们的两只猫。

我把其他粉丝的邮件放在一边,留待以后处理,然后迅速投入了繁重的工作;需要处理的事情很多,白天的工作时间根本不够用。每年似乎都有新增的工作任务。今年,除了预算削减和人口急剧增加,道格拉斯县的学校系统也发生了变化。按照传统的作息计划,公立学校到了夏季就要放假,但是,面对学生数量快速增加的现实情况,公立学校临时决定全年上课,夏季不再放假。我不直接参与图书馆儿童读物的管理工作,但公立学校作息计划的改变,给每个图书馆员的工作带来了影响。夏季通常是图书馆的淡季,而现在,总有一些学校要上课。有些学生仍然可以享受为期两月的暑假,即便如此,一部分学生还是会在白天到图书馆来,因为他们的父母要出门工作,又无力聘请临时照看他们的人。所以,即使到了夏季,我们也无法真正休息。

不过,我还是很快乐。我喜欢这份工作,喜欢读者,也喜欢一起工作的同事们。

我尤其喜欢那两个四条腿的同事。

* * *

利用午餐的时间,我匆匆赶往邮局,寄出给粉丝俱乐部的回信。费吉尼先生在大街上走着,我向他挥了挥手致意。

过去,我经常在午餐时间开车去不同的地方,办理各种事务,总能看到他在小镇里行走。他的散步方式,就像他挑选图书那样富有条理。白天的时候,我在相同的时间总能看到他在相同的地方散步。比如,如果我在下午两点三十分时,恰好开车经过埃斯梅拉达大街,费吉尼先生就像精密的钟表那样,一定准时出现在那里。根据他的所在位置,我可以放心地校对手表。不过,要是有人打乱他的行程,他也会心生怨恨。

有一次我问他,是否需要搭车。

"噢。不要,不要,不要,不要,不要。"他一步不拉地走着,一边应答着我,眼睛自始至终都盯着脚下的人行道。

"好吧,一会儿图书馆见。"我朝他挥了一下手,开车走了。他的反应过于敏感,可能是源于面对陌生人时的害怕心理。几年之后,他的侄女克劳迪娅·伯尔托隆告诉我,她的妈妈,也就是费吉尼先生的姐姐,在他们的父母去世后负责照看费吉尼先生;她就像保护欲很强的母亲,每天在费吉尼先生出门之前,都要为他列出一份很长的清单,告诉他该注意什么事情,不能做什么事情。不过在我看来,费吉尼先生和贝克在性格方面十分相似:他在做一件事情的时候,是绝对不希望别人打搅的。他逐个问候图书馆员的这种做法，就明白无误地体现了这个性格特点。如果我在特定时间里没有在特定的位置上看到他，我就要担心他是否病了。当然，这种情况是很少见的。

他也是这么看待贝克的。

午餐时间即将结束，我赶紧开车回图书馆。就在这个时候，从华盛顿大街驶出一辆汽车，车后挂着一块写着"我喜欢猫"字样的牌照，我的汽车被堵在后面。

我敢打赌，这辆车一定是去图书馆的。要是能把我的车架在它的保险杠上，慢慢地滑向图书馆，我还能节省一点汽油。

当然，我最终还是把车停在停车场里，一位女性也从那辆车里走下。我跟着她一起向图书馆走去。其实她是跑向图书馆的服务台的，我一步不拉地跟在她的后面。

和以往一样，贝克趴在服务台旁的一块垫子上，占据着它的领地。

"我爱你，贝克！"那位女性大叫起来，声音很响，图书馆里的每个人都听到了叫声。

到图书馆看猫的人，并非都是图书馆员，其中一些人我们称之为"为猫而来的旅游者"，他们在美国各地旅行，偶尔也会到其他国家旅行；只要有出了名的猫，不论它们是否体弱多病，这些旅游者都会利用假期，赶赴现场一睹为快。确实，贝克和泰勒接待的访客数量，大大超出了人们的预期。粉丝俱乐部寄来包裹的一星期前，一位男子从英格兰一路赶来，就是要亲眼看一看猫。如果是在今天，为猫而来的旅游者完全可以通过网络，纵情交流造访心得，还可以自拍照片，并上传到 Facebook、Twitter 和 Instagram 这样的网站。不过当时，他们可以使用的工具，只有柯达 Instamatic 傻瓜相机或者勃朗尼相机，或许还有宝丽来即时成像相机。

造访我们的图书馆员,通常会拿来很多招贴画和购物袋,希望猫能在上面"签名",而专程来看猫的旅游者常常是空手而来。但不管怎么说,所有来看猫的人,都希望得到一份礼物,确切地说,就是与猫相关的礼物,以此作为纪念品,带回家好好欣赏。我们从库存里取出招贴画和购物袋赠送给他们,所有的纪念品都加盖猫爪印章,不过,他们还想得到更多的纪念品。"图书馆之友"制作了很多T恤衫和运动衫,上面印着贝克和泰勒的图案,将其推向市场销售;多年来,这些产品为图书馆募集到很多经费。

　　总的来看,贝克和泰勒对粉丝的态度很冷淡。如果访客抚摸它们,或者试图与它们交谈,它们显得心不在焉;如果有人拿出照相机,它们的身体就明显地变得僵硬,或许这让它们回想起那次专业性拍摄活动,就是由贝克和泰勒图书批发公司筹划的那次拍摄活动。它们的眼睛睁得大大的,耳朵也竖了起来,似乎在说:还要让我们摆造型吗?泰勒会跑开,即便贝克睡着了,泰勒也会照跑不误。就算是地震,贝克一样照睡不误。

十 二

生活在内华达州历来不易,即便现在也是如此。毕竟,卡森谷地区是一片高原沙漠地带,极端天气是一种常态。

1969年搬迁到此至今,我亲身经历了各种自然灾难,从洪水暴发到连日干旱,从暴风雪到大暴雨,不一而足。在夏季的很多时间里,天气炎热,酷暑难耐,人们只能拉上窗帘,开启空调设备,在漆黑而凉爽的屋子里消磨时光。屋子外面,火炉般的炽热天气正守候着人们,如果有勇气走到户外,马上就会汗流浃背。

在多数情况下,这种极端天气不至于影响猫的生活。除了被带去看病,它们很少离开图书馆,而且,它们也很享受这样的生活方式。

1986年2月,我们都期待春季的到来,当然也包括贝克和泰勒;春季有着更多的鸟类和虫子,它们在户外欢呼雀跃,吸引着贝克和泰勒的目光。除非是干旱年份,在一般情况下,春季给山谷带来大量水分,河水上涨,大大超过了正常水位,雪融化之后,雪水沿着内华达山脉飞流直下。不过,那一年的洪水格外凶猛,在长达几星期的时间里,造成了巨大的自然灾害。每天晚上的气温降到冰点以下,电力供应又遭到破坏。很多牧场和公共建筑物早就备好发电机,但是,图书馆没有配备发电机,这就意味着,我们无法为猫供应暖气。

警方和紧急救援组织告诫所有人,要他们待在家里,不要外出。这倒是问题不大,因为人们早把所有东西都放在屋里,图书馆也不例外。不过,我必须把猫照顾好。我家与图书馆仅仅相隔七英里,但是,我们居住的热那亚小镇与外界的联系被完全切断,无法连通美国第395号高速公路,这也是唯一连通我们小镇的高速公路。我给几位同事打电话商量,很快做出决定,我是抵达图书馆的唯一最佳人选,这也就意味着,我必须穿越一条漫长而曲折的小路。

这个时候,贝克和泰勒已经二十四小时没吃没喝,因为图书馆昨天就提前闭馆了。虽然它们的厚重皮毛可以御寒,但是供暖设备的不足还是让我担心。我决定动身前往图书馆。平时这段旅程只需要十分钟,今天却用了一个多小时,我需要躲避路障,在洪水遍地、一片荒芜的小路上迂回穿行。

我终于到了图书馆。我打开后门,贝克和泰勒看到我,显得非常高兴;它们并不沮丧,只是有点困惑。我拿着勺子把带汤的食物放到碗里,它们吃了一些,随后,它们朝着主阅览室的门口走去,这是它们每天行走的例行路线。我拦住它们,迅速锁好了主阅览室的门,它们有些困惑地看了我一眼。

“抱歉了,孩子们。”我告诉它们。在目前这种情况下,再让它们随意走动,已经没有任何意义。

我在寒冷而漆黑的图书馆里四处查看,确认一切都处于正常状态。我查看了还书箱,有意思的是,我发现里面居然堆满了昨天归还的图书,这有点滑稽。道路无法通行,大家都愿意待在黑乎乎的家里,尽量让自己暖和一些;但是,如果所借图书当天就要到期,无论如何他们也要把书还到图书馆。付出这样的辛苦,是为了避免过期罚款,节约几个美分。

我别无选择，必须把猫带到其他地方，直到恢复电力供应。图书馆里的几部电话无法使用，所以我必须冒险行动。如果鲍伯·葛林多的兽医站(那里也收容动物)还开门，我就把它们送到那里去。

困难之大可以想见。尽管如此，我还是费劲地把猫装进笼子，一步步艰难地向汽车走去。在去往兽医站的路上，猫不停地大声喊叫。

还真不错，兽医站竟然还开着门。我把它们放在那里之后，抓紧时间往家里赶，到家后再等候天气变好的消息。几天之后，洪水退去，电力供应也得到恢复。我到兽医站把猫接回来，图书馆也重新开张，一切都恢复了正常。不过，我们还要等候整整一个月，山谷地区的道路才能通行，路上的残渣才能得到彻底清理。所以，在这一个月里，我只能走小路去图书馆，每天的路程要多出两个小时，当然，耽误的工作也越积越多。我期待补上耽误的工作，哪怕是补上一天的量也好，不过我知道，在现在的情况下，这个期待很难实现。

我们知道，天气状况迟早要朝着相反方向变化。水资源历来是山谷地区的一个严重问题，内华达州和整个西部地区也面临着相同的问题。投入建设的小区数量越来越多，意味着整个地区的水耗急剧增加。出于无奈，当地很多新居民都在自己家里挖水井。一些老派人士和牧场主认为，新居民(他们购买了大部分新建小区)抢夺了原本属于他们的地下水资源;他们还根据某种信念，把所有新房子的外墙刷上黑色油漆。不过，老派人士和牧场主也并非无可指责，有些人把土地出售给开发商，从中赚取大量的利润。话又说回来，他们如果想要生存下去，也别无选择。

我听到一个故事，很好地描述了新老居民之间的对峙状态。我认识一个农场工人，他经常到卡森谷地区的一家酒吧兼职。一天晚上，经理让他写一份故障通知，贴在卫生间的墙上。

他说没问题，随手写了一份通知，内容是："便桶故障，请使用乳房。"我知道他没在开玩笑。他是一个农场工人,他本来想表达的意思,是"便桶故障,请使用其他(便桶)",但他错误地把"其他"(other)这个单词拼写成"udder"(乳房),由此闹出天大的笑话。

第二天,经理看到通知后,气得浑身哆嗦。在他看来,贴出如此糟糕的通知让他很没面子。那位农场工人没被当场解雇,不过从那天起,酒吧管理层开始密切监视他的工作,再也不让他写通知了。

这里的生活发生了急剧变化,新老居民必须相互磨合,才能和谐相处。卡森谷地区位于内华达州与加利福尼亚州的交界处,两州之间有很多互惠活动。很多居住在塔霍湖加利福尼亚州一侧的人士,经常到道格拉斯县购物,原因十分简单:在内华达州一侧,当时没有足够的商品零售设施。

从加利福尼亚州移居到山谷地区的很多新居民,常常忽略了这样的事实:他们已经生活在另一个州里。我充分认识到,来到一个新地方生活,需要经历一个过程,才能适应全新的法律体制。在本县政府工作的官员,每天要接待很多居民来访,他们或者要办理汽车注册手续,或者要签名投票;官员们常常要提醒他们,这里不是加利福尼亚州。我第二次办理汽车注册手续时,就看到墙上挂着一份手写通知,内容是:"你不是生活在加利福尼亚州,请不要援引加利福尼亚州的法律和法规。"

* * *

报纸和杂志一旦刊登有关贝克和泰勒的文章,读者的信件和明信片就纷至沓来。如果处在我的岗位上,任何有责任心的图书馆员都会做一件事情,这就是建立贝克和泰勒的档案,当然我也不例外。

筹办"图书馆之友"、参与设计新图书馆楼、经手其他重要事宜,我都建立了相关的档案;为贝克和泰勒建立档案,也是出于同样的考虑。我保留了所有的材料;如果不做这个工作,时间一长,材料就会散失殆尽。到了那个时候,就没人知道它们的情况了。

我开始具备强烈的收藏癖,努力搜集与这两只猫相关的所有材料,包括图书馆与粉丝之间的来往信件。文字记录是历史的重要组成部分。如果有机会看到一些手工制品,却不知道它们的功能、何时制作、谁使用过,我就运用各种检索手段,进行一番探究,相关的信息就渐渐清晰起来,这确实是一种美妙的感受。在我看来,尽量保存相关的材料显得格外重要。确实,建立档案不久,因为材料太多,一个箱子已经放不下,所以,我又预备了第二个箱子。

材料太多的一部分原因,要归诸贝克和泰勒粉丝俱乐部。又一个大号牛皮纸信封寄到图书馆,上面的寄信地址是:俄亥俄州,加哈纳地区。开始我没有看出端倪,不过后来,我模糊地记起那位教师上次来信里的一段话:

> 我想得到您的允许,同意我和另一个班级的学生,将来给您、贝克和泰勒写信;我知道,经常收到'贝克和泰勒'的来信,对孩子的学习会起到很大的激励作用。

我完全忘了那次来信,也忘了他们的"粉丝俱乐部"。我把信封凑到贝克的鼻子底下,它抖动了一下胡须,伸了伸身子继续睡觉,完全没有理会我。在这次寄来的信封里,没有猫薄荷草。我打开信封,不出所料,里面又是一批蜡笔手绘的猫画像,是另一个班级的二年级学生制作的,还附了一张全班学生的合影。

看着一张张猫画像,我不禁感慨,贝克和泰勒让很多人感到快乐,也让美国所有七岁孩子的学习和生活更加轻松,更加有趣。

我放下工作,拿起一张印着图书馆抬头的信纸卷到打字机里,开始写回信。

亲爱的学生和克莱姆女士：

很高兴得知你们所有人的消息，也很高兴看到你们整个班级的合影照片。在过去的一年里，你们都长大了！谢谢你们绘制的加菲猫和克雷格猫的画像，尽管贝克不怎么喜欢加菲猫（因为在它看来，加菲猫是它的竞争对手）。

这两只猫住在我们这里，已经有五个年头了；到现在为止，它们仍然收到很多信件，接待了很多访客。它们喜欢玩弄细绳，我们用这些细绳来捆绑报纸，再把报纸送到废品收购站去。它们把细绳弄得乱七八糟，增加了我们的工作难度。和很多猫一样，它们总在睡觉，大部分时间都躺在"收件篮"里呼呼大睡，有时候妨碍了我们完成工作任务。它们还喜欢在计算机键盘上行走，到目前为止，它们没有打出有实际意义的单词，尽管泰勒曾经打出了"PRRRRR"的字样。

希望你们拥有一个愉快的学年。祝贺你们学会了写信，特别要祝贺驻扎在海外的军人们。我确信，他们收到你们发自国内的信件，一定很高兴。

贝克和泰勒向你们致以最良好的祝愿。

忠实于你们的

简·劳奇

不久，我又得到一批重要的猫档案。我收到明尼苏达州一位图书馆员的来信，她的名字叫菲丽斯·拉赫蒂。她在信里告诉我，她在明尼苏达州的索克语研究中心图书馆养了两只猫，名字叫雷吉和莎蒂，随信还附上猫的照片。

她提出一个想法,即成立一个粉丝俱乐部,再创建一份图书馆之猫通讯,这份通讯的阅读对象,是那些爱猫的图书馆员,以及爱猫的其他人士。"通过这样的方式,可以表彰猫在各个图书馆的杰出业绩,此外,这个过程肯定充满乐趣。"她在信里写道。

我喜欢这个想法,也理解一些图书馆员的愿望,在他们看来,图书馆里不仅要有书架,还应当有猫。我知道,伊冯和我五年前做出了养猫的决定,当时恰好是一个特殊的过渡时期,更准确地说,就是我们生活在一个小镇里,没人会对行政管理问题提出质疑,与此同时,社区却在飞速发展和变化。在过去的几年里,我收到了很多图书馆员的来信,他们都想在自己的图书馆里养猫,希望我们提出一些建议。在一些专业性杂志上,比如《美国图书馆》和《图书馆杂志》,我读到了图书馆员给编辑的信,他们希望在图书馆养猫方面得到帮助。每封来信都谈到,我们图书馆养了两只苏格兰褶耳猫,产生了很好的效果。

我给菲丽斯回了信,告诉她:"当然,我愿意尝试。"

几个月后,图书馆之猫协会成立,一些杂志和报纸很快刊登了相关报道。粉丝给贝克和泰勒寄出的邮件数量,呈现指数型增长的态势。出现这种情况也是情理之中的事情。不过,我还会尽量抽出时间,对每封来信做出回应;不论多么忙碌,如果有人花费时间给我写信,或者给猫写信,至少我要以个人名义做出回应,哪怕只是一个简单的便条。

我把这种回应固定为一个公式,就像我在服务台对访客的讲演那样:

1)感谢你们给猫写信。

2)是的,我们知道它们很独特。

3)如果你们希望在图书馆里养猫,我们鼓励你们!

4）随信寄去你们想要的招贴画、购物袋和猫爪印记。

5）抱歉，我们的猫不外借。我们认为，它们是图书馆参考咨询部的成员，仅限馆内使用。

我喜欢按照自己的口吻回信，如果用猫的口吻回信，我感觉不舒服，不过也有例外。比如，我给孩子们的粉丝俱乐部回信时，就采用猫的口吻。我觉得，贝克和泰勒不喜欢别人替它们说话，它们自己也不喜欢说话，这方面它们一直很固执。在图书馆里安顿下来后，在不长的时间里，它们便设法让人们多挠几下它的下巴、设法得到更多的食物，除此之外，它们还做出了决定，也就是说，它们的一个重要使命，就是考验从它们面前走过的每个人的意志。要完成这个重要使命，还有什么地方比图书馆更适合的？每天都有各式各样的人进出图书馆。贝克采用的方法就是饱食终日，一动不动，故意把自己养成一只四百英磅重的肥猫。如果有人硬要把它从甲地挪到乙地，它绝对会摆出一副很不情愿的样子。它的脸上会出现古怪的表情，按照我的理解，这种表情的意思就是：

> 这个特定的桌子、地毯或者服务台，我坐在那里感觉很好，非常舒服，要是不让我待在这种好地方，我就很痛苦；既然这样，你们人类为什么还要把我挪到其他地方？

我很难责怪它，贝克就是贝克。它可以去自己喜欢的任何地方，做自己喜欢做的任何事情；如果有人干预它的生活，它当然会恼火。我的意思是说，如果它想坐在那本书上，那么它就一定要坐在那本书上，谁都拦不住。

泰勒的性格也很固执，不过表现方式略有不同。它是一只敏感的猫。它喜欢看我干活，一直凝视着我，如果我也盯着它看，它很快就把目光移开，就像它干坏事被我发现了那样。即便快睡着的时候，它依然凝视着我。有时候，它老这么盯着我看，也让我多少有些不安。

如果有人像对孩子那样地对它们说话，它们就不高兴；在这一点上，它们都表现得很固执。有人到图书馆来，会大声地对着它们说："哇，你们就是那两只可爱的猫咪吧！"这样大的声音，或许更适合用在图书馆的儿童故事会上。遇到这种人，贝克就会缩成一团，尽量让身体变小一些，希望赶紧从这些人的眼前消失。

泰勒只是躲避他们的目光，希望他们早点结束絮叨。我的感觉是，泰勒遇到这种情况，会显出一副尴尬的模样。

如果遇到以上情况，它们就结成统一联盟。这很正常，因为猫类动物就喜欢相互依存。不同的猫有不同的个性，在一些外行看来，猫似乎喜欢各行其是。比如，贝克喜欢在服务台上亲近读者，泰勒喜欢在工作室里巴结图书馆员，但实际上它们谁都离不开谁。它们不仅相互挂念，而且，在图书馆关门之后的封闭空间里，它们每天都要相互陪伴，时间长达十二个小时。有一次，贝克刚做完手术，需要在兽医站里观察几天，不能马上回到图书馆；泰勒显得焦躁不安，不停地在图书馆里来回走动，寻找贝克的下落，最终还是没有找到，泰勒竟然急得大叫起来。

贝克一回到图书馆，泰勒马上跑上前去；它们相互摸着鼻子，拍拍对方的脑袋，又恢复了正常的生活秩序。

图书馆之猫档案：艾玛

艾玛是一只缅因长毛蓬尾猫。2003 年 2 月起，它就住在美国康

乃迪克州莱姆地区的莱姆公共图书馆。安顿下来之后没过几天，它就让所有的人明白，这里究竟谁才是真正管事的。它在2014年2月27日去世，不过，图书馆馆长特丽莎·康丽（这位馆长代表艾玛回答问题）表示，读者和图书馆员谈起古怪精灵的艾玛女王、殿下或者老板（这都是它的正式头衔）时，都会会意地一笑。

1）你是怎么最终在图书馆里定居的？

图书馆告诉当地的动物收容所，希望领养一只猫，因为这对图书馆整体环境的改善大有好处。我所在的动物收容所给图书馆打去电话，说他们有一只很棒的猫，问图书馆是否有兴趣领养。图书馆员看过之后，很快就相中了我。一走进图书馆大门，我就知道，这里就是我的新家了！

2）你在图书馆里承担什么职责？

读者走进图书馆，我会在门口迎接他们，我还负责巡视图书馆，我捕杀的老鼠数量超过了规定的指标。如果有人心情不佳,我会及时察觉,然后坐在他们膝盖上,让他们慢慢地高兴起来。

3）工作中让你最气恼的事情是什么?

我喜欢坐在服务台的小板凳上,所有事情都逃不过我的火眼金睛,不过,如果图书馆员也想坐在板凳上,就会叫我下来。我的工作永远没有止境;怎么说呢,图书馆员工作了一天就可以回家了,而我白天晚上都住在图书馆里。

4）谁是你最喜欢的读者,为什么?

给我带来礼物的读者,永远是我最喜欢的读者。

5）你最喜欢哪一本书?

芭芭拉·E.莫斯和梅丽莎·E.莫斯创作的《南新英格兰的工作猫》。这本书有一个篇章专门讲到了我!

6）你对其他图书馆之猫有什么建议吗?

如果有不爱猫的读者,你就离他们远远的;如果有很多孩子扯着你的尾巴,你就躲到一个秘密地方,直到孩子离开!

7）一些图书馆员希望招募猫作为雇员,对此你有什么建议?

请他们确认,猫究竟可以完成哪些职责。我的女王名头不是白叫的! 不过说正经的,图书馆员有责任照顾猫的生活,周末或者假日的时候,要有人给猫喂食,必要时要有人给它们服药,清扫猫住的箱子等等。还要买一些粘尘刷子,及时清除掉落的猫毛。

8）还有什么话想说吗?

很多猫都想有一个家,图书馆是它们的理想家园。只要社区接受图书馆养猫的做法,猫就会把图书馆变成快乐而乐趣盎然的地方,既有利于工作,也能吸引读者。

十 三

　　图书馆工作一如寻常：任务十分繁重，图书馆员和经费严重不足。我们尽了最大努力，争取完成工作任务。

　　不论工作安排多么紧张，我都要挤出时间，给粉丝俱乐部回信。

　　我们收到很多信件，都谈到关于猫的问题。有的问题直截了当，似乎提问者是七八岁的孩子，比如，猫睡在哪里？猫吃什么？有的问题相当荒诞，比如，猫最喜欢的运动是什么？猫每天晚上洗澡吗？猫看过电影《狮子王》吗？

　　粉丝俱乐部时刻提醒着我：时间过得真快。九月份的时候，我刚给二年级学生写完介绍贝克和泰勒的信件，转眼就到了六月份，我给他们寄出了最后一封信，很快就要和他们告别。每个新的学年，我们都要迎来一批新的学生。

　　我感到好奇的是，莱斯丽·克莱姆是如何应对这一切的：刚刚熟悉了一批新的学生，转眼就要交给另一位老师。我很幸运，自己不是教师，而是一名图书馆员；图书馆的馆藏建设，具有鲜明的连续性。图书经过编目之后投入流通，几年甚至几十年都不会离开图书馆；另外，很多读者也喜欢经常到图书馆逛逛，这一点至少几年之内也不会变化。

除了学生制作的贺卡和信件,莱斯丽还经常给图书馆寄来儿童读物,很多读物的内容都与猫相关。读者也会做这样的事情。为了纪念他们挚爱的人物或动物,他们经常购买与此相关的图书,送给图书馆供读者阅读。我们给图书编目和上架之前,要在图书前面贴上一个藏书票,感谢他们的慷慨馈赠。我们用同样方式处理粉丝俱乐部的赠书。我会打印一个印着"贝克和泰勒粉丝俱乐部赠书"字样的书签,把它夹到书里。

莱斯丽告诉我,这种以猫作为主题的全班作业,是在节日或者学生生日期间布置的,不过在孩子们的世界里,几乎每隔一周就有假日和生日。所以,我们经常收到俱乐部寄来的包裹,尤其是在秋季。他们寄信问候我们,最初是作为全班同学的一项作业,以后只要遇到节日,他们都会这么做。开始是哥伦布纪念日,接下来是万圣节、感恩节、圣诞和犹太教光明节。我开始意识到,这些活动都是为了教育孩子,如果孩子们不以建筑用纸和埃尔默牌胶水作为工具绘制以猫为主题的绘画,也会绘制以南瓜和火鸡为主题的绘画。我读完所有的来信,把它们转给负责儿童阅读事务的图书馆员,后者把信件都贴在布告板上,供大家欣赏。

有时候,我觉得这种交流活动有失均衡,也就是说,粉丝俱乐部寄给我们的东西,远比我们寄给他们的东西多,尽管我很努力,只要库存有货,就不断给他们寄去新的招贴画和购物袋。他们无法搭乘公交车,到这里亲眼看看真实的猫,对此我很抱歉,而且我也明白,我没办法把它们带到粉丝俱乐部去。

有一天,我突然想到,我们每天工作的时候,都能看到贝克和泰勒,全世界的图书馆员工作的时候,也能看到猫的招贴画,同理,粉丝俱乐部的孩子们每天上课的时候,也能看到猫的招贴画。莱斯丽的教室里挂着一块布告牌,除了展示猫的照片,还展示最新版的猫招贴画,还有以我和猫的名义寄给他们的信件。

"成立粉丝俱乐部的主要目的,就是创造机会,让学生练习写作,"很多年后她这么告诉我,"我们不仅要教他们如何握笔,怎样在纸上正确拼写字母,更重要的是,要让他们慢慢懂得,如何通过语言来传递思想,包括采取头脑风暴法酝酿思想。知道该写些什么,如何组织句子,如何正确使用标点符号,如何编辑和修改文章,当然,文章还应当具有一定的艺术性。"

对小学二年级学生而言,这些要求或许过于苛刻,不过,贝克和泰勒显然在很大程度上帮助了他们,因此,我有了更大的动力,继续以猫的口吻给孩子们回信。下面是我的一封回信:

> 亲爱的全班同学:
>
> 我们这里的天气很冷,还下了雪。暴风雪即将来临,我躲在一个杂货购物袋里,简告诉我,我就像电视台预报暴风雪来临的预报员。
>
> 我们吸引了越来越多的人走进图书馆(但没有足够的图书馆员为他们服务),图书馆的经费增长却没有跟上经济发展的速度。所幸的是,每天的饭盆里还有够我们吃的猫食。
>
> 我的年纪大了,骨头开始僵硬,我发现,躲在图书馆员的台灯底下,靠着台灯发出的热量,可以让身体暖和一些。我想看望所有的图书馆员,我对任何人都没有偏见。泰勒总盯着他们的午餐看,还流出了口水,这让图书馆员有些恼火。我一直认为,在泰勒的家谱里,一定有加菲猫的某种基因。
>
> 爱你们的
>
> 贝克

给他们回信的时候,我把回信分成两类,两类的数量基本相等。一类回信是以猫的口吻,另一类回信是以我的口吻,签上我自己的名字。有时候,我决定以贝克的口吻回信,但别问我为什么,或许是在某天早晨,它对着某个东西大喊大叫,让我总惦念着它。

每次用猫的口吻回信,我都像小学二年级学生那样去考虑问题。我像个孩子那样与他们交谈,从不采取居高临下的态度。孩子们不断寄来贺卡和信件,猫给他们回信,在我看来,就是在做一件善事。莱斯丽曾经告诉我,通过与猫通信,孩子们在阅读和作文方面,已经取得明显的进步,所以,这项工作我要继续做下去。

不过,在用本人口吻回信的时候,我需要克制一下。虽然我希望通过信件往来扩展学生的词汇量,但这方面不能走过头。比如,我如果用"为了推论聘用猫作为雇员的全部意义……"这种措辞,孩子们就很难理解,所以,一定要删掉这个句子,用一个简单的句子来表达:"我养了两只猫。"我也想用艰深的句子,一些单词早就存在,却很少有人使用,我为这些单词感到难过。比如单词"困惑"(obfuscate),就不能用在写给学生的信里,尽管我本人喜欢用这个单词。

孩子们的一些信件和贺卡,读来十分有趣。有一次,莱斯丽布置孩子写作文,题目是《假如我是一只图书馆之猫》。

"我的名字叫可可,"一位年纪很小的学生写道,"我的工作职责是保证没人偷书,没人偷书签,也没人把书架弄乱。如果成为图书馆之猫,最好玩的就是可以四处乱跑,还能坐在椅子上飞快地旋转,不过有一次我转得太快,几乎飞了出去。"

还有一封信这样写道:"我的名字叫布莱基。我的工作职责是捕捉各种老鼠。我捉住了老鼠,出色地完成了任务,图书馆员给我吃老鼠肉作为奖励。老鼠肉的滋味,真是妙不可言啊。"

阅读孩子们的来信,让我乐不可支;我经常在同事之间传阅这些来信。我赞赏莱斯丽所做的工作，在我看来，这些孩子长大以后，一定会喜欢猫，一定会记住小学二年级的美好生活。

莱斯丽告诉我，一位一年级学生希望下个学年可以转到她的二年级班级里。其实他的真实想法，并非想让莱斯丽当他的老师，而是觉得如果转到这个班级，就可以加入贝克和泰勒粉丝俱乐部。听到这个消息，我是多么欣慰啊。

*　*　*

贝克和泰勒正在渐渐变老，我开始担心它们的健康问题，希望它们多喝水。事实上，我开始培养泰勒按时喝水的习惯。我经常会拍一下"生日快乐"的大水杯，即便泰勒恰好在屋子那头，也会跑到我身边，喝上几口水。

我告诉它要随时打盹。只要它坐在我的计算机键盘上，我就对它这么说。我认为，猫都喜欢坐在计算机键盘上，这并非因为它们想和人们交流，而是它们知道，这样做很容易激怒人们，人们就会关注它们。

即便再给泰勒拿来一个不与计算机主机连接的键盘，泰勒也愿意坐在我正在使用的那个键盘上。泰勒是一只聪明的猫，我一直认为它知道哪些键盘可以用，哪些键盘只是摆设。我只是不知道，是否有科学方法可以解释这种现象，不过，我的看法是（必须承认，与猫相处了几年之后，我才得出这个结论），它们非常关注人们眼球的转动状况，由此确认哪里才是人们关注的重要地方，然后它们就躺到这个地方，这样，我们的注意力就会转移到它们身上，就至少要挠几下它们的脑袋。

如果它坐在键盘上的时间太长，我就拍拍那块阿富汗地毯，告诉它："打盹时间到了，泰勒。"它就离开键盘，爬进猫窝，开始打盹。

我多次验证过这个结论,尤其是对贝克。如果贝克坐在纸上或者书上,而我恰好要用这个东西,我就耐心地等待,直至它开始注意我;然后,我就用几秒钟的时间看着旁边的另一摞纸。毫无疑问,它一定会挪动身体,朝那摞纸跑去。为了配合眼珠的转动,我还要假装发怒、哀叹,用富于蛊惑性的语调对它说:"噢,贝克,拜托了。"让它最终在那摞纸上安顿下来。到了这个时候,我就拿起我要用的纸或者书,不过在那个时候,它早就呼呼大睡,坠入梦乡。而在猫类动物看来,它又一次证明了自己比人类更聪明。

当然,猫只是想帮我减轻工作压力。我和它们嬉闹的时间越来越少,它们由此推断,我的工作压力越来越大了。

贝克喜欢玩一种游戏,达到了出神入化的程度;当然,它最擅长吃香瓜,不过吃香瓜也算不上什么游戏。我们到现在都没有搞明白,它究竟是怎么玩的,或者说,它怎么会想到玩这个游戏的。

图书馆服务台下面有一个失物招领箱,它们喜欢掏出箱子里的东西。你简直无法相信,人们在图书馆里会遗失什么东西:除了笔记本和钢笔,还有 T 恤衫、短裤、袜子、鞋子,甚至内衣。有时候,猫经常躲在箱子里玩儿,或者在箱子里睡觉,它们还把箱子当作玩具仓库。泰勒常用一个鱼跃动作跳进箱子,在里面乱翻一气,掏出一只鞋子或者一副手套,然后利用整整一个下午的时间,高高兴兴地把它撕个稀烂。

有一天,贝克在箱子里拉出一根红鞋带。它不像泰勒那样把它撕烂,而是叼着红鞋带在图书馆里走来走去,红鞋带的一头被它叼在嘴里,另一头拖在它的身后,看上去就像贝克披着红鞋带在散步。

我看了一会儿,然后捡起红鞋带的另一头。我打算离开这里,贝克马上跟在我的身后,看上去似乎我在牵着它散步。回到服务台,我拿起红鞋带,把它放回失物招领箱。

"这个东西不是你的，贝克，有人会来找它的。"我告诉它，尽管我知道，贝克是不太可能改正错误的。这让我想起，一位图书馆员把否定犹太人大屠杀事件的小册子放错了位置，我想把它放到与"第二次世界大战"相关的书架位置上，但那位图书馆员执意反对，最终的结果还是难如我愿。这两件事情有点异曲同工的感觉。

　　第二天，它又在箱子里乱翻一气，抽出那根红鞋带，有所期待地望着我。

　　"想遛弯了？"

　　尽管它没有点头，但当我拿起红鞋带的一头，迈着悠闲的脚步朝着书架走去，我敢打赌，这只猫的心里简直乐开了花。它慢慢地跟着我走，摆出一本正经的样子。走完一圈之后，我们回到会议室，它看了看是否还有掉在地上的食品残渣，然后领着我又回到服务台，把红鞋带放回失物招领箱子，再跳到垫子上打起盹来……第三天也是这样。

　　从那时起，我们就把红鞋带收在失物招领箱里，贝克也知道这个情况，一旦想在图书馆里四处走动了，就把红鞋带从箱子里抽出来。它先把红鞋带抽出几英尺，如果附近的人没有过来帮忙，帮着它扯出红鞋带的另一头，它就停了下来，一屁股坐下休息，用沮丧的目光看着我们，似乎是说："嗨，什么情况？难道没人愿意和我遛弯吗？"

　　如果没人响应，它只能独自拽着红鞋带散步。它慢慢挪动着，懒洋洋地拖着四肢，用这种方式明确无误地告诉图书馆里所有的人，现在它在独自散步，很不高兴。

　　贝克只在图书馆清场的时候，才开始玩红鞋带的游戏。如果图书馆里还有读者，它就绝对不玩，它只和图书馆员玩这个游戏。它不认为玩这个游戏有点跌份，就像有的事情只能在家人面前做或者说，同样的道理，它也只和图书馆员玩红鞋带的游戏。

这两只猫总是让我忍俊不禁。我们从未训练过贝克拖着鞋带行走,它天生就会这个,但只有当它自己想玩的时候,才玩这个游戏。泰勒养成了按照需要喝水和打盹的习惯,不过,谁也没教过它像佛陀般地坐着,它天生就会这么坐。

我们不希望读者知道,猫还玩这种游戏。一旦他们知道了,便会纷至沓来,怂恿猫整天玩这种游戏。图书馆是它们的家园,不是马戏团。

但是,有些读者还是把图书馆当成了马戏团,甚至觉得图书馆连马戏团都不如。让我生气的事情是,一些读者什么东西都拿来当书签用。我不介意读者把信件、生日贺卡或者周年纪念卡当书签使用,我希望读者只是忘了拿走这些东西,把它们留在书里并非出于恶意,而不是根本就不爱惜图书。我们经常发现,一些读者借书过期了,在还书的时候,需要支付一定数额的罚款,他们往往就把零钱塞到书袋里。

假如读者读书时在书里做了"标记",明显地损坏了图书,这种做法让我生气。我个人认为,折叠书页是一种犯罪行为。如果在书脊上看到铅笔笔迹或者口红印时,我的血压一下子就会升高。有一次,我翻看一本刚还回来的书,发现书页中间居然插着一根冰棍棒。

有两件分别发生的事件。第一个事件是,一位读者把香蕉皮夹在书页中间;第二个事件是,一位读者把半个热狗面包夹在书页中间。我怒不可遏地拿着已经腐烂的热狗面包,还有黏糊糊的、已经变色的香蕉皮,分别来到这两位读者的家里,我用尽可能天真的语调问他们:"您忘记这个东西了吗?"

不过,我一直保持着克制的态度。至少我明白,他们不是费吉尼先生;费吉尼先生归还的图书,总是比他借的时候更整洁。

实际上,电子图书的导入,可以神奇地节约大量的空间,在我看来,这几乎就是一个奇迹,不过,我也不愿意对此表示欢迎的态度。随着卡森谷地区的持续发展以及人口的大量涌入,图书馆行业的技术变革势不可挡,带领我们走进飞速发展的未来。图书馆每次装备新的计算机系统,图书馆员就要花几星期甚至几个月的时间学习。刚刚熟练掌握了新的操作技能,呼啦一下,蜂拥而至的新技术(它们都声称自己体现着当代最新式、最伟大的技术发明)又降临到我们的身边。

我已经谈到,图书馆行业的第一次重大变革,是卡片式目录向州内计算机目录系统的转变。在这个系统里,书目数据最初存储在只读光盘里,几年之后,又存储在计算机网络里。1990年代前,图书馆主阅览室还在使用卡片式目录,因此对一些图书馆员来说,要适应这样的变化,确实感到困难重重。我们保留了卡片式目录作为备份,如果计算机系统崩溃,可以拿来应急,也就是说,卡片式目录可以用作备用目录。形势已经明朗,我们不可能回到手工操作的年代,不过,我们至少可以重复利用卡片式目录,是的,我们完全可以把它当书签使用。

如果可以选择,很多人宁愿采用行之有效的低科技方法。当然,部分原因是,这段时间的学习难度太大。不过在我看来,这一切可以归结为一个问题,这也是我们每天要问自己的一个问题:我们因此而节约了时间吗?

回答永远是否定的……不过,对猫而言,情况就不一样了。事实上,技术正在发生翻天覆地的变革,在学习和掌握新系统的过程里,我们真切地感受到这一点,并且让我们感到头疼,不过有趣的是,贝克和泰勒却从中受益了。比如,我们很快发现,最新的计算机图书借阅系统的稳定性很差,每星期至少崩溃一次,有时候还不止一次。如果发生这种情况,我们就要加班到很晚,手工记录白天发生的所有借阅记录。对此我们当然很不高兴,不过这让我们有更多时间和两只猫共处,它们当然很高兴,终于有人能陪它们到深夜了。

难怪图书馆是费吉尼先生最喜欢的一个地方。自闭症患者喜欢按部就班的生活方式;所有事情都要像他们期待的那样各就其位,不能发生任何意外的情况,只有在这样的环境里,自闭症患者才感到舒服。

图书馆里的任何东西,都要和他初次来图书馆时的状况完全相同。我们的图书馆和其他任何图书馆一样,是一个有着严格秩序、一切井然有条的巨大场所。图书永远要放回书架的相同位置上,总是按照特定顺序排列,新一期的《人物》杂志永远在星期二早晨出现在杂志架上。

总的来说,读者可以享受到良好的服务。图书馆员可能脾气不好,可能遇到不愉快的事情,而一旦读者走进图书馆,如果他们和我们一样,对图书存有一份挚爱之心,那么,我们的焦躁心情就会平静下来,就会竭尽所能地帮助读者。

没人大声喊叫或者哭泣,也没有不得体的情绪表达,反而图书馆员有时候会大声说话。对费吉尼先生而言,他喜欢和图书及猫在一起,图书馆是一个让他身心放松的地方。

此外,图书馆外还有树木。

1989年,卡森谷地区的春天来得格外早。一天早晨,我从窗户向外望去,看到费吉尼先生坐在图书馆外的一个凳子上。他没在看书,只是凝望着郁郁葱葱的树木,到了这个时节,树上的花朵全部都绽放了。

这些白色的花朵正在骄傲地绽放。和通常一样,我花了一些时间,核对今天需要完成的任务清单,随后回到办公桌前。

一个小时之后,我又一次经过窗前。费吉尼先生仍然坐在凳子上，眼睛一眨不眨地看着开满花朵的树。哦。为什么不呢？我这么想着，也走了过去，坐在他旁边的一张凳子上。他略微点了点头，依然凝视着树木；我们一起坐了一会儿，静静地看着这些树。如果贝克不害怕待在图书馆之外的地方，我敢打赌，它一定喜欢和我们坐在一起。

我感觉，费吉尼先生喜欢明亮的颜色，不过，我还不至于去问他，他有这样的爱好，还出于什么别的原因。几年之后，他的侄女克劳迪娅·伯尔托隆告诉了我答案。费吉尼先生在加利福尼亚州的洛思阿图斯地区长大，当时，那里还是一个农耕地区。他父亲在那里拥有一座桃园，还盖了一栋房子。

在那个年代里，患有残疾的儿童大都远离社会，很少接受正规的学校教育。在一些历史悠久的意大利家庭里，很多人认为，一个处于非正常生活状态的孩子让整个家庭都蒙受羞辱。他最初也接受过小学教育，不过人们渐渐发现，他明显地和其他孩子不同。后来，他就在家里接受教育，养成了喜欢读书的习惯。

在家庭施教的过程里，年幼的约瑟夫通过努力证明，他完全可以胜任某些工作，比如给树浇水。他拿着水管，站在树丛前，每个树丛要浇十分钟的水，然后转移到另一个树丛前。

"时间到了吗？"他大声叫喊着。他姐姐（也就是克劳迪娅的母亲）大声地回应他："还没到呢！"

又过了几分钟，她大叫一声，"现在到时间了！"于是，费吉尼先生就转移到下一个树丛前。桃园里没有灌溉设施，因此，给所有土地都浇上水需要花费一整天的时间；第二天早晨，他还要从头再来一遍。

不过，他确实喜欢这个工作。1970年代中期，他们家庭移居到卡森谷地区，费吉尼先生就无事可做了。从这个时候开始，他开始在小镇里四处溜达，每天到图书馆看几小时的书，成了他的一项新工作。

花朵绽放令人心醉。为什么过去就没想到,坐在这里赏花其实很美妙呢?

我对费吉尼先生微笑示意,他微微点了点头,也对我报以微笑。

十　四

1988 年是一个充满变化的年份。首先,我父母决定卖掉他们在热那亚小镇的房子和牧场,回到加利福尼亚州。另外,我的两个孩子也长大成人,开始独立生活。就这样,我在五十七岁的时候,住进了属于我个人的第一栋房子。

从门里探出头去,在山谷的这一边,可以看到我挚爱的内华达山脉,在山谷的另一边,可以看到松仁山。我的家与图书馆只有几个街区的距离,早晨上班的时候,可以节约很多出行时间。

但是,短暂的空窗期很快被新的任务和职责填满。小镇生活节约了很多时间,不过省出的时间很快就用来抚养贝克和泰勒,另外,我还要抚养自己家的猫,它的名字叫米西·麦克。当然,我不介意忙碌的生活,只是有时候觉得,抚养这两只苏格兰褶耳猫,需要一个全天候的看护人或者代理人,帮助它们应对越来越多的读者和各种各样的环境。

搬入新房子之后,我做的第一件事情,就是划出我的领地——也就是说,在门厅墙上挂上贝克和泰勒的招贴画。这样,即便它们在路那头的图书馆里安全进食,不论是白天还是夜晚,不论是上班还是下班,我都能看到它们的形象,都能和它们打个招呼。

我的孩子已经长大,离开了原来的家,也不像以前那样依赖我。我很快发现,在家里和图书馆都能接触到猫对我很有必要。我强烈地感到,从某种意义上说,贝克和泰勒就像我的孩子,我一定要照看好它们,如果它们不舒服了,我要带它们去看兽医;我必须保证它们能吃饱饭,浴室也整洁一新,如此等等。似乎我有两个长着四条腿的孩子。

住进新房子,我当然高兴,不过也要做出巨大的调整。毕竟,这是有生以来我第一次独自生活。此外,我很怀念父母和牧场。不过这里也简化了我的生活,因为图书馆和我家的距离很近。比如,星期天图书馆关门以后,总要有人花时间清理还书箱,给猫喂食,保证它们平安无事。我是它们的主要看护者,照料它们的大部分任务都落在我的肩上。不过我喜欢这样;我喜欢星期天到图书馆和猫在一起。那里很安静,如果昨天还有尚未完成的工作,可以利用这段时间补上,因为没人干扰,工作效率还很高。

有时候,我从后门走进图书馆,看到贝克和泰勒蜷缩在阿富汗地毯上睡觉;也有的时候,我刚拉开门,就看见它们靠着后门而坐,等着我的到来,这一幕让我心里很难受。看到我它们总是很高兴;我给它们喂食、饮水、打扫纸箱子,然后它们就纳闷,为什么不能离开这里,到图书馆里去玩。泰勒通常盯着我看,贝克习惯用爪子拍门,尽管如此,我还是不能把它们放进图书馆,如果让它们溜了进去,我要到处去找它们,把它们抓住,而它们又非常聪明,知道该躲在哪里,才能让我发现不了。如果它们一直和我玩捉迷藏游戏,我要用一个小时甚至更多的时间才能找到它们,这样一来,我的休息日就泡汤了。

离开图书馆的时候,我会和它们告别,然后向汽车走去。有时候我一回头,看到它们居然还在那里,靠着后门坐着,看着我渐渐走远,这让我感到有些愧疚。它们喜欢与人同在,即便对你视而不见,仍然喜欢有人在它们身边。

当然,假日期间图书馆也要关门。这样的日子,让猫独自留在图书馆里,我的心里很不好受,所以,每年过完感恩节和圣诞节,我就把吃剩的火鸡装上一盘,拿去给它们吃。其他图书馆员也会这么做,所以,贝克和泰勒独自生活的时候也能自得其乐。

不过,它们会设法让我们知道,它们其实更喜欢有人陪伴。

生活在小镇里,没有牧场的各种杂活,有更多的时间开展各种社交活动,如果人们有社交活动的意愿。实际的情况是,当时我很满足自己的生活方式,习惯用燕麦当正餐食物,如果愿意,我可以在凌晨两点钟开灯读书,这让我感觉很爽。

那年的第二个重大变化,是伊冯决定退休了。我很怀念她,毕竟,她在很大程度上改变了我的生活。从1956年开始,她就担任了这个图书馆的馆长。一旦伊冯离开,我就正式成为贝克和泰勒的唯一监护人;从那以后,这项工作一年比一年更繁重。

每天到图书馆看猫的访客依然络绎不绝。有一天,一辆旅游车开到图书馆门前,我意识到,事情要发生变化了。司机向图书馆服务台走来,身后跟着一长串访客;我早知道,司机会提出什么问题了。

"卫生间就在大厅尽头,"我对他说,还特意指了指路。借用卫生间的情况并非第一次出现。在那个年代里,连锁餐厅和麦当劳尚未遍地开花;这辆旅游车和很多旅游巴士那样,途经美国第395号高速公路,朝南行驶,向着埃尔多拉多国家森林公园进发。这条高速公路是一条又长弯道又多的高速公路,两边长满灌木,绵延几百英里,根本没有设置服务区和卫生间。

"它们在哪里?"司机没有询问卫生间位置,而是这样反问我。他有点气喘吁吁。

"谁在哪里?"我问他,尽管我知道,他说的"它们"到底是谁。

看到贝克坐在图书馆服务台的惯常位置上,司机朝那里指了一下,马上显出兴奋的神情。"它就在那里!"他向大家宣布,"我要告诉你们,这就是那两只很出名的猫!"

四十余名访客围在服务台周围,贝克睡意未醒地睁开一只眼睛,抬起了脑袋。访客们开始拍照,在它的耳朵后面爱抚地挠上几下,然后离开了。我觉得这个场景很有趣,不过我还是要振作起精神,准备迎接更多访客的光临。

那个时候,贝克和泰勒图书批发公司利用两只猫作为营销的手段,将其发挥到了极致。除了向美国各地的图书馆员分发几十万份新的招贴画,该公司还提供大量的 T 恤衫、咖啡杯、手表、笔记本、镇纸以及越来越受欢迎的购物袋;在全国以及地区性图书馆行业性展览会和年会上,这种购物袋分发了几千份。虽然很少参加图书馆行业的大会,但是我确实听到过这样的传闻:一些图书馆员在该公司铺位上为争夺最后一个购物袋而发生争执。该公司还定制了一些真人大小的服装,服装风格仿效了贝克和泰勒的形象。贝克和泰勒图书批发公司从沃尔特·迪士尼公司的作品里得到启发,在那年春季的美国书商协会的大会上,首次亮出贝克和泰勒的形象,出席大会的人都有机会和它们合影留念。这种行销方式获得了巨大成功,很快,图书馆员形成了这样的共识:如果参加了一个图书馆展览会,却没有和贝克和泰勒这样的吉祥物合过影,就不是一次完美的参会经历。

"这真是小商品的天堂,"几年之后,贝克和泰勒图书批发公司的总裁吉姆·乌沙莫告诉我。当年贝克和泰勒图书批发公司的巨大成功,至今都让他感到震惊。"情况好像是,我们怎么做都不过分,不论我们制作什么产品,图书馆员都能消化。他们总不满足。不论我拜访哪个图书馆,都能看到贝克和泰勒的招贴画。请想象一下:如果你是一名图书馆员,每星期五天、每天几个小时都在图书馆里工作,每次抬头都能看到我们公司的广告,这有多好,你的心里是多么温暖?"

"我们的竞争对手恨死这两只猫了。"他咧嘴笑着,补充了一句。

小商品的天堂,确实如此。我们要接待很多访客,尤其是加利福尼亚州海湾地区的访客,他们从旧金山出发,只用一个白天或者一个晚上的时间,就能轻松抵达这里。或者,粉丝们也可以开车抵达里诺市或者塔霍湖,他们很容易这么想:"噢,这里距离贝克和泰勒生活的地方不远,还是顺便开车过去看看它们吧。"

偶尔,来访的图书馆员问起我们与这家公司的关系,很多人很想知道,我们是否在图书价格方面获得某种优惠。我告诉他们,我们没有享受任何优惠价格,有些人不相信我的话,他们说:"看来,我们只有养一条狗,给它取名叫贝克或者泰勒,才能搞清楚是否因此能获得优惠的价格。"声音之响足以让所有人都能听见。

伊冯和我意识到,这两只猫在两个不同场合都享受着极高的人气,尽管这两个场合距离明登都有千里之遥。有一次,伊冯去伦敦参加一个图书馆行业的大会。在行业性展览的楼层浏览铺位的时候,她随口告诉别人,她就在贝克和泰勒居住的那个图书馆工作。

没过几分钟,她的身边就围满了人,既有图书馆员,也有参展商。他们不停地向伊冯提出有关猫的问题,并索要她的亲笔签名。

过了不久,我去波士顿度假,拜访弟弟及其家人。我想顺便拜访附近丹佛斯镇上的皮博迪音乐学院图书馆,花几小时好好利用这个研究图书馆。等我到了那里,图书馆员却告诉我,图书馆当日停止对公众开放,明天才恢复正常。我很失望,正要打算离开,突然想起伦敦的图书馆员接待伊冯的时候,态度非常热情;所以我也想试一下,便打出贝克和泰勒这张王牌。

"噢,听到这个消息,让我有点失望,"我告诉这位图书馆员,"您看,我也是一位图书馆员,从内华达州的明登小镇一路风尘来到这里,就是想看看你们的藏书,而且……。"

他突然坐直了身子,"明登小镇? 你是说,是那两只猫生活的那个明登小镇吗?"

我努力克制着,不让自己笑出声来。"是的,您要不要看看我的名片?"

他站了起来,夸张地把胳膊伸向一旁。"噢,完全没这个必要。您当然可以进来。事实上,如果我可以带您参观图书馆,将是我的极大荣耀。您有没有特别希望查找的东西? 如果您愿意,我可以领您去特藏书库看看。"

突然,整个世界,至少是皮博迪音乐学院图书馆,变成我能通行无阻的绿洲了。

这位图书馆员问了我很多有关猫的问题。在那天的余下时间里,我一直快乐地笑着。伊冯说得很对,这件事情有着自身的运行轨迹。不过,我忍不住想到,这两只猫其实对此毫不知情。对它们来说,图书馆就是它们的家,每天都有成群的人进进出出,这一切再正常不过了。这是它们唯一熟悉的生活方式。

这两只猫是人们关注的焦点,它们完全有理由受到关注。不过也有些时候,读者或者访客把我当成了关注焦点;遇到这种情况,我会适时地把他们的注意力转移到猫的身上。我喜欢这样的安排:贝克和泰勒频繁曝光,给人们送去愉悦,我愿意做一名幕后英雄。我高兴地看到,它们在很大程度上改变了图书馆的面貌,图书馆成为读者流连忘返的地方,关于这一点,仅靠我们自己的力量是根本无法做到的,我们之所以养猫,是因为这有利于图书馆的发展。人们常常忽略这一点。

$$* \quad * \quad *$$

1988 年 1 月,三年前我们与贝克和泰勒图书批发公司关于养猫的协议到期了。我们决定续约,该公司将一次性支付 5000 美元,作为抚养两只猫的费用;不过协议没有特别提到,如果猫死了,协议也随之失效。实际上,这意味着即便猫死了,该公司也可以继续享用它们的广告效应,后来的情况也证明了这一点;不过,比尔已经做了暗示,因为该公司的广告宣传活动取得了巨大成功,所以即便贝克和泰勒死了,他们也愿意支付相关费用,寻找和推出其他的猫作为吉祥物。不过,伊冯和我对此没有考虑太多,我们认为,真到那一天,再考虑这个问题也不迟。毕竟,这两只猫还都未满十岁。

不过,新协议的签署意味着我们要再次安排拍摄活动,不过,为了猫的安宁生活,所有的人都不愿意这么做。我们签署了协议,在银行存入用于养猫的支票,等待着摄影师的光临。

与此同时,图书馆董事会开始审议馆长候选人的简历,安排面试;求职者如果成功应聘,将成为图书馆的馆长,填补伊冯退休后留出的空缺。一些求职者明确表示,他们很想得到这份工作,因为这里是"著名的图书馆之猫"的家园;还有求职者认为,这只是申请一份新的工作,仅此而已。不过,为了猫的福祉,我们所有的人,包括图书馆员和董事会成员在内,一致认为新馆长必须是一个爱猫之人,否则,图书馆良好的工作环境会被破坏,每个人都将深受其害。

基于以上考虑,我们缩小了求职者的范围。一份求职者的简历引起了我们的注意:卡罗琳·罗克斯,来自印第安纳州的一位图书馆员。她在求职信里谈到,她希望在西海岸找到一份工作,这样可以离她的家近一些。按照她的介绍,她参加过几次面试,这些工作都缺乏吸引力,最终,她看到一份招募广告,提供在明登小镇的工作机会。

"我知道,这是那两只猫居住的地方!"她告诉我们。

我们邀请她来参加面试,她告诉我们,听说她未来工作的地方每天都能见到贝克和泰勒,她当时所在图书馆的读者和图书馆员都很兴奋。她透露:"他们执意挽留我,但是我感觉,他们还是愿意放我走,因为他们知道,我工作的地方是明登小镇。"

在面试过程里,我的脑子飞快闪现一个念头:我也希望被聘为图书馆馆长。自从伊冯聘用我以来,我就是图书馆的第二把手。在我们共事的那个年代,从事图书馆工作不需要大学文凭,即便担任馆长职务也是如此。之后这种情况开始变化:内华达州、大部分城镇和县开始设立标准,要求从事图书馆工作的人士,除了应当具备图书馆学的高级学位,还要具备若干年图书馆工作的经历。

不过,我没有特别伤心,老实说,我不太想担任馆长的职务。我亲眼看到伊冯沮丧的情形,她需要处理各种事务,既要应对预算削减的压力,也要关注县里的政治形势,很少真正有时间与图书相伴,也很少有时间与猫相处。

我喜欢图书馆工作的主要原因,是身边有图书相伴,当然,这份工作本身不允许我用大量时间阅读。不过至少,我可以和读者及图书馆员讨论与图书相关的问题。如果以馆长身份管理图书馆,我的生活方式就会变化,我很清楚,我会没有精力很好地照料猫。

事实上,伊冯退休后,在卡罗琳成功应聘之前,我代理过馆长的职务,时间长度是六个月,体验过馆长的甘苦。我必须参加县里的各种会议,没有止境地介入小镇政治。我讨厌为某件事情争得你死我活,讨厌没完没了的辩论。有人建议削减两到三名图书馆员,似乎就像剪头发那么简单,面对这种情况,我很难保持心平气和的态度。此外,如果对一项工作没有长远考虑,就无法全身心地投入其中。基本上可以说,我是一个临时充数的馆长人选,一方面,我要承担所有责任,确保各项业务正常进行;另一方面,我在等待新人接替馆长的职务。

我宁愿处于第二把手的位置,这样我就有喘息的机会。首先,我可以不必参加所有会议;其次,我可以更加关注能够真正改变图书馆面貌的项目,比如建设有关内华达州历史的特殊馆藏、剔除过于陈旧的参考图书等等。

我也不想有人经常要提醒我说,预算处于危险状况,尽管在预算方面,两只猫发挥了积极的作用。在贝克和泰勒到来之前,甚至在新图书馆建成之前,我就感到,在县政府的一些官员看来,图书馆无非就是一间大屋子,里面有很多书架,放着很多图书,孩子放学后可以在那里写写作业,仅此而已。我认为,贝克和泰勒确实没有影响每年的预算计划,不过,读者的入馆人数,以及图书的借阅数量,却有了显著的增长,这有助于县政府更加关注图书馆的发展状况,增加对图书馆的预算投入。你知道的,"报纸连续三周报道了两只猫的情况",这种消息绝非无足轻重。

当然,任何事情都不是绝对的,经常发生的不确定性让人感到困惑。1983年以来,图书经费预算有过大幅度的削减,现在,图书经费预算总算恢复了原状,但是问题在于,我们需要用五年的时间,才能弥补预算削减而造成的损失,这也是我愿做第二把手、甘当幕后英雄的另一个原因。关于预算问题,我只关心两件具体的事情:预算额度是否够买参考图书? 有无时间把图书送到无法出门的读者手里? 从某种意义上说,经营一个图书馆,就像经营一家企业,我当然理解这一点,不过从另一方面看,经营一个图书馆,肯定还需要考虑一些其他因素,比如:是否有助于加强馆藏建设? 是否可以邀请作者来馆签名? 非小说类馆藏的某个部分是否有所缺藏?

我们的工作永无止境,尽管所有人都抱怨过,但是没人否认,有两只猫与我们相伴,工作充满了乐趣。

* * *

伊冯退休后,搬去了华盛顿州。在很长一段时间里,我非常惦念她。毕竟,她是我亲密的朋友和同事,我们共同经历了很多事情。工作中她很支持我们,总是认真聆听图书馆员的各种建议,积极解决他们的各种问题;我们有很多共通之处,工作内外我们有着共同的乐趣。如果我们喜爱的作者出版了一本新的神秘小说,小说到图书馆之后,她总是首先拿到,不过我并不担心,因为我知道,我早晚有机会读到。

现在她已经离开,我成了图书馆里第一个拿到新出神秘小说的人,不过这已经无关紧要。我依然想念伊冯。

卡罗琳在图书馆履新之后,我愉快地从代理馆长的位置上退了下来,重新担任第二把手的职务,这意味着我还要承担服务台的工作。坐在图书馆的服务台前,我和同事们就代表着公共服务机构的形象;一些人来到图书馆,就是为了发泄情绪,这种情况并不罕见。和我一样,大部分同事都不愿意和读者发生争执。如果有人来图书馆的目的就是要让我们难堪,我们仍然要保持耐心,认真倾听他们的抱怨,不论抱怨是否真有道理。有时候,他们的态度还很粗暴。他们离开图书馆后,我们要尽最大努力做出改进,包括补订一本特定的图书,及时给热带植物浇水,不一而足。我知道,很多图书馆员和我一样,遇到以上情况就躲进工作室,看看身边的猫。我们喝着咖啡释放心情,用几分钟的时间抚摸一下贝克或者泰勒,或者同时抚摸它们俩,这是缓解工作压力的最好方式。

结束了一天的工作,朝着新家走去,我还可以进一步地缓解工作压力:米西·麦克就在家门口等着我,尽其所能地欢迎我回家。

米西·麦克愿意看到我快乐的样子。如果它感觉我的心情不好,就会跑到院子里,抓几只老鼠向我献媚,其中大部分是田鼠。有一天,我做的所有事情都出了差错,它就走到院子里,抓住并且咬死了二十只田鼠,把它们一字排开,陈列在走廊上,然后叫了几声,让我出来观看战果。我为它而骄傲,完全忘记了工作的压力。米西·麦克知道,它做这些事情,就是为了让我快乐。

我在家里和图书馆里都有猫的陪伴,这两个地方还都有图书的陪伴。

这是我心目中的天堂。

很久以来,我第一次感到,我的生活已经没了冲突,接近完美。我想要的东西现在都有了,图书馆是一个多么美妙的地方啊。当然,和很多人的想法一样,如果能挣到更多的钱,我当然感到快乐,不过对我来说,工作和家庭的和谐完美,具有更加重要的价值。

贝克和泰勒来到图书馆以来,已经五年过去了,我从它们身上学到了很多东西。比如,在遇到困难的时候,需要寻找一种类似压力球的道具缓解工作的压力,就是一条很重要的经验。贝克和泰勒就是两只毛茸茸的压力球。它们还教我懂得了这个道理:每个人都需要拥有某种东西,用来转移自己的注意力,迅速消除冲突,让所有的人都心情愉快,创造一个和谐的工作和家庭环境。如果这些东西恰好是两只猫,那就太妙了。或许对其他的人而言,养两只狗或者壁虎效果会更好。天知道。

* * *

1988 年 5 月 9 日,我们要再次安排贝克和泰勒的拍摄活动,也就说,到了它们要用压力球缓解自身压力的时候了。

市场营销团队告诉我们,他们已经有了这次拍摄活动的设想,具体的画面是：两只猫坐在书架上，犹如两个书档，遮住书架上的当季图书。主招贴画上的题词是"依偎在好书旁"。贝克和泰勒再次被要求摆出各种造型，这正是我担心的事情。就像预料的那样，摄影师刚摆好照相机和灯光设备，两只猫就消失得无影无踪了。它们知道这些设备是干什么的。我们找到了它们的藏身之处，把它们拖到照相机前，它们马上表现出不合作的态度。它们用身体语言告诉我们，"哦，以前我们做过这个造型啦，别想让我们再做一遍。我就这么坐着，看你能把我怎么样。"

它们就这么坐着。

第三次拍摄过程一点都不轻松。摄影师尝试了各种办法，我们和以前一样，晃动着各种玩具，不时给猫扔去食物，但是，贝克和泰勒连看都不看一眼。那个时候，Photoshop在发明者本人的眼里，还是一个中看不中用的软件；当时的图形设计和编辑软件相当原始，所以，照相过程里的大部分工作，还需要摄影师的介入才能完成。今天，人们可以删除贝克颈部后面直立的毛发，否则它就像一个莫霍克人；也可以让泰勒的嘴巴显得大一些，这样，当摄影师夸它是一只"好乖的猫"时，它的表情就不像是在嘘他。

拍摄是一个漫长而艰难的过程，所有的人都衷心希望，即便猫发起脾气，我们还是要争取拍出高质量的照片，为十年之内广告、购物袋和日历的制作提供基本的素材。

我屏住了呼吸。

完成拍摄任务后又过了几个星期，我收到了该公司艺术总监的来信，要求再安排一次拍摄活动，按照他的说法，有几张猫的照片"不够完美"。但是，公司另外一些人提出警告，认为再次安排拍摄活动，效果可能会更糟。最终的结果是，艺术总监所说的问题其实并不严重，我再也没有听到后续的消息。

这是两只猫唯一一次被自己的名气所困扰。

鲍伯·葛林多

兽医学博士

鲍伯·葛林多博士是一位主治兽医。贝克和泰勒刚到明登小镇的时候，就是由他负责体检的。

1973 年我刚到卡森谷地区时，就从事兽医这个行业；当地与猫相关的产业，开始出现了变化。在那个时候，如果你是一只猫，到了五六岁的年龄，就算一只老猫了。当时本地的主要产业是农业和牧业；人们喜欢养猫的唯一理由，就是为了要控制老鼠的蔓延。牧场的生活充满风险，大部分农夫和牧场主经常在问，"医生，我的谷仓里已经有很多猫了，既然如此，为什么还要花十美元去买这只猫？"

1970 年代至 1980 年代，很多人从加利福尼亚州迁移到这里，他们对宠物持有不同的看法。事实上，整个文化氛围出现了变化，过去认为猫狗只是一道景观，现在它们被看作家庭成员。贝克和泰勒来到这个小镇时，简已经在这里住了十几年，她显然也把它们看作自己的家庭成员。

对猫的看法发生变化，真正改变了我们这个行业的性质。新迁入的居民都喜欢动物，不论动物的价格如何，他们都愿意全权委托我治疗它们的疾病。很多猫（如果不是所有的猫）大部分时间都在室内度过，这对所有人都是一件新鲜事情。

那个时候，纯种猫在当地十分罕见，我认为，贝克和泰勒是本地第一批纯种苏格兰褶耳猫。每次简带它们来做体检，员工们就把脑袋伸进屋子，仔细打量这两只猫奇特的耳朵。那时候，当地人从未见过苏格兰褶耳猫。这两只猫成名之后，一些来兽医站给动物看病的居民，会盯着贝克和泰勒看，并且问："这就是那两只图书馆之猫吗？"

有一次，我们收到一批招贴画后，把它们挂在办公室的各个地方。我把第一张招贴画挂在体检室的墙上，另一张挂在大厅里，第三张挂在第二体检室里。这些招贴画的画面非常漂亮，带着宠物来这里的孩子们总是看不够。如果有人等我给宠物看病，或者有技工有事来到这里，他们可以抽空欣赏招贴画，身心得到极大的放松，他们轻松的心情也会感染宠物们。

贝克和泰勒很有风度，气场十足。它们与人交往时坦然自若，懂得自得其乐。每次它们看到我都不慌不忙的，我从未看见它们流露害怕的神情。我认为，它们确实是一对很酷的家伙。

和其他猫相比，它们很好相处。总的来说，与猫相处是否和谐，关键取决于人的态度。如果你想和猫对峙，就强迫告诉猫去做一件事情，结果就是让猫和你对着干。不过，如果让猫告诉你它想做什么，那就一切太平。我对待猫的态度很简单：如果让它们做它们不高兴做的事情，它们会毫不犹豫地逃之夭夭。所以，如果它们想跳下桌子，就让它们跳，然后再把它们再抓回来就是。如果它们希望逃跑，那也没问题。你不应该抓着猫不放，强迫它们做它们不愿意做的事情。不论是否身为兽医，只要懂得这个道理，就掌握了与猫和谐相处的诀窍。

1990年代，人们开始用更安全的方式养猫，尽管如此，猫到了十二岁的年龄，也算是进入了晚年，相当于现在十八岁的猫；在科学养猫方面，我们当时的知识远远落后于现在。

贝克和泰勒是社区里的名角。这就像在我们社区里，居住着一位从"全国橄榄球联盟"退役的四分卫。我是这两只名猫的医生，所以，我也因此而变得有名起来。

十五

在图书馆服务台前,我们已经习惯了这个场景:费吉尼先生要逐个询问图书馆员的身体情况,然后才去阅览室阅读杂志,或者外借几本传记类图书。

只要看到猫,费吉尼先生的神情就变得柔和起来,这是我完全没有想到的。有时候,我看到他站在贝克前面,专注地看着它,在长达几分钟的时间里,什么话都不说。我的感觉是,他似乎在问贝克:"感觉怎么样? 一切还好吗?"只是没有说出口而已。在这方面,他和泰勒很相似,都有心灵感应的本能。

不过,猫绝对严格地遵守日程安排,在这一点上,费吉尼先生更像贝克。比如,现在是早饭时间,现在是尿尿时间,现在是遛弯的时间,现在是上书架睡觉的时间。如果有人打乱了日程,贝克就会瞪他一眼,然后扬长而去,直到一切恢复正常。

费吉尼先生懂得猫的心理。这一点非常明显。不过,他不知道该如何与成年人打交道,事实上,我很少见到他与其他读者交谈,他只和图书馆员交谈,但是,他对待动物的态度却截然不同。

从某种意义上说,我和费吉尼先生有很多相同之处:图书和动物是我们最喜欢的两件东西。我们唯一的区别在于,对我来说,图书是逃离现实世界的途径;对费吉尼先生来说,图书是他的现实世界。和我一样,他也喜欢获取信息和知识,具有超群的记忆力。我觉得他就像一个档案库:向他提出问题,就相当于拉开抽屉,不论什么问题,他都能给出答案。他会问到我的生日和周年纪念日,还有我孩子和宠物的名字,所以,当这些日子来临,他总是第一个祝福我们"生日快乐"或者"周年纪念日快乐"。他之所以能够做到这一点,一方面是因为他具有非凡的记忆力,另一方面是因为,如果记住了这些日子,届时他就能吃到蛋糕。

负责儿童事务的图书馆员为孩子准备点心时,如果还准备了糖果,费吉尼先生一定会出现在现场。红甘草糖是他最喜欢吃的糖果。

那两只猫和他一样贪吃。我们在会议室举办"故事时间"活动或者午餐聚会时,它们会兴奋地来回走动,希望能够吃到掉落的食品碎屑。事实上,只有当图书馆举办特殊活动、准备了点心,费吉尼先生才会打乱自己的日程安排,破例下午才来图书馆。

同样明显的是,费吉尼先生不习惯任何形式的情绪表达,不论情绪是好是坏,也不论是自己的情绪,还是别人的情绪。有一次,一位在费吉尼先生后面排队的读者听到他向猫问候,便拍了拍他的肩膀,大声说道:"我太喜欢这两只猫了! 你喜欢吗?"

费吉尼先生吓了一跳,脸上露出恐惧的神情,然后迅速地跑出图书馆,既没有逐个问候图书馆员,也没有外借任何图书。

过了不久,我看到另一位女读者排在费吉尼先生的后面,用另一种方式与他交流。"哈罗,费吉尼先生。"她招呼了一声。

"哦,哈罗,格兰特夫人,"他回应道,"你丈夫还好吧? 你妈妈呢?"他不停地问,就像他平时逐个问候我和其他图书馆员那样。这位女读者和我们一样,也对每个问候都报以"很好"作为回应。

"他在我们的婚礼上惹祸了。"等他走了之后,这位女读者告诉我。

"是吗?"

"是的,不过问题不大。"她答道。我把书卡放进她要借的书里,她在一旁告诉我,"费吉尼先生特别想吃蛋糕。有人告诉我,他经常查阅报纸,了解哪里即将举办退休的聚会或者盛大的开幕式,然后就按时赶到那里,这样就有蛋糕吃了。"

* * *

一天下午,比尔·哈特曼突然出现在图书馆里。"看没看过这期杂志?"

他把一期《美国图书馆》杂志递给了我。在这个杂志社筹划的年度民意调查里,有一个问题是问读者,谁是美国国会图书馆馆长的最佳人选。

贝克和泰勒居然名列榜首。

"嗯,我想,这个结果不会让某些人不高兴吧。"我说。我把杂志还给了他,这时,电话铃响了。

"道格拉斯县图书馆,请问需要帮助吗?"我对比尔做了手势,示意他坐下,等我结束服务台的值班工作。在随后的二十分钟里,我要做的事情包括:外借图书、解答读者咨询、为过期图书的罚款找零。上次有读者拜访过贝克和泰勒,现在我要更新相关的信息;还有一位读者开车两小时来图书馆,就是想看看贝克和泰勒,我要对他提供标准化的介绍;我还要抽出空来,给它们耳朵后面的部位挠痒。

也就是说,这是图书馆里最为寻常的一天。

值班结束后,我找到了比尔。他对我说:"知道吗,你才是最大的老板。"

我不以为然。"你说什么呢?"

"我亲眼看到你在服务台工作的样子了。"

"工作很枯燥,对吗?"

"不,恰好相反。你好像在表演一种异常复杂的舞蹈,"他告诉我,"你不停地忙这忙那,保证所有的人或动物各得所需,不论对人还是对猫,一概一视同仁。你和猫气味相投,谈起猫来眉飞色舞。所以我说,你才是最大的老板。"

"这是我的工作。"我告诉他。我耸了耸肩,用眼睛的余光看着他,想确认他是否看着我工作的样子;不过,我同意他的说法。在正常情况下,日常工作就像漫长而随性的舞蹈集成,有脚尖立地旋转、探戈,还有二步舞曲,舞伴也难以计数。有时候,这样的舞蹈长达几个小时,不过一般情况下仅仅持续一两分钟。

"不过,你不必一定这么做,"他对我说道,"从事图书馆工作,也可以不这么辛苦。我告诉你,很多图书馆员就是按部就班地工作,对他们来说,这就尽职了。"

"可能是吧。他们这样工作,会轻松一些。"

"我知道,和我第一次见你的时候相比,你改变了很多。"

每次人们这么说,我都感到不舒服。我知道他是在恭维我,但是,我必须与自己的工作保持一定距离,因为我担心,终有一天有人会告诉我:"抱歉,你必须离开了。你太喜欢这份工作了,这样不好。"

不过,我决定逗他一下。"你指哪个方面?"

"刚在图书馆工作的时候,你做事情有点犹豫;当时你正在慢慢地熟悉工作,所以也是可以理解的。不过现在,你对自己很有信心,做事果断,而且……"

他停顿了一下。

"而且什么?"

"而且你经常微笑了，以前从不这样。"

我很快转移了话题，开始谈起新出版的图书，还有图书馆最近的一些传闻。在那天余下的时间里，比尔的话一直在我的脑子里萦绕。我必须承认这个事实：每天早晨醒来的时候，我都感到奇怪，我居然找到一份有书也有猫作伴的完美工作，更让我满意的是，我热爱我的工作和生活。我刚移居热那亚小镇时，生活完全失去了方向，如今，这一幕已经离我十分遥远了。

不过必须承认，用了二十年的时间，我才找到属于自己的幸福生活。

比尔不是唯一这么评价我的人；我明显感到了自己的变化。我弟弟几天前打来电话，我们聊了很长时间。突然，他停了下来。

"你在听吗？"我问道。

"你在笑吧。"

"我是在笑。你想说什么？"

"很久没见你这样了。"

"怎样了？"

又一次停顿。"仿佛你又回来了。"

"从哪里回来了？从外面吗？我没去过其他地方啊。"

"但是你笑了，"他说道，"你知道我上次看见你笑，是在什么时候吗？"

现在轮到他发问了："你在听吗？"

"当然在听。"

"你回来了，"他重复了一遍，"看起来，是图书馆拯救了你，是两只猫拯救了你。"

我不知道如何回答。"你在嫉妒我……"我勉强挤出了这句话。

我们就像回到了过去，整个通话过程充满了调侃和欢笑。当然，我不会透露聊天的详细内容,和贝克的那根红鞋带一样,这都是隐私,只供家人欣赏。

挂上电话之后,我开始设想:如果没有图书馆的工作,如果没有贝克和泰勒……或者其他的猫,今天的我会是什么样子?

我知道,如果真是这样,我的生活会截然不同。谁知道会怎样呢。很可能,我依然生活在迷茫之中。

尽管内心深处不愿意承认,但是我明白,托尼说得很对。

* * *

比尔走了以后,我迅速把注意力放到了工作上。那天下午,我要完成一些特殊的、比较复杂的工作。与往常一样,两只猫总能助我一臂之力。

大约一个月前,我们更换了主阅览室玻璃展柜里的展品,这些展品以近期的假日或者季节作为主题。很多展品是当地居民的祖传珍宝,它们被借到图书馆供展示用。我完成布展后,都会仔细地锁好展柜,防止贝克和泰勒爬到展柜里,因为在猫看来,展柜是一个神秘地方,它们很想进行一番探索。所以展柜一定要加锁,阻止猫的进入。不过可以打赌,只要我拿着钥匙对着展柜摇晃几下,贝克和泰勒就会乐颠颠地跑来。

我刚打开图书馆的大门,忙着搬掉猫可能看不顺眼的东西,它们一下子就溜了进去。有它们在身边,我要努力静下心来,才能正常工作。它们到处乱闻,用爪子敲着玻璃展柜,然后蜷缩起身体,很快入睡。展柜里有一盏挂得高高的荧光灯;荧光灯不会产生很大热量,所以,它不是猫喜欢睡在展柜里的原因。按照我的理解,贝克喜欢躲在封闭空间里,对它来说,展柜相当于一个尺寸大一点的购物袋,而不是那种容易卡住它脑袋的小购物袋。

这两只猫还喜欢溜进大厅尽头的机房,机房里有火炉、热水器和清洁工具,也许因为这里并不经常开门。有时候,图书馆开门之后,清洁工会在这里干活,修理工也会在这里修理供暖系统。所以,只要机房的门一打开,贝克就飞快地跑去,你很自然地会推测,那里一定存放着大量高品质的猫薄荷草。

最初,不管谁进机房,都不注意这两只猫。但是,过了一分钟左右(我是掐着手表计算时间的),我就会看到,有一双手在机房门里抓住贝克,把它扔到大厅里。然后,机房的门被再次关上。

泰勒的情况略有不同。它当然知道,躲在购物袋里很舒服,如果说贝克患上了广场恐惧症,那么,泰勒就是患上了幽闭恐惧症。它最喜欢做的事情,是坐在一个空无一物的场地中央,摆出佛陀坐姿,凝视着前方。打坐的时候,如果有人抚摸它,它会站起身来跑开。不管怎么说,如果它正在冥想,就不应该打搅人家。

所有的人都喜欢贝克,因为它很友善,如果泰勒开始注意你,你一定会感到好奇,因为泰勒从来不想讨别人欢心,它对人是很挑剔的。

* * *

那天结束了工作之后,与往常一样,我感到筋疲力尽,想赶紧回家,凑合着吃完晚饭,就舒舒服服地躺到沙发上,看看书,逗逗米西·麦克。我自己都奇怪,我居然很快就适应了独自生活的方式。当然,我喜欢现在的工作,也喜欢在工作之余,有一个舒适的小窝,让我放松身心。我想念父母(尽管我常去加利福尼亚州拜访他们),也想念牧场里的绵羊、奶牛、山羊和鸡群。

我女儿朱丽安有一种神奇的直觉,知道我什么时候会想他们。她沿袭了我喜欢动物的基因,她的家与家畜距离很近,便于随时照料。

一个星期六的晚上，我正在家里望着夜幕慢慢降临。正在这时，朱丽安走了进来。她一只手拿着一个箱子，里面装着两只无人照管的小羊，另一只手拿着奶瓶箱。我朝箱子看了一眼，看到两只小羊的脸，以及伸出的舌头，它们还叫了几声。它们裹在一块婴儿毛毯里。

"先别告诉我。让我猜一猜，你来干什么。"我说道。

"今天晚上能帮忙照看它们吗？"

"怎么不早说呢，"我答道，"去吧，它们不会有事的。"

我把小羊抱到箱子外面。它们马上紧密地依偎在一起，顿时，我的身边似乎飘来一片洁白的云彩，不停地叫着我："妈妈，妈妈！"

给它们喂完食，我开始吃晚餐。它们趴在沙发上，不停地扭动，不停地叫唤，希望引起我的注意，让我没法安心读书。最终，我无奈地放下图书，打开了电视。

它们马上安静下来，眼睛一眨不眨地盯着电视屏幕。它们完全沉醉在电视节目里，甚至在我起身离开沙发时，它们仍然一动不动。子夜过后，朱丽安回来了，我和小羊还在观看《星期六之夜直播节目》，全无睡意。这似乎是小羊最喜欢的节目，千万别问我这是为什么，我可不知道其中的奥秘。

牧场的生活很好，而且我也熟悉，不过，我无意回到这种生活里。我创造了属于自己的全新生活。现在，我生活在一个截然不同的地方，不过，如果有一个晚上再次体验这种生活，会让我有一种极其美妙的感觉。

十六

那是一个忙碌的上午。上班之前,我需要首先处理几件事情,结果,第一件事情延误了,后面的事情也随之延误。我担心贝克和泰勒会饿肚子。等我回到图书馆,停车场里已经没有车位了。

我走进图书馆大门,想发泄一下恶劣的情绪,这时,我看到桌上有一个来自粉丝俱乐部、鼓鼓囊囊的牛皮纸信封,我的心情一下子变好了。

贝克和泰勒对信封视而不见,这说明里面没有猫薄荷草。不过,它的分量比普通信封重很多。我撕开信封后,一摞卡片掉落在桌上。所有卡片的正面都写着"生日快乐"字样。这不是庆贺我的生日,而是庆贺别人的生日:我肯定和莱斯丽谈起过,我们打算举办一次聚会,庆贺贝克十周岁诞辰。

信封里还有一盒录像带。录像带?我赶紧走到会议室,把录像带放进录像机,然后按下播放键。

突然,电视机屏幕上出现了粉丝俱乐部的清晰画面。我听到幕后传来一阵钢琴和弦声,稍后,画面里的孩子们深深地吸了一口气,开始歌唱:

贝克和泰勒是图书馆之猫，

它们是识文断字的猫，这一点千真万确。

它们生活在书架上的浩瀚图书里，

喜欢独自阅读小说！

莱斯丽在上次来信里提到，她要给我带来一份惊喜，不过，我不知道这份惊喜是什么。

丹和康斯坦丝把脑袋探进会议室观看，这时，屏幕里的孩子们开始演唱第二段歌词。她们问："电视里播放的是什么？"

我按下暂停键。"这是粉丝俱乐部寄来的录像带。"

"是他们自己写的歌曲吗？"丹问到。

"是莱斯丽写的。"我一边回答，一边又按下播放键。

小学二年级学生不太善于表达，不过，我能够听出他们希望表达的感情：

它们的耳朵折叠着，就像帽子扣在脑袋上，

它们似乎做好准备，随时要跳到床上。

哇。莱斯丽真是尽力了。歌曲的曲调朗朗上口，是四分之三节拍的华尔兹舞曲，即便是七岁的儿童，也能很快掌握。我注意到，很多人和我一样，一听到音乐响起，身体就不由自主地随着音乐的节奏摇摆起来。

我们完整地听完了这首歌曲。莱斯丽在信封里还附了一张乐谱，所以我按下快退键，然后再次播放音乐，大家跟着孩子的歌声一起高唱。

灰白相间的贝克喜欢在阳光下睡觉,

也喜欢待在台灯下面(不过这不好玩),

它预测暴风雨的能耐,与气象预报员不相上下,

不过它总是躲在购物袋里(纸箱子也可以凑合!)。

康斯坦丝问:"孩子们怎么这么了解情况?"

我后来知道,所有的人,包括图书馆员和读者,都很熟悉粉丝俱乐部的情况,因为我们把粉丝俱乐部的艺术作品和信件都挂在墙上,还在每年的圣诞树上展示他们手工制作的装饰品;不过,很多人不了解的是,我和粉丝俱乐部一直在频繁通信,随时通报这里的情况。

莱斯丽撰写的歌词,一定直接取材于我的回信。我从档案里翻出信件,确认莱斯丽就是这么做的。

贝克有一个习惯,喜欢睡在计算器上,这显然不是一个适合睡觉的地方,不过它就是喜欢。也许,数字已经植入了它的大脑。在大部分时间里,泰勒都希望早点开饭。它是一个真正的吃货。

两个月之后,我给这个班级回信,以猫的口吻写了以下文字:

我们遇到了寒冷天气,还下了雪。如果暴风雪来临,我喜欢躲进杂货铺的购物袋里。我认为,在天气预报方面,我的能力绝不亚于电视里的气象预报员。我们需要更详细的气象信息,看看哪天适合滑雪,哪天可以解除五年之久的干旱。

我以前就认为,这些孩子简直太可爱了,现在,看过了这个录像

节目,我对他们的爱达到了无以复加的地步。真想挨个抱抱他们。

* * *

1991年的秋天来了。我们很难相信,贝克马上就到十岁了。它的动作开始迟缓,不过说实在的,我们也变老了。此时此刻我要承认,如果没有这两个猫雇员,我们很难想象图书馆会变成什么样子。

每天都有访客来图书馆,希望得到猫的照片、招贴画和猫爪印记,报道两只猫的文章和故事也大量刊登在报章上(我的工作之一,就是剪下文章和故事,把它们放入文件夹,作为档案保存起来),但是,贝克和泰勒的影响力丝毫未见减弱,它们作为吉祥物的价值仍然不可低估。

从第一张贝克和泰勒的招贴画问世以来,已经过去了八个年头,其间,贝克和泰勒图书批发公司创造了很多值得骄傲的业绩。比尔·哈特曼告诉我,仅在1990年至1992年间,他们就分发了75万个购物袋、25万张招贴画以及20万份日历牌;此外,还分发了数不清的镇纸、T恤衫、手表和其他日常用品。所有的纪念品,都把我们这个小图书馆里的两只苏格兰褶耳猫作为主题。

"在美国的所有地方,几乎没有一家图书馆不知道贝克和泰勒的,"他告诉我,"我出差的时候,经常看到图书馆的墙面上或者内部工作区域挂着猫的招贴画。每次参加图书馆展销会,都有人问我们,这次带来什么新版的购物袋或者招贴画。"

当时,杰拉德·G.高尔鲍茨是贝克和泰勒图书批发公司的首席执行官兼董事会主席。他甚至表示:"贝克和泰勒成了公司的象征,所有员工都为此而骄傲。"他还谈道:"我们的感觉是,它们似乎成了所有人都喜欢的宠物。"

我们当然要举办一次聚会,庆贺贝克的十岁诞辰;我们很快发现,聚会规模远远超出了最初的设想。比尔·哈特曼带来了模仿贝克和泰勒的服饰,尺寸有真人那么大。图书馆员表示,聚会时他们会轮流穿上这件服饰。那天的聚会开始后,我正在摆放纸盘和纸杯,突然听到一阵低沉的叫声,一个巨大的猫脑袋(似乎像泰勒的脑袋)正朝着我飞来。

"我可不要它!"康斯坦丝尖叫一声。"抱歉,我演不了泰勒的角色。这个头套戴着太憋气了!"

"好吧,让我来试试。"我小心翼翼地戴上了模仿泰勒脑袋的头套。我的性格并不自闭,但是,我需要花点时间调整头套,时刻对准头套的鼻子部分,那里有两个小孔,对准了才能顺畅呼吸,不过这样一来,就看不清前面的情况了。此外,这个头套很重,大约有十磅的分量。

这是一个属于贝克的盛大日子。我知道,孩子们一定喜欢看到两个真人大小的猫在四处走动。所以,我穿上了模仿泰勒形象的服饰,卡罗琳穿上了模仿贝克形象的服饰。我突发奇想:如果拍出一张照片,画面是身穿服饰的假猫抱着真猫,一定很有意思。丹把两只猫抱了过来,放到我们的怀里。不过,这导致了一场彻底的灾难:它们不认识穿着服饰的我们,也从来不喜欢被人抱着,所以,它们尽力想要逃脱。更讨厌的是,身边还有照相机对着它们,在它们看来,照相机从来就不是什么好东西。趁着它们飞快跑进工作室之前,有人抓住机会,迅速拍了几张照片。我为它们感到难过。作为弥补,聚会开始之前,我先给泰勒端去一碟酸奶,给贝克拿了一片香瓜;它们似乎暂时忘掉了遭受过的创伤。

我们把桌椅推到会议室墙边,腾空地方作为临时舞场。我们一打开门,一大群读者就涌了进来,既有长者,也有年轻人。我们为所有宾客展示了猫的耳朵,还端上了蛋糕和潘趣酒,不过奇怪的是,我没有看到费吉尼先生。我大胆地踏入舞场,发誓要身穿模仿泰勒的服饰,至少跳上两小时的舞蹈,然后再离开;在此期间,当地一位吉他手演奏并咏唱了披头士歌曲。但实际的情况是,我居然成了最受欢迎的舞伴,所有的人都想和身穿猫服饰的人一起跳舞,所以,我安抚着被我抱在怀里的泰勒,同时像科学怪人弗兰肯斯坦那样伸出双臂,因为我知道,吸引眼球是目前最重要的事情;不过必须承认,真正的泰勒不喜欢与人交往。刹那间,我觉得它就像趴在我膝盖上的一个孩子。

那天下午,我不止一次地想,在很多次行业性展销会上,为了让人们穿上这个服饰,贝克和泰勒图书批发公司究竟花了多少钱啊。

最后,所有的人都回家了,桌椅也放回了原处。我考虑,粉丝俱乐部应当收到有关寿星的详细报告,当然,也应当收到有关泰勒的详细报告,毕竟,粉丝俱乐部给它们捐赠了很多好书,比如,有一本特丽斯·申克·德·里格尼娅斯和埃伦·魏斯·格德斯特朗撰写的图书《这么多的猫!》,适合于儿童图书馆收藏,还有一本彼得·盖泽斯撰写的图书《前往巴黎的那只猫》,适合于作为成年人读物收藏;此外,还有手工方式制作、用建筑纸张做成的猫面具。我们应该用猫的口吻,对他们的慷慨做出回应:

亲爱的同学:

我们举办了一个热闹的生日聚会。所有的图书馆员都戴着折叠耳朵的道具,一个娱乐场还捐赠了两个巨大的蛋糕。在整个过程里,我们差不多都在睡觉,错过了很多机会。你们的手工制品装饰着这里的展示柜,一些学龄前儿童也为这次聚会制作了工艺品。

我们送你们每人一个生日气球(千万别拿来打水仗),还有一张书签。祝你们有一个快乐的学年。

爱你们的

贝克和泰勒

在孩子与猫通信的过程里,我和莱斯丽也有简短的文字交流,甚至还通过电话,我们渐渐成了好朋友。即使没空给莱斯丽写便条,我也会在给孩子的信里添加一些文字,谈谈我的观察、抱怨和有趣的事情。

我觉得,我和莱斯丽在很多问题上看法一致。我们根据图书馆董事会和县政府的决议行事,按照以往的经验,不论我们做出多大努力,也无法阻止贝克和泰勒终将离开我们,这种情况随时都会发生。关于这一点,她表示理解。

我在卡森谷地区的经历,以及我离婚后选择移居这里的决心,都让我懂得了一个道理:任何时候都能改变自己的生活,永远都不会太晚。

当然,即便懂得这个道理,生活也不会因此而轻松一些,所以,有一个爱猫者愿意与我交流,相互鼓励,确实很有帮助。

* * *

贝克和泰勒住在图书馆,对此,绝大部分读者都很高兴;不过我也意识到,并非所有的读者都这么想。

1992 年,一位读者向州卫生部门投诉。她患有严重的过敏症,要求永远禁止在图书馆里养猫。她特地引用了《美国残疾人法案》的相关条款,该法案在 1990 年纳入美国联邦法律体系。该法案规定,企业和公共机构(比如图书馆)对残疾人不能有任何歧视行为,不论是身体残疾还是精神残疾。

这里所指的残疾当然也包括过敏症。

从贝克来到图书馆的第一天起，我们就很重视这个问题。凡是对猫敏感的读者，哪怕只有轻微的敏感，只要事先打电话来，说一会儿要到图书馆来，我们马上就把猫关进工作室，并且锁上门。只要看到图书馆里有散落的猫毛，我们就仔细地打扫干净，每星期还用吸尘器除尘一次。到目前为止，这套工作机制效果很好，读者也很满意。

但是，图书馆员的境遇却有所不同。毕竟，我们不能整天把贝克和泰勒都关在工作室。所以，在招聘新图书馆员的时候，我们首先提出的问题，就是"你对猫敏感吗"，大部分人表示没问题，有人对猫有轻微的敏感，不过问题也不大，如果出现症状，可以服药以缓解病情。

我们聘用过一位女性雇员，她的名字叫玛利亚·皮亚森。她用出色的工作业绩证明，自己是一名优秀的图书馆员。不过，在她从事图书馆工作不久，我就注意到，任何时候走过猫的身边，她都把双手插进衣服口袋，与猫保持足够的距离。有一天，我问她为什么要躲着猫走，她才不好意思地承认，自己患有严重的猫过敏症。

"我特别想得到这份工作，所以我就告诉你们，我对猫不过敏，"她解释说，"不过，我觉得贝克和泰勒都知道这一点，它们总是离我远远的。"她从来没有因为过敏症而影响工作。

我不能对她生气，因为她也喜欢图书。我知道，如果迫切想得到一份工作，就会采取任何手段，即便说一些无伤大雅的谎话，也会在所不惜。

不过我们还是担心读者会提出抱怨。我听说其他一些养猫的图书馆也遇到同样的问题，结果是，有的图书馆继续养猫，有的图书馆为猫找到了新家。

这是一个艰难的选择。一方面，我希望所有读者在图书馆里感到快乐，另一方面，我也不希望爱猫的读者担心，他们能否还像过去那样,在图书馆里度过安静的下午,专注地读书,身边还有猫在呼呼大睡? 小镇生活本来就够紧张的,我们不能再给自己增加压力了。

而且,我已经习惯了这一切。我完全无法想象,图书馆里如果没有猫,工作该有多么枯燥;我知道,大部分图书馆员和我的想法相同。

经过详尽的调查,道格拉斯县的地区检察官做出有利于我们的判决结果。我们采取了各种措施,比如,事先贴出告示,把猫关进工作室并且锁门,设法让馆舍里的空气充分流通。这些措施可以有效抵御过敏症的侵袭,同时也表明我们遵守法律的规定,确保患有中度和严重过敏症的读者也能利用图书馆。

这样,猫就可以留在图书馆里了。

不过我们知道,早晚还有读者提出抱怨,早晚县政府还要做出不利于我们的规定。

* * *

贝克和泰勒一天天地变老,行动也迟缓起来。它们从生命走向死亡,会有一个漫长的过程,不过终有一天,它们会走到生命的尽头。泰勒尤其显得老态龙钟。从桌子上的阿富汗地毯跳到地上,或者从地上跳回阿富汗地毯上,都已经有点举步艰难。所以,我在桌子旁边放了一把小椅子,这样,我不在的时候,如果它想在阿富汗地毯和地板之间跳来跳去,就可以先跳到小椅子上,休息一下,然后再跳到地板或者地毯上。

贝克渐渐变老的样子让人感到难受。有一天,一个孩子跟着父亲在图书馆服务台前排队。父亲脸上流露出厌恶的神情。等排到他们的时候,孩子问我们:"你们图书馆养了一只猫吗?"

我吸了一口气,开始朗诵现成的介绍词:"是的,我们养了两只猫,一只叫贝克,另一只叫泰勒,它们住在图书馆里,而且……"

父亲打断了我的介绍，"嗯，你知不知道，猫在图书馆里拉屎了？"

我向他询问了大致位置，顺手抓起一卷手纸，这是我们预先放在服务台下的，就是为了应付这种场面。

"就在那里。"他挥动着一只胳膊，另一只胳膊抓着孩子的手，说完就朝着图书馆大门走去。

由于某种原因，贝克喜欢把它的"礼物"放在书架上。它特别钟爱存放历史类图书的区域，特别是"杜威十进分类法"970类目的图书。也许，因为西班牙宗教法庭对待猫的态度十分严厉，所以贝克对这类图书毫无兴趣；究竟是什么原因，我也说不清楚。没过多久，丹把这个区域称作"贝克的轰炸航线"。他开玩笑说："这就像出现在施韦因富特地区上空的英国皇家空军。"

还有一次，我们听到一个小女孩说："妈咪，妈咪，地板上有一堆培乐多彩泥！"卡洛琳和我对视了一下，心领神会地笑了起来。我抓起纸巾，赶到现场清理。所幸的是，在小女孩把猫屎当成彩泥玩耍之前，我就把它清除干净了。

从那时起，我们养成了一个习惯，图书馆开门之前，我们要在馆内四处巡视，确认从贝克走出工作室到我们打开图书馆大门的时间里，贝克没有留下任何"礼物"。我需要定期打扫猫栖息的纸箱子，根据多年养猫的经验，我知道一些猫上了岁数之后，容易养成一些不好的习惯，给别人造成很多麻烦。贝克随地拉屎的习惯就是一例。

其实我们人类也一样，所以，我对猫的不良习惯持宽容的态度，很多读者和图书馆员也持这种态度。我们需要辨认猫变老的种种痕迹，在条件具备的时候，帮助它们慢慢进入老年阶段。这两只猫在这里生活了十几年，我们很自然地开始考虑退休以后的问题。我加紧制定了退休生活计划（我的退休年份是1997年），其中的一个重要内容，就是讨论贝克和泰勒的继任者问题。

贝克和泰勒图书批发公司也在思考同样的问题。毕竟,全世界的图书馆都通过这家公司认识了它们。这家公司想要再找一个类似的吉祥物,在图书馆和书商的目标市场里,创造很高的信誉度和销售额,这几乎是一件不可能的事情。所有的人都在思考这个问题:一旦我退休了,还有谁能照料它们,还有哪些猫可以成为图书馆的猫雇员?

如果找到了这样的吉祥物,贝克和泰勒图书批发公司愿意支付所有费用,供图书馆再购买一对苏格兰褶耳猫。我们感谢他们的慷慨赠与,不过,我们没人赞同这个设想。

首先,所有的爱猫者都知道,任何地方的猫都可能脾气暴躁,难以相处。养在图书馆里的猫应当具备独特的性格,才能应对整天在图书馆里的各种读者;它们应当待人友善,至少要在某段时间里保持友善态度;即便经受压力,也绝不咬人或者挠人。必须承认,我们能把贝克和泰勒带进图书馆,确实有运气的成分,还必须承认的是,找到一个合适人选负责照料它们,同样也有运气的成分。最初,我和伊冯共同承担饲养贝克和泰勒的责任,其他图书馆员偶尔也会帮忙,但等到伊冯退休之后,照顾猫的生活,包括购买猫食和猫砂,清理猫的粪便,去兽医站看病,所有这一切都落到了我的肩上。事实上,图书馆员一直把猫称作"简的猫",把我称作"猫妈妈",也有人把我称作猫的"公共关系代言人"。

图书馆董事会也开始考虑这个问题。如果贝克和泰勒退休了,或者进了天堂,是否还需要再买两只猫,让它们住在图书馆里,关于这个问题,图书馆董事会拥有最终的决定权。换句话说,在这个问题上,除此以外的其他人,包括贝克和泰勒图书批发公司,都没有发言权。

* * *

与此同时,贝克和泰勒的名声继续呈指数形式扩展。粉丝俱乐部的信件和绘画如潮水般地涌来,很多图书馆员和业外人士也发来大量贺卡及邮件,我需要增加一个箱子来存放猫的档案。很多与猫相关的杂志和图书馆行业性杂志定期刊登很多的相关文章,使贝克和泰勒的名气大增,不过,在提升这两只猫及贝克和泰勒图书批发公司的人气方面,挂在全国各个图书馆墙上的猫招贴画,发挥了更大的作用。

有人提出,可以在《工作中的猫》的一书里,给贝克和泰勒做一个商业广告,这是一本精装的小型礼品书,在纽约市内及其周边地区发行。这本书描述了各种各样的猫,有在修鞋铺里辛勤工作的猫,也有在唱片店、酒吧和熟食店里工作的猫。我最喜欢的一个广告,是服装店里的四个猫雇员,它们的衣领上都戴着防盗感应器,店主的意思是防止它们走出店门。

贝克和泰勒的广告醒目地展现在这本书的封底,说明文字是这样写的:"全世界工作着的猫呈现多样性的态势,通过风格鲜明的绘画,这种多样性得到了充分的展示。本书对世界各地的猫雇员做出了表彰,这是它们理应得到并且期待已久的奖赏。"

似乎在一夜之间,猫和以猫为主题的图书就变得极其热门。作家莉莲·杰克逊·布劳恩(1913—2011,美国作家)创作了《那只猫》的系列神秘小说,讲述了两只暹罗猫的故事,一只猫叫可可,另一只猫叫云云;在1992年,作家卡罗尔·纳尔逊·道格拉斯(1944—   ,美国作家)决定创作一套新的神秘小说系列,讲述一个黑猫警长的故事,它的名字叫午夜路易,其中的第一部小说《假寐》——后来改名为《字母汤里的猫》,在美国书商协会的一次年会上问世。也是在这个会场上,贝克和泰勒图书批发公司每年都设立规模庞大的摊位,引入真人大小、模仿贝克和泰勒形象的服饰。在贝克诞辰十周年的聚会上,我们费了很大的劲才穿上这种服饰。

在道格拉斯的小说里,贝克和泰勒参加了这次展销会,却在摊位附近遭到绑架,这时,午夜路易和它的人类朋友出场了,这位人类朋友就是红头发的人际关系专家,名字叫坦普尔·贝尔;他们到拉斯维加斯寻找猫的下落,那里也是美国书商协会举办年会的地方。我并不喜欢小说的情节,比如,它向读者灌输了绑架真猫的想法。但是,这部小说的销量非常好,在每年出版的新神秘小说里,午夜路易都是其中的主角。

《假寐》出版不久,一位名叫加里·罗马的电影制作人与我取得联系,商谈贝克和泰勒出演一部纪录片的事宜。他计划为图书馆之猫拍摄的这部纪录片,取名为《书里的猫咪》。在他看来,人们对图书馆之猫的认识日益增强,从贝克和泰勒,到名叫杜威的橘黄色小猫(这是爱荷华州一个小镇图书馆里的猫),都逐渐广为人知,因此,如果把这些猫拍成视频,一定会有很大数量的观众。他答应在将来的某个时候拜访明登小镇,为纪录片拍摄有关贝克和泰勒的众多镜头。

在这个阶段里,我每天都要用一个小时的时间,从事与贝克与泰勒相关的工作,比如以它们的口吻写信,给粉丝俱乐部寄送招贴画,与记者和新闻工作者交谈等。我早出晚归,充分利用时间完成这些额外任务。我开始担心,我们是否有足够的精力应对公众更多的关注;不论是图书馆员还是贝克和泰勒,都面临着这个问题。

贝克和泰勒之歌

莱斯丽·克莱姆最初为《贝克和泰勒之歌》撰写歌词的时候,并没有投入太多的热情:"从简给我们的回信里,我们这里选一点,那里摘一点,把它们拼凑成一首歌,"她谈道,"它们吃的东西,以及它们做的事情,都是真实发生的事情。在我撰写的歌词里,只有一件事情不是真实的,那就是'它们是识文断字的猫,这一点千真万确',尽管我们班级的学生当时对此深信不疑。"

下面就是《贝克和泰勒之歌》的完整歌词:

贝克和泰勒是图书馆之猫,
它们是识文断字的猫,这一点千真万确。
它们生活在书架上的浩瀚图书里,
喜欢独自阅读小说!

它们都是苏格兰血统的名门之猫,
却任何时候都不穿苏格兰短裙。
它们的耳朵折叠着,就像帽子扣在脑袋上,
它们似乎做好准备,随时要跳到床上。

灰白相间的贝克喜欢在阳光下睡觉,
也喜欢待在台灯下面(不过这不好玩),
它预测暴风雨的能耐,与气象预报员不相上下,
不过它总是躲在购物袋里(纸箱子也可以凑合!)。

棕白色相间的泰勒是一个真正的美食家,
它的理想是每天提前一小时吃饭。
假如做不到,也照样有办法,
它就盯着你的午餐看,坐在那里满嘴流口水。

十七

1994 年秋天,贝克 12 岁,泰勒 11 岁,分别相当于人类的 84 岁和 77 岁,也就是说,从理论的角度看,它们已经步入了老年阶段。它们的动作开始迟缓起来。

而且,我也老了。

幸运的是,县政府授权我们招募更多的图书馆员。几乎每星期图书馆都有新技术的导入,据称,这些新技术可以让工作更轻松、更快捷,我们这些老家伙仍然要为掌握新技术而苦心钻研。新来的年轻图书馆员对计算机运用自如,他们可以在短短的午餐休息时间里,轻松读完砖头那么厚的使用手册。

我们一个个的临近退休。看到图书馆的运行状况良好,我们这些老家伙都松了一口气。新图书馆员的技术能力很强,现在,大部分图书馆对雇员提出了更高的要求,也就是说,他们必须具备图书馆学硕士学位,这与当年我求职时的情况完全不同。在那个年代里,我就是喜欢图书,我在一张酒单上匆匆写下简历,然后提交给图书馆,居然就被录用了。

我看到图书馆墙上的一行文字:我热爱这份工作,也热爱身边的人们,不论他们是读者还是图书馆员。不过我真的累了。到1994年,我从事图书馆工作已经有十六个年头,我将近65岁,差不多工作了整整五十年,到了该休息的时候了。

＊　＊　＊

没人愿意思考死亡问题,我们也没有时间考虑贝克和泰勒的死亡问题。不过,在图书馆员里,很多人都是热心而经验丰富的养猫人,我们很清楚,猫的寿命很短暂,或许,这是我们很少谈论这个话题的原因。

当然,猫的年龄大了,就有各种各样的毛病,在我看来,褶耳猫是一个强壮而健康的猫种,它们每天都快乐地欢叫着,如果有一天叫不动了,它们的大限也就来临。1994年6月,我注意到,贝克与过去相比安静了很多,它开始变得像泰勒那样,更喜欢和图书馆员一起溜达,而以往它喜欢趴在服务台旁,努力讨好来往的读者。我们一直密切关注着它,对于一只性格外向的猫来说,贝克的举动有点反常,不过我们认为,这只是春寒料峭的缘故,它还会像过去那样,胃口十足,每天都能吃下很多食物。

不过,到了六月下旬的某一天,贝克的呼吸出现困难,于是,我和葛林多医生约好了就诊时间。我把贝克放到汽车里的时候,它还挣扎了一阵,不过力量明显比以前小多了。

鲍伯对它体检的时候,我在心里默默列出一份清单:如果贝克愿意服用鲍伯开出的药方,我一定会拿着清单,到超市去给贝克买很多好吃的,作为对它的奖赏。清单上的食品包括:鸡肉、金枪鱼,还有珍致牌猫粮。不过,看到鲍伯放下听诊器之后,眼光有些游离,我的心一下子就沉了下来。

贝克的肺部积水情况严重,鲍伯用很轻的声音告诉我,他对贝克

十七

的病情已经无计可施。

当年,我和父母迁入热那亚小镇不久,小镇上的男人如果要处理濒临破产的牧场或者患病的猎犬,就会第一时间来找我。当然,他们不会把猎犬带来。我的意思是说,我不会拿着来复枪,把猎犬带到谷仓后面解决掉,虽然很多牧场确实有这种习俗。这些男人甚至不敢把猎犬带到兽医站,对它们实施安乐死手术,在对待狗的死亡问题上,他们似乎有一种莫名其妙的复杂心情。

他们试过摆脱这种心情。哦,看看他们是怎么做的。在去兽医站的半路上,他们会突然停下,转身回家。不过,在路上的某个地方,他们突然会想到,其实我就可以处理这些猎犬。不要问这是为什么。我住在牧场的时候,经常有一辆破旧的小卡车开进我家院子,母亲就叫我出来。我知道接下来我该干什么。

"我就是下不了手。"那个男子用抱歉的语气对我说。他的声音颤抖得厉害,他最忠实的猎犬朋友,牙齿几乎都掉光了,嘴巴流着口水,脑袋靠在他的膝盖上,尾巴重重地敲着墙壁。

我知道,他不会洗这条脏裤子了。他不会要了。

"好吧,"我说道,"我来处理。"

我们小心翼翼地把猎犬搬进汽车内的篮子里,每次肢体接触似乎都给它带来疼痛。它不再像过去那样,张着没牙的嘴巴,老跟着我们后面。我开车的时候,这条狗时常抬起脑袋,通过后视镜观察我。

我该怎么做?我为什么要这么做?我不忍心看到别的生物受罪,不论是人类还是动物。原因就这么简单。在一年多的时间里,我每次见到这位男子,都看到他在流泪。

光阴荏苒,现在该处理自己亲手养的猫了,这不是一件轻松的事情。不过这一次,意义更加重大。

贝克不仅属于我个人,也属于全世界数百万爱它的人们。

"要给您一点时间吗?"鲍伯问。他的声音仍然很平静。

"要的。谢谢。"

"多长时间都可以。"说完,他轻轻地关上了门。

我听见贝克粗重的喘气声,我的手指伸进它的毛发,手指关节以下部分被浓密的毛发遮盖。过去,每次这么做都让我很舒服,不过,这一次不同了。

贝克的呼吸突然松弛下来,我开始警觉。或许它感觉好些了,我姑且抱着最后的一线希望。过了一会儿,我想起来了,鲍伯已经给它服用了止疼药,让它稍微好受一些。

不知道坐了多长时间,不过,我终于觉得时间差不多了。我强迫自己打开房门,对鲍伯点了点头;在此之前,他一直站着门外。

我轻轻拍了拍贝克,看了看正在准备注射的鲍伯。"我很伤心,"他说道。

"我也是。"我应答道,声音有些嘶哑。

* * *

如果有人癫痫发作,我绝对不会坐视不管。我会把布条揉成布团,塞进病人的嘴里,防止病人咬伤舌头。做完这件事情之后,我才会求援。我很难理解,有人接受手术的时候,为什么要大呼小叫,甚至达到歇斯底里的程度。说实在的,无论对自己还是对别人,这样做都没有任何意义。

出现危机的时候,我总是人们的求助对象,我就是这样一个人。无论发生什么不幸事件,只有把事情全部处理完毕,我才回家,才会大声喊叫,咬牙切齿,恶狠狠地把瓷器砸到墙上,发泄一下内心的怨气。

离开鲍伯的办公室后,我想,马上回家也没有意义,我还需要做一件事情：及时告诉人们，图书馆一位倍受爱戴的猫雇员已经离我们而去。开车回图书馆的路上，我在考虑以什么方式宣布噩耗。无论如何，没人（包括我在内）能够想到，从兽医站出来，我的车上已经空空荡荡，没了贝克的身影。

我把消息告诉了所有的人，噩耗很快在图书馆里传开。最初是图书馆员，后来读者也知道了。在图书馆里，所有人的眼眶里都含着泪水。

那天，正好轮到我在服务台值班。我完全无法想象，自己要上百次地告诉人们，贝克已经去世。幸运的是，丹和其他图书馆员自告奋勇，愿意做这件事情。此外，如果我躲进工作室，就看不到读者得知噩耗后放声痛哭的情景。不过，实际的情况却适得其反。我在服务台值班，每隔几分钟都听见有人说，"哦，太可惜了!"或者，"它什么时候去世的?"

我要做的第二件事情，是通知粉丝俱乐部。我要以自己的口吻给他们写信，而不能用贝克或者泰勒的口吻，否则就不公平。

当时学年即将结束，所以我认为，莱斯丽或许希望在学生欢度暑假之前把这个消息告诉他们。

亲爱的全班同学：

我刚从兽医站回来，带给大家一个悲伤的消息。

几天前，贝克开始感觉不舒服，所以，今天我带它去看医生。医生检查后发现，贝克的肺部积水情况严重。目前，没有任何药物或者手术可以缓解这种病痛。有鉴于此，我们共同做出一个决定，不让它继续遭受病痛的折磨，就让它安息吧。

它的外甥泰勒很怀念它。泰勒愿意与它的舅舅分享任何事情。所有与它分享过鸡肉和香瓜的图书馆员，曾经给它带去点心、度假期间给它发去明信片的所有志愿者和读者,都会深切地怀念它。贝克不知道自己已经出名,只知道在自己的家园里生活很快乐,有这么多的地方可以睡觉,有这么多的手可以抚摸它。我们希望,不论它在哪里,都能拥有自己的猫窝。

你们的朋友,简。

那天下午,我在迷糊之中度过了余下的时间。从寄给粉丝俱乐部的一封信里,我摘录了几段文字,组织成一份通知,寄给了当地报社和图书馆杂志社。然后,我又给贝克和泰勒图书批发公司打去电话,告诉他们,他们心爱的一个吉祥物已经去世。

所有应该知道贝克去世消息的人,我都打电话或者写信给他们。做完了这一切,我才收拾东西回家。

此时此刻,我才感到浑身乏力。

第二天,很多读者知道了贝克去世的消息。至少每隔五分钟,就有人来到图书馆服务台,对贝克的去世表示哀悼。

我要做好充分的准备,迎接一位特殊的读者。新一期《人物》杂志已经到了图书馆,按照惯例,费吉尼就要到图书馆来看这份杂志了。我想不出来,听到贝克去世的噩耗,他会有什么反应。

他走进图书馆后,照例轮流问候了一遍所有的图书馆员,“今天怎么样,简? 多伊尔先生还好吗?”他突然停住了,“贝克呢,它还好吗?”

我艰难地咽了一下口水。

“贝克已经死了,费吉尼先生,”我费劲地说道,“很抱歉。”

他并没有皱起眉头,或者显出悲伤的神情。相反,他只是感到困惑。“贝克死了?”

我点了点头。

"什么时候?"

"就在昨天。"

他转过身,朝着阅览室走去。然后,他从报架上取出《人物》杂志,坐了下来,开始阅读。

还不错,我这么想。他平静地接受了这个事实。这个结果,比我们所有人的预期都好。

但过了十五分钟,他又来到服务台。"贝克还好吗?"他再一次问。

"不好,费吉尼先生,贝克已经死了。"

他的脸上再次流露出困惑的神情,然后就走开了。这次他朝着传记类图书的区域走去。我努力集中精力,继续办理读者的还书手续,不过,我的脑子很乱,什么事情也做不了。

我决定给服务台的图书馆员做一个手势,请他们告诉费吉尼先生贝克去世的消息。毕竟,在此之前,已经有很多人询问贝克的去处,费吉尼先生不是唯一一提出询问的人。我又把上次寄给粉丝俱乐部的那封信修改了一下,请图书馆员按照这封信的口吻告诉费吉尼先生。

我把信件放到服务台上,这时候,费吉尼先生走了过来,再次问我:"贝克到底在哪里?"

遇到这种情况,别人可能要大发脾气,但是,我很理解费吉尼先生的心情。和费吉尼先生一样,我也不喜欢变革。我的脚下有一块地毯,我用了将近二十年,有一天终于处理掉了,我因此而难过了很长时间。

"贝克已经死了,费吉尼先生,"我对他说,"所以,我们更要关心泰勒。"

"因为它失去了贝克?"

"对,确实如此。我们失去了贝克,我们都很怀念它。"

他又回到了图书馆;在那一天里,我们和他多次重复了这样的对话。看来,他想清楚了这件事情,只是想和我再次确认。

有一次,我看到费吉尼先生没有走进阅览室,也没有走到传记类图书的书架旁,而是在图书馆里到处走动,查看塞进桌子下面的椅子、书架,还有一排排图书的背后,甚至还查看了儿童读物区域。在图书馆转了两圈之后,他没有借书就离开了图书馆。

第二天到了图书馆,他照例轮流问候了所有的图书馆员,就是没有问到贝克。

"泰勒还好吗?"他问。

我咬了一下嘴唇。"它依然很难过,"我应答道,"不过,它感到难过也是正常的。"

他把几本书推到我的面前。"哦。"他的目光朝下,嘴唇皱成了一团,然后,朝着传记类图书的区域走去。

我必须给与他足够的信任。在例行的问候清单里,费吉尼先生已经删除了贝克的名字。对他来说,这不是一件容易的事情。不过一旦做出决定,他就安心了,似乎贝克就从未存在过,至少他认为如此。在他的世界里是没有痛苦的,只要生活可以持续就好。

这是我和费吉尼先生又一个共同之处。

* * *

我们渐渐接受了贝克去世的现实。但每天至少还会有那么一次,一些还不知道贝克去世的读者和爱猫者来问我们,贝克究竟去了哪里,我们的记忆再次被唤醒:贝克已经离我们而去了。如果那个时候就有 Facebook 或者 Twitter 这样的网站,贝克去世后不到十分钟,人们就能知道这个信息。不过在 1994 年,如果想在杂志上刊登

十七　　　　　　　　　　　　　　199

消息,需要等待几个月,而且,即便杂志届时刊登了消息,很多人也没有机会看到。这就意味着,在很长的时间里,我们都要忍受感情方面的煎熬。

很多孩子曾经在猫乐园里和贝克度过快乐的时光;我们很难向他们解释,贝克怎么就突然不见了。安慰孩子的任务,就落在我的身上;不过奇怪的是,这竟然让我好受了一些。经常和孩子接触,让我深切地感到,孩子们有多么喜欢贝克,这让我感到宽慰。

举办悼念贝克的活动有助于我们寄托哀思。我们计划在贝克生日当天举办追悼活动,那一天是 10 月 6 日。我们还决定竖起一块牌匾,并种植一株山楂树。贝克和泰勒图书批发公司捐了款,一些孩子也踮着脚尖,站在图书馆服务台旁边,举着一把把零钱和皱巴巴的纸币,然后塞进罐子里,作为贝克追悼活动的基金。

几乎与此同时,慰问卡片和作为礼品的猫薄荷草,也持续不断地寄给泰勒。全国各地的图书馆员都打来电话表达哀悼之情,很多读者也捐赠图书,以这种方式寄托对贝克的哀思。

马丁·艾丽斯女士是澳大利亚悉尼市一家图书馆的馆长,她给我们寄来了一封信。我认为,这封信恰如其分地表达了人们的普遍心声:我们这两只憨态可掬的图书馆之猫,赢得了全世界人们的由衷喜爱。

艾丽斯在信里写道:"我们觉得,我们都认识它。它和泰勒的巨大招贴画就挂在我们图书馆的工作室里;贝克的小脸蛋上,常常浮现出庄重而睿智的表情,给所有人都带去快乐。我谨代表所有热爱它的人,感谢你们精心地照料贝克。我认为,贝克是一只伟大的图书馆之猫,完全有资格在约翰逊医生的'名猫录'里占有一席之地。"

十八

贝克去世之后,所有的人都很难过。不过更糟糕的事情是,泰勒终于意识到,贝克很久没在图书馆露面,这超出了合理的程度,于是它做出了反应。

如果说,贝克和泰勒的关系已经达到如胶似漆的程度——这种说法或许有点夸张——不过至少,它们很少真正分离过。贝克去世后的几天里,泰勒开始寻找它。它或许以为,贝克外出的时间太长了,毕竟,以往它们分离的最长时间,是在兽医站度过的两个夜晚。泰勒在图书馆里转了好几圈,检查了平时常去的所有地方,都没有看到贝克的身影。泰勒重新回到工作室,发出"哼哼"的叫声,然后跳到阿富汗地毯上。

或许,贝克明天就回来。

到了第二天,贝克还是没有回来。又过了几天,泰勒开始焦躁不安起来,至少每隔一小时,就在图书馆里走一圈,在书架间上下跳动,时而在书架搁板上嗅嗅,伸长脖子,朝着桌子张望,发出"喵喵"的叫声,似乎等待着贝克的回应。

但是,什么回应都没有。

于是,泰勒拉开一些抽屉查看,贝克就喜欢藏在这种地方。它又跳到窗台上……可能我们把贝克藏在窗户外面了。

依然不见贝克的踪迹。

然后,它无助地对着我们叫,似乎是说,快把贝克领回来吧,快把贝克领回来吧。我轻轻地拍了拍它的脑袋,心里感到很难过。显然,我们无法帮助泰勒,于是,它又跳到地上,继续寻找贝克。它会一直搜寻下去,直到筋疲力尽,灰心丧气,最终瘫坐在地板上。

我理解泰勒此刻的感受。尽管贝克已经去世,但是出于习惯,我还经常凝视早晨洒满阳光的那个窗台,还有服务台上计算机显示器的顶端,仿佛贝克还在那里。贝克已经离去,泰勒每天还在四处搜寻,却毫无结果,我的内心倍感煎熬。看到泰勒还在搜寻,我就轻轻地拍拍它,表示安慰之情。我给了泰勒更多的关照,其他人也是这样。

这种状况持续了几个月。每天我到图书馆,打开工作室的门,泰勒就神情坚定地跑了出来,似乎对我说,今天一定能找到贝克。过了几天,它的叫声越来越响,寻找贝克的时间也越来越长。或许它认为,只要搜寻得再仔细一些,就一定能找到贝克。

我们已经公开宣布,图书馆不再养猫,但是,所有的人都为泰勒而难过。他们认为,图书馆应该改变这个决定。几乎每天有人推荐贝克的候选者。几位饲养苏格兰褶耳猫的人士提出,他们愿意免费提供小猫。当然,我们预料会出现这种情况。不管怎么说,我们应当承担起一部分责任,努力构筑这个猫种的人气,因为在过去的十年里,在全美国各地的图书馆或者书店,数百万人看到了挂在墙上的招贴画,招贴画的画面就是苏格兰褶耳猫。

贝克和泰勒图书批发公司很快为我们提供了另一只猫,他们要给泰勒找一个伴儿。当然,再找一个猫伙伴,或许让我们好受一些,也有助于缓解泰勒悲伤的心情。

不过,图书馆董事会最近做出了最终的决定,不再寻找贝克的继任者。以前一些读者患有过敏症,对图书馆养猫的做法有过抱怨,图书馆董事会是否会做出有利于我们的决定,这一点还不明确。此外,我们也不清楚,如果我退休了,在以后的十五年甚至更长的时间里,图书馆是否还有人勇挑重担,悉心照料和喂养另一只猫。

我看了看泰勒,心里暗暗地想:"现在就剩下你和我了,孩子。"实际情况确实如此。我和康斯坦丝在图书馆工作的时间最长,是图书馆里仅存的两位"老人儿"。泰勒和我是同病相怜的一对。我们身边的世界变化太快,技术更新频繁,社区发展迅速,要跟上这种节奏,确实困难重重。我们慢慢变成了老古董,或许,我的守旧程度要超过泰勒。毕竟,只要泰勒还在,人们就愿意来图书馆。否则不论白天黑夜,人们都能通过互联网查到所需的信息,谁愿意还来图书馆?

现在,人们利用家庭计算机,就能进入 America Online 和 CompuServe 这样的网页和门户网站,不过在 1990 年代中期,网络资源还处于初步发展的阶段。网络社区的发展,是图书馆界讨论的一个热门课题。网络资源的发展,将对图书馆工作产生什么影响?如果读者可以自己动手查询信息,这是否意味着,图书馆员已经被时代淘汰了?机器人会替代我们,在图书馆服务台为读者提供服务吗?读者可以自行外借图书吗?想到这里,我们甚至还要追问,图书还有必要存在吗?

贝克去世以后,泰勒和我的关系更加亲密了。泰勒悲伤的时候,就用更多的时间趴在图书馆工作室里或者服务台上,和我共度时光。它依然没有放弃搜索贝克,因此,只有当它想去书架或者地上搜寻的时候,才会走进图书馆的阅览区域。

* * *

不过,那时候有一件有趣的事情。泰勒悲伤了几个月后,似乎接受了贝克去世的事实。或许它在想,即使找不到贝克,至少也可以仿效它的做法。它开始在服务台周围溜达,在书架之间徘徊;这不是为了寻找贝克(尽管每天仍然常规搜寻),而是寻找那些手里没拿东西的读者,在他们浏览图书的时候,可以顺便安抚一下自己。泰勒不像贝克那样善于交际,这是它的明显弱项,不过我们注意到,努力接近读者的做法,终究让泰勒好受了一些,也让我们心情变得轻松了一些。

到了九月份,又一批二年级学生自动成为贝克与泰勒粉丝俱乐部的成员,他们都是莱斯丽执教的那个班级的学生。莱斯丽告诉学生,原来图书馆里有贝克和泰勒这两只猫,现在只有泰勒了。我真为莱斯丽感到高兴。

通常的情况是,进入新学年后,新的二年级学生给我们寄来第一批信件后,我才给他们写信。不过,这次我主动给他们写了信,因为我考虑,这可能有助于莱斯丽的俱乐部组织工作。既然贝克已经不在,再单独以泰勒的口吻写信就很不合适,我只能以自己的口吻写信。我感到欣慰的是,这样的一群孩子,还有一位感情细腻的成年人,和我们同样地怀念贝克,他们中间的很多人,甚至都没有机会见到贝克。

亲爱的全班同学:

贝克发病之后,很快就离我们而去。我在兽医站里和它道别。所有的人都哭了,我们知道,难受的时候,哭出来就好受多了。我们不会忘记贝克,它是一只独特的猫。真的,贝克喜欢所有的人,几乎所有的人都喜欢贝克。

在很长一段时间里,泰勒一直寻找着贝克,它去过贝克睡觉的所有地方，而且，它不停地叫着，呼唤着贝克。泰勒不喜欢别的猫（它的嫉妒心很强），但是，它真心喜欢贝克叔叔，在我们看来，它希望我们想出办法，让贝克死而复生。现在，面对到图书馆来的读者，泰勒显得格外友善。它长时间地坐在一把硕大的椅子上，等候办理图书外借手续的读者可以很方便地抚摸它。祝你们生活愉快，学业进步！

爱你们的
简和泰勒

很多人给我们寄来信件和吊唁卡，我们也回复了感谢卡。我们把感谢卡也寄给这个班级的学生。这种感谢卡是贝克和泰勒图书批发公司制作的空白卡片，上面有公司的标识图案，图案上方画着两只并排而坐的猫。所有的图书馆员都在卡片上签了名，我在公司标识图案下面，写下"我们也很难过"这一行字。在贝克画像的两侧，我还画了一对天使的翅膀，天使的脑袋周围有一圈光环；此外，泰勒脸上流出了滴滴泪水，流淌到脚下，形成一个小水坑。

寄出感谢卡之后，不到一个星期，我就收到了回信。莱斯丽布置学生撰写吊唁卡、制作书签，绘制以猫为主题的图画。学生们在每张贝克的图面上，都画上了一对天使的翅膀，还有一圈光环。

他们还给图书馆寄来一本图画书，书名是《老猫》，作者是芭芭拉·莉比。在这本书里，一只老猫回忆了以往的生活。我坐在桌子旁，一边安抚着泰勒，一边读完了这本书。

* * *

1994 年 9 月 12 日清晨，床头的闹钟刚响过几声，卡尔森山谷地区就发生了地震。这次双泉坪地震的震级达到里氏 6.0 级。我们无法抵达塔霍地区，因为地震导致金斯伯里高等级公路出现几处塌方，而这条公路是通往塔霍地区的主要通道。

本地上次震级较大的地震，发生在 1984 年，震中位于加利福尼亚州。当时，贝克和泰勒刚刚成为《旧金山纪事》头条新闻的内容，图书馆里一片欢腾，就在那时，书架开始晃动。这次地震的震中位于图书馆东南方向十三英里，根据我的判断，这次地震距离很近，情况很危急。

当时我认为，本地的人口增长态势将会停滞，然而实际的情况是，大量人群依然源源不断地涌入本地。我在一封信里和莱斯丽开玩笑说，她应当"在我们完成城市化之前"，尽快拜访我们图书馆，我还开玩笑说，"我们甚至再次启动了地震，试图驱散不断涌入的人群。"不过，也有一些图书馆员指出，频繁的地震现象实际上起到了相反的作用，人们反而觉得本地具有更大的吸引力，证据是仍有很多人从加利福尼亚州迁徙到这里定居。不过，我热情邀请莱斯丽来访的主要原因，是想请她亲眼看看两只名猫之一。尽管泰勒最近的状态不错，但它毕竟已经年迈，很快就要迎来十二岁的生日。

1994 年 10 月 6 日，我们举办了贝克的悼念活动，那天是它十三岁的诞辰。我们在图书馆前种下一棵开着深红色花朵的山楂树，还挂起一块牌匾。我有一个奇妙的想法，如果泰勒的大限也到了，我要再种一棵开着白色花朵的山楂树，这样，两棵树的树枝可以相互嫁接，开出粉红色的花朵，体现着某种美妙的含义。

我们以火葬方式送别了贝克。在兽医站，我手捧着贝克的骨灰盒，不禁泪流满面。开车回图书馆的路上，我竟然笑了起来，我想起每次带贝克到兽医站看病，它都大哭小叫，声音震耳欲聋，我只能打开车窗,让声音飘到车外。事实上,贝克平时很少喊叫,那时候我经常在想,哪天带它去兽医站看病,就把它扔到户外,看看它会不会真是哑巴。我捧着骨灰盒走进图书馆,所有的人看到了我,都停下了手头的工作。

如何处理贝克的骨灰? 放在我的家里似乎不合适,再怎么说,图书馆也是它唯一的家园。也有人认为,如果在图书馆里陈列贝克的骨灰,令人感觉毛骨悚然。

我有了一个想法。

纪念牌匾列出了贝克的生卒日期,但是,我们不能简单从事,更不能竖起一个金属牌匾就算完事,这样容易被人顺手牵羊。我在父母的牧场里生活很多年,从小就知道,要想竖起一块牌匾,必须在地面挖洞,调和水泥,在水泥固化之前,把标杆、绳索或者钢筋插进坑里,当然,也可以把牌匾插进去。有时候干水泥用完了,我们也可以使用其他东西作为填充物,比如碎石头或者灰烬。

灰烬。嗯,让我再想一想……

贝克的骨灰应该留在图书馆。

我给公园管理部门打去电话,问他们什么时候可以竖起牌匾。

"我们需要处理的事情很多。"电话那头的男子告诉我。

显然,由于本地人口的迅速增长,这个部门有些应接不暇。

"要下星期才有空处理这件事情。"

太好了。"办理这件事情,您不必专门跑一趟。"

"能行吗?"他有点担心。

"当然可以,"我做出了保证;经过长期的磨练,我具备了一种难得的能力,可以鼓动完全陌生的人士,以最高的效率为我提供方便。"这种事情我早就驾轻就熟了。"

贝克的骨灰就这样埋葬在图书馆里了。

在追悼活动上，我做了简短的发言，告诉聚集在一起的公众，重要的事情是要牢记，所有的人都在怀念贝克，"只要我们心里还有它，它就没有离我们而去。"我们种下一棵山楂树，还准备了点心和苹果酒，不过没有准备香瓜。当时，香瓜已经下市，如果一定要买，会增加很多麻烦。幸亏不必这么做。

我邀请费吉尼先生参加追悼活动，还准备了很多点心，不过他并没有露面；对于他的这种选择，我不感到奇怪。

我觉得，费吉尼先生可能无法应对这种场面。

在随后几个月里，粉丝俱乐部将完全进入放假模式。他们寄出了圣诞卡、光明节卡和情人节卡，还有一本《情人节之猫》的图书，这是一本 1959 年版儿童图书的重印本，由克莱德·R. 布拉和伦纳德·维斯加德创作，主角是一只脑袋上有白色心状标志的猫。

泰勒一如既往地思念贝克，每星期都要搜索几次图书馆，幻想着有一天贝克还会露面，还像以前那样，相互碰碰脑袋，打个招呼，然后散开，跑到各自喜欢的地方睡觉。

泰勒每天努力和读者进行交流，我很高兴看到这一点。泰勒的交际能力当然不如贝克，但是，它正在努力缩小差距。

另外，它还向贝克看齐，养成了好吃的习惯。

在给粉丝俱乐部的另一封信里，我告诉他们，我们对泰勒存有怜悯之心，在它每天行走的路线上，置放了很多零食和午餐碎屑，这样，它很快就发胖了。

从"家谱"的角度来看，泰勒其实不能算胖。它确实喜欢吃零食，而且经常装出饥饿的模样，试图让新来的图书馆员相信，它至少有一星期没吃东西了。此外，它还喜欢巡视午餐现场，很多人就餐时只吃素食，这是它最不愿意看到的。现在它成了一

只坏猫,每次我给它带去面包圈,它都舔干净面包上的全部奶
油;过去它从未这么干过。

　　它越来越胖,我们不得不对它采取强制性的节食措施。有
时候,人的心情不好,也会吃下很多东西。

我用了很多时间给粉丝俱乐部写信。我担心的是,孩子们收到
信后,知道了贝克去世的坏消息,他们会在心情恶劣的情况下开始新
学年的生活,这是我不愿意看到的。事实上,如果没有再次收到二年
级学生的来信,我就不再给他们写信。多年来,任何人给我写信,我
都以个人名义予以回复,现在,我终于以格式信的方式做出统一
答复。

　　您好:
　　我已经年迈,相当于人类的 84 岁(我的实际年龄是 12 岁),
所以,我不再在图书馆里四处走动。另外,我还有关节炎的症
状。睡眠是仅次于索取食物的重要事情,每位图书馆员来这里
工作,我都向他们索取食物。尽管如此,我依然是一位绅士,我
从来不偷别人的午餐。

当然,这是一个无伤大雅的谎言。在我看来,不必让每个人都知
道,那些奶酪究竟去了哪个鬼地方。

　　我喜欢吃猫薄荷草和火鸡肉。我想有两个小箱子,我还有
一个专用的喝水杯子。对一只猫来说,拥有这些东西就够了。
　　致以最良好的祝愿
　　泰勒

在我给粉丝俱乐部寄去的信件里,这封信似乎缺少点热情,不过我认为,收信人没有参照物可做比较,他们不会在乎这点缺憾。我仍然在每封信上盖上猫爪图章,让每封信都有私人信件的味道。

* * *

进入六月,为悼念贝克而种植的山楂树开花了,这给我们带来巨大的惊喜,因为这种嫁接的树木,通常需要生长四五年才会开花。

在我看来,这是提醒我,贝克是一只不同寻常的猫。

卡罗尔·纳尔逊·道格拉斯

道格拉斯是一位作家,创作了六十余部神秘作品和奇幻作品。她最具盛名的神秘系列作品,都是围绕一只名叫"午夜路易"的猫而展开。这是一只毛发柔滑的黑猫,行事风格十分张扬。她在《假寐》这部小说里,将贝克和泰勒作为主人公,这部小说也是系列作品里的第一部。小说把场景设置在美国书业协会的年会上,这个协会也就是我们常说的美国书商协会,年会在拉斯维加斯举办。小说发表于1992年,它的问世,使道格拉斯和路易成为公众关注的焦点。到2015年,《身穿河马组特装的猫》(组特装:上衣过膝、宽肩、裤肥大而裤口狭窄的服装,流行于上世纪40年代的爵士乐喜爱者之中——译者注)问世,这也是道格拉斯系列作品中的第十七部小说。

贝克和泰勒是那个时代里的大明星,它们的形象几乎无处不在。如果有机会参加任何图书行业的大会,不论是州一级还是国家一级的,你都能看到,那里所有行走的人,手里都提着一个绘着贝克和泰勒画像的购物包。

我一直觉得,这有点像一部超现实风格的电影,导演告诉你,影片里的每个人都身穿同样服饰,表明他们从事着同一个行业。在我们的这个例子里,参加美国书商协会年会的所有人,都拿着一个购物袋,上面印着贝克和泰勒的画像。两种情况十分相似。

在美国书商协会的年会上,如果我想成功地推出《假寐》这部小说,就必须把贝克和泰勒作为小说里的主人公。

刚进入图书出版业的时候,我已经是一位从业多年的新闻记者、编辑和报纸记者。让我惊讶的是,图书出版行业竟然如此复杂与艰难。我创作《假寐》这部小说的初衷,是我希望人们认识到,那时的图书出版业就像一个坚果,或者说,至少像一个另类的坚果。我出版过几部奇幻小说,但是出版业的行事方式历来神秘,我甚至无法得知,我的作品究竟印了多少本。

我很想告诉读者,出版业是如何运转的,因此,在《假寐》的开始场景里,我谋杀了一位编辑。设置这样的情节,我觉得效果不错。午夜路易是系列作品里的一位私人侦探,在会场的地上发现了编辑的尸体,不过,他在这部作品里的主要任务,是寻找贝克和泰勒,这两只猫在贝克和泰勒图书批发公司的铺位里被人绑架,绑架者要求对方支付赎金。阅读神秘小说的时候,你希望故事情节的每个发展方向都出现问题;而我的构思是,小说既有一个作为辅线的神秘问题:如何找到贝克和泰勒;同时,也有一个主要的神秘问题:如何发现是谁杀死了编辑。

贝克和泰勒是苏格兰褶耳猫,在这部小说里,它们都带有苏格兰口音。午夜路易觉得,它们的耳朵是用纸折叠而成的。我了解这两只猫的个性,也了解这个猫种的特点:它们性格温和,自得其乐,喜欢在图书周围长时间溜达,由此成为人们关注的焦点。白天有很多读者出入图书馆，在这样的环境里，它们必须具备博学多才、遇事不慌的特点，当然，它们确实也很有魅力。

它们在《假寐》一书里有着完美的表现。它们的表现给路易提供了一个舞台，让它有机会展示敏捷的思维和张狂的本性。

这部小说揭示了猫和书的有趣关系。人们领养猫，把它看作一种象征，象征着生活中所有体现正能量的事物；猫很沉静，也富有想象力，如果和其他事物发生关联，会给人带来温暖的感觉。如果有猫和图书作伴，你很快就有美好的感觉。

《假寐》一书成为长盛不衰的畅销图书，重印过十二次。这是第一部以贝克和泰勒作为主角的小说，一经问世，便大获成功。这是一个良好的开端；我在以后很长的时间里，可以深入挖掘，继续创作《午夜路易》系列的其他小说。

十九

　　贝克已经离我们而去,但是,粉丝的邮件及相关的宣传活动仍在继续。加里·罗马拍摄了一部纪录片《图书里的猫咪》,讲述了美国各地图书馆之猫的故事;他拍摄的最后一次采访活动,就是对我们的采访。尽管贝克已经去世,但是加里·罗马仍然执意采访我们。在为他安排采访活动的时候,我们告诉了他有关粉丝俱乐部的情况,以及莱斯丽撰写的那首歌曲。

　　"我一定要拍摄这部分内容。"他告诉我。我让他直接与莱斯丽联系。

　　过了不久,他来到了明登小镇。他用了整整一天的时间,拍摄图书馆周围环境的视频资料,还安排我和其他图书馆员在摄像机前接受他的采访。我带来一本相册和一些档案材料,还回忆了有关贝克和泰勒的一些往事。讲述有关贝克的故事时,我的心情悲喜交加;让我觉得遗憾的是,贝克再也不会出现在视频里了。我相信,如果能够拍摄一组镜头,让贝克仰天躺着,乞求人们(严格地说,是所有的人)抚摸它的肚子,这组镜头一定会成为纪录片里最闪光的亮点。

　　加里采访我的时候,我回忆起贝克和泰勒的往事,这些往事已经成为我们的共同记忆。比如,有一只大鹅经常在图书馆周围溜达,每次都向贝克和泰勒发出挑衅,它们气得简直要发疯了。这两只猫喜欢透过玻璃门向外张望,玻璃门外面是一个四面围墙的天井,各种鸟儿还有老鼠都喜欢聚在这里。大鹅一旦溜达到这里,就用嘴猛啄玻璃门,企图抓住猫的身子;我们的这两只猫平时看到的鸟儿,都是在图书馆外面溜达的小鸟,现在,面对比小鸟体积大了五十倍的"大鸟",不知道该如何应付。目睹这有趣的一幕,我开始担心,大鹅可能要打碎玻璃门,把脑袋探进来叼啄。就在这个时候,泰勒突然抬起右侧的前肢,宛如一只处于警戒状态的猎犬。我觉得,泰勒其实并不害怕,只是觉得这一幕非常有趣。我还是认为,泰勒可能成为一条伟大的猎犬。从那以后,我经常把它叫作短毛大猎犬。

贝克年轻的时候,喜欢做一种被图书馆员丹称为"猫类自由式"的动作。它侧卧或者腹部朝下地躺着,四个爪子深深地扣进地毯里,在人前展示自己肥硕的体格。我不知道这是在锻炼它的爪子,还是它喜欢肚子与地毯摩擦的感觉。它要伸长身子,在地毯上盖住三到四英尺的空间才算罢休,然后转到另外一侧,再做一次同样的动作。它做这个动作的时候,显得有些漫不经心,与它故意携带红鞋带到处乱走时的感觉完全不同。人们是否会看着它在地毯上张牙舞爪,贝克并不在乎。

当然,我没有告诉加里,贝克晚年时随处拉屎拉尿;在我看来,发生这样的事情,容易让人们对图书馆之猫产生负面的看法。

加里给泰勒拍摄视频的过程,是这次拍摄活动里最令人悲伤的时辰。在那天的大部分时间里,泰勒都趴在我的桌上睡觉。贝克和泰勒图书批发公司上次拍摄活动至今,已经过去了将近七年,尽管如此,各种款式的照相机依然让泰勒胆战心惊。现在,到了给泰勒拍摄特写镜头的时候了。

泰勒在通道上溜达,通道外面就是贝克早晨打盹的地方,加里紧紧跟着,从泰勒的后面进行拍摄。与往常相比,泰勒此刻的动作有些僵硬,也不再为了寻找贝克而鸣叫,但是,它会在某个地方停下,往后张望一排排的图书;它在行走的时候,脑袋也经常从这边转到那边,来回张望。

以前我没有注意到这一点,不过此刻,我一切都明白了。

泰勒从未放弃寻找贝克。

我完成了在镜头前接受加里采访的任务,为此我很高兴,否则,我只能采取极端措施,才能睁开已经红肿的眼睛。

那天的拍摄工作快结束时,加里一边收拾设备,一边告诉我,他去过爱荷华州一个叫斯潘塞的地方,采访过一只棕色的图书馆之猫,名字叫杜威。我通过"图书馆之猫协会"了解到这只猫的情况。这是一只体格强壮的猫,那里的读者似乎都喜欢它,就像我们的读者喜欢贝克和泰勒那样。

回忆往事让我的心情稍微好了一些,但是,我们每天依然挂念着它。贝克已经去世,我们的生活出现了无法弥补的缺憾。

* * *

我把退休日子定在 1997 年 10 月底。

在退休前的一年里,各种事情应接不暇。有时候,收到粉丝俱乐部寄来的贺卡和信件后,我不得不拖延一段时间,才有空给他们回信。有一天,一个学生寄来一封信,他在信里说,他们担心泰勒不再和他们做朋友了。哦,天哪,我都干了什么?

我马上给他们写信:

亲爱的全班同学:

请记住,我永远是你们的朋友,而且,贝克也在注视着所有的人,它要看看你们是否读了很多书。我想念贝克叔叔,图书馆读者也想念它。现在我是图书馆里唯一的猫了,读者对我特别好。

我浏览了一遍所有信件,回答了其中的部分问题。

我不吃老鼠。图书馆里的人们给了我更美味的食物,而且,大多数老鼠都怕我,它们不敢到图书馆来。

我并不孤单,图书馆里整天都有很多人。

每天早上我在读报的时候,身边总有一位老年人,他就是为了看报,才到图书馆来的。我读了很多体育新闻,不过,我更关注球类和捉迷藏的游戏。我最喜欢(道格拉斯县)的各种老虎队:老虎足球队、老虎棒球队、老虎篮球队、老虎橄榄球队、老虎排球队、老虎网球队、老虎游泳队。在我看来,他们都是我的亲戚。

谈到工作职责的问题,现在我已经步入老年阶段,把任何事情都看得很淡。目前我的一个重要任务,是处理散落在椅子上的毛发。用胶带把毛发吸走,需要花费不少的时间呢。

泰勒向你们问好。

在信纸上盖好猫爪印章之后,我开始意识到,贝克去世之后,这是我第一次以泰勒的名义给他们回信。

我开始向其他的图书馆员交接养猫的重任,即便如此,我也发誓要在能力所及的情况下,继续给粉丝俱乐部回信;每次给他们回信,我都有一种美好的感觉。

* * *

1997 年元旦刚过,来势凶猛的洪水就呼啸而来,给卡森谷地区带来灾难,整个地区一片狼藉。图书馆倒没有受损,不过,通往小镇的各条道路出现堵塞现象,所有的人都无法上班,我们没有其他选择,只能关上图书馆的大门。和上次一样,因为我住得近,只有我能到图书馆去。我每天要到图书馆照看泰勒。泰勒的社交能力日趋成熟,开始喜欢每天与读者、图书馆员、访客进行交流。如果图书馆关了门,又没有放它出去迎接读者,它就在工作室里来回跺脚,对我明显地表示不满。

大约一个月之后,传说本地即将发生爆炸事件,所有的建筑物,包括图书馆在内,都关上了大门。我们把读者从图书馆里疏散出去,但仍然把泰勒留在馆里,因为在我们看来,不论什么人制造爆炸事件,都会首先把目标对准法院、监狱、警察局,最后才对准图书馆。

除了地震、洪水和爆炸威胁,我们每天的工作也是满满当当的。

我感觉很累。我很难完成每天的工作任务,原因之一是我进入了老年阶段,原因之二是我已经达到身心负荷的临界点;在过去的很多年里,我适应了不断增大的工作压力,我的应对之策是提高工作效率,利用图书馆星期日闭馆的机会加班加点,还可以抽空照料猫的生活。

我开始积极筹划1997年秋季后的退休生活。我下定决心,不论将来做什么,我都要每天去图书馆看望泰勒。我最不愿意看到的事情,就是让泰勒误以为我抛弃了它,听凭它在图书馆里四处溜达,让它不停地叫我,以为我躲在某个抽屉里。

* * *

我最终做出退休决意的日期是1996年5月2日,我母亲就是在那天去世。她的身体状况很差,多年来一直住在疗养院里。从某种意义上说,她的去世也是意料之中的事情,尽管如此,这对我仍然是一次沉重打击。母亲的去世让我突然意识到,到了该做决定的时候了。

俗话说,有其母必有其女。在我童年的时候,母亲就不擅长做饭,收拾屋子也不是她的强项。离婚之后,我搬到父母的牧场居住。母亲还是老样子,怎么省事怎么来。比如,如果需要清理冰箱里的蔬菜盒子,她就牵来一头名叫"潘恩"的山羊,或者一匹名叫"天使"的马儿,有时把这两个动物都牵来,把它们带进厨房,然后打开冰箱门,放任它们吃光所有的剩菜。对此我也无话可说,如果让母亲处理冰箱里的剩菜,还不如让动物去做,因为这样更快捷、更方便。

最近,我经常长时间地回忆往事;我想起了两只猫和我的母亲,想起了卡森谷地区的一草一木。

母亲骨灰扬撒后的第二天,我得了重感冒,过了很长时间才恢复健康。

我觉得,这是一个信号,表明我做出的退休决定,是一个正确的决定。

* * *

泰勒也在渐渐变老,开始不停地掉毛。每隔几天,我在图书馆巡视的时候,都要带上一卷胶条,看到地上有泰勒掉下的猫毛,我就用胶条把它们沾上,然后进行清理。

到了1997年的秋季,新的学年又开始了。粉丝俱乐部的成员,又给我们寄来一批绘画、书信和问卷。写回信的时候,我的心情十分复杂,因为我知道,我给他们写回信的次数不会太多了。

我看了看泰勒。这些天来,它经常躺在我桌子旁边那块阿富汗地毯上。从现在算起,还有一个月我就退休了。康斯坦丝答应过我,等我退休之后,她将承担起照看泰勒的责任。

我决定抽出时间写信,写信的过程让我感到愉悦。

亲爱的全班同学:

你们寄来的卡片和绘画都收到了,非常感谢。你们的颜色鉴赏能力比我强多了。我是一个色盲,不懂绘画,不过我有一身柔软的皮毛,叫声也很好听。

我为什么吃得很多?说实话,我都不知道,我还有没有下一顿饭吃。大家知道,今年冬天会出现厄尔尼诺现象。我不清楚,这会不会影响我的伙食,但是,安全总比遭殃强,还是有必要为漫长的冬季备好食物。

现在,我强烈地感到,那张婴儿床对我具有多么大的吸引力,它其实就是贝克和泰勒图书批发公司的一个书箱,书箱边上还留着我的牙印。天气越来越冷,我想在图书馆里找到几个采光最好的地方,作为早晨享受阳光浴的场所。

嗯,到了下午睡第三觉的时候了。我不明白,人为什么就不多睡一会儿。反正,他们是不明白我为什么喜欢睡觉的!

爱你们的泰勒。

我不确定,是否再给粉丝俱乐部回一封信,就到了我该退休的时候了。不过,这肯定是我以泰勒名义回复的最后一封信了。

* * *

我退休的一个月前,葛林多博士给泰勒做年度体检的时候,发现它的身体里有一个癌肿块。

我问博士,泰勒现在是否很痛苦。

"现在它不会疼痛,"他回答道,"不过要密切关注它,如果病情有发展,就赶紧把它送来。"

我在退休前的最后一个月里,需要完成很多工作,包括一些案头工作和几次聚会;那几天工作的时候,我很多次地意识到,这或许是我最后一次征收罚款、最后一次给图书上架、最后一次在服务台值班了。

给贝克和泰勒图书批发公司发图书订单的时候,我通常会订几本自己想读的图书,这一次我加了很多神秘小说的订单,等到退休了,我就有足够的时间阅读这些小说;过去,因为工作压力太大,我只能拿到什么书就读什么书。

退休前的最后一天,我用很多时间与泰勒相处,我轻轻地抚摸它,不时地与它交谈。有几次它跳下桌子,或者朝着放饭碗的地方走去,或者朝着睡觉的纸箱走去,有的时候,它会把一些读者送出图书馆;它走路的时候,显得有点小心翼翼。一旦踩到地面,它就先抖一下爪子,再抖一下另外的几个爪子,然后神情紧张地向目的地慢慢走去。

康斯坦丝终于打来电话,她的话简明扼要:"时间到了。"

"好的。"我应答到,然后挂上电话。

与平时一样,我开始静下心来,集中精力考虑手头的工作。我觉得,以后的日子会很难过,即便是现在,没了可以让我转移注意力的那些工作,我仍然难以忘记这个事实:泰勒不再与我共处,我很担心,如果没了泰勒,以后的日子该怎么过啊。

我格外怀念读者和图书馆员。我很清楚,自从贝克去世,图书馆再也没有原来那种生气勃勃的氛围。尽管如此,图书馆里至少还有另一只猫,也就是泰勒。

现在,图书馆里连一只猫都没了。图书馆里的氛围也永远地改变了。过去,图书馆员和读者可以随意抚摸泰勒,用脸和泰勒的毛发轻轻相蹭,让心情彻底放松,现在,他们什么都没有了。

有生以来的第一次,我感觉待在任何地方,都比待在图书馆里幸福。

不过首先,我要抱抱泰勒。

* * *

这是圣诞节前的一天。

我开车到图书馆,从后备厢里取出小推车。我听到了一些传闻。我走到图书馆的走廊,一些图书馆员匆忙地对我说:"我很抱歉",另一些图书馆员回避着我的目光。

泰勒蜷缩在它习惯的那个地方,也就是旧桌子旁那张阿富汗地毯上。我想过去抱抱它,不过,我马上改变了想法。

我要先做一件事情。我对计算机做了个手势。

尽管不再是图书馆正式员工,但是,我愿意作为图书馆的代表,最后一次履行工作职责。我不能让任何人代替我做这件事情。

我坐下来,开始写信。

亲爱的贝克和泰勒粉丝俱乐部:

很高兴收到你们的来信。我把它们放在图书馆儿童阅览室里,这也是我睡觉的地方。你们有些人问我多大年纪。我已经十五岁了。如果换算成人类的年龄,我已经105岁了!作为一只猫,我已经十分老迈。我的身体出了大毛病。我得了癌症。今天是一个糟糕的日子,简要带我去看兽医。她会设法让我安眠,这样,我就不会伤害别人了。

面对死亡,我有点悲伤,我怀念你们的所有来信。我期盼继续收到你们的来信,还有克莱姆小姐寄来的那些有关猫的图书,在这些好书上面,有你们全班同学的签名。在图书馆的圣诞树上,我们放上你们的圣诞贺卡和光明节贺卡。你们制作的天使形象,看上去与我很像! 在猫的天堂里,我会成为真正的天使。

写到这里,我停顿了一下。距离我上次坐在这张椅子上到现在,已经两个月过去了。我感到熟悉,同时又有隔世之感。我有千言万语要表达,却不知道如何下笔。

　　我想请克莱姆小姐为你们朗读辛西娅·拜康德创作的《猫的天堂》一书。我要去猫的天堂,去看望已经在那里的贝克。我想它。
　　到了该离别的时候了。感谢你们把我当朋友看。在我的内心,贝克和泰勒粉丝俱乐部永远都占据一个位置。
　　爱你们的,泰勒

我打印了这封信,趁着还没忘,赶紧把它折好。
　　我不想赖在服务台不走,但是,如果缺了一样东西,这封信就是不完整的。我拉开抽屉,取出印章和印台。我拿着猫爪印章,在印台上重重地沾一下印泥,然后在废纸上试着盖了一下。印泥有点干巴了,我猜测,自从我上次用过之后,大概就没人再用过它。
　　我更使劲地摁了一下,停留了几秒钟,最后一次把泰勒的爪印盖在信的末尾。我不知道盖章用了多长时间,不过我知道,这是我最后一次以泰勒的名义给粉丝俱乐部回信了。
　　最终,我抬起印章,让它脱离了纸面,我担心纸面上的印章油墨太重,担心印章偏离原来的位置。
　　印章盖得很完美。我对着油墨扇风,让它尽快干燥,然后,把信纸折叠好,放到信封里。

现在,我的事情都做完了。我轻轻地抱起泰勒,哄着它,慢慢把它放到小推车里。

* * *

它没做任何挣扎,乖乖地趴在小推车里。

离开鲍伯的办公室,我回到了图书馆,清理了泰勒睡觉的纸箱、吃饭的小碟,把它的玩具放进一个袋子。谁都没说话。人们不知道该说什么好,所以,干脆躲着我。不过我知道,他们保持沉默,还因为他们明白,这是道格拉斯县图书馆的最后一只猫了。

我朝图书馆大门走去,看到门口的圣诞树上,还挂着粉丝俱乐部有关贝克与泰勒的蜡笔画。

我狠狠地咽了一下口水。丹和卡罗琳站在服务台旁,脸色很难看。

在通往图书馆大门的走道上,我遇到一位不认识的妇女。她可能是一位新读者,也可能是一位前来看猫的访客。不管是哪一种身份,我知道,她问的第一个问题是什么。

"泰勒在哪里?"或者,"那只著名的图书馆之猫在哪里?"

那天,我再次感到如释重负:我不必留在图书馆了。

我定了定神,开车经过几个街区,回到了家里。所幸,一路平安无事。关上家里的大门,我一下子瘫坐在沙发上。米西·麦克跳到沙发上,坐到我的身旁。我俯下身去,把脸深深地伏在它的毛发里。

二十

　　和贝克去世的时候一样,泰勒去世的讣告,也刊登在全国各地的报纸和杂志上。我们把泰勒的骨灰埋在贝克的骨灰旁,并且竖起一块碑,标志它的安息之地。

　　与以前相同的是,慰问卡片、赠书以及问候电话依然蜂拥而至;与以前不同的是,我不再阅读来信,也不再给每个人回信,所有信息都通过康斯坦丝与卡罗琳转告给我。

　　我退休了,为此我很欣慰。我还记得,贝克去世后的几星期里,我们忍受了痛苦的煎熬,读者或者爱猫访客的每次问候,都让我们的心情沉重。

　　不过那个时候,我们至少还有泰勒。现在,也就是三年之后,图书馆已经没有猫了。我知道,所有的人都因此而心痛。

　　"再好的事情,也有结束的时候,"卡罗琳对琳达·赫勒说,后者是《记录快报》的记者,"所有的人都很难过,甚至比贝克去世时还难过,这是因为,图书馆养猫的这个年代,就这样永远消逝了。在过去的十五年里,我们拥有贝克和泰勒这样的亲密伙伴,现在,一切结束了,我们很悲伤。即使能够找到替代的猫,它们也不是贝克和泰勒了。"

　　当然,卡罗琳说得很对。泰勒去世后,在当地的超市里,一位读者多次问我,你们为什么不养猫了? 之后,我接到了越来越多的类似抱怨。图书馆里没了猫,一些读者觉得很不适应。我含含糊糊地赞同他们的意见,不过我也知道,即便再弄来两只猫,哪怕弄来长相很像贝克和泰勒的苏格兰褶耳猫,他们仍然会抱怨,原因很简单,因为他们爱的只是贝克和泰勒,他们不爱其他的猫。

　　如果它们连苏格兰褶耳猫都不是,那就算了吧。否则要闹翻天了。

　　泰勒去世之后,我第一次见到比莉·莱特米尔,她告诉我,她来过几次图书馆,每次都有怅然若失。"就像失去一位朋友,"她谈道,"它们离开了我们,图书馆显得冷冷清清的,弥漫着冰凉的气息。"

　　我从丹那里得知,得到泰勒去世的消息后,费吉尼先生作出了和他听到贝克去世消息时同样的反应;不过这一次,他和其他人一样,也希望知道,增补的猫什么时候在图书馆亮相。

　　"猫成为他日常生活的一个部分。他与外部世界沟通的过程里,猫发挥了重要作用。不过现在,两只猫都离我们而去了。"丹告诉我,"几个月之后,我们开始考虑再养一只猫,他不断地寻问进展如何。"

　　卡罗尔是负责儿童事务的图书馆员。我退休以后,她承担了撰写信件和慰问卡片的任务。第二年二月份,她给我看了她寄给粉丝俱乐部的信。

　　"我们都想念着泰勒,"她写道,"图书馆里到处都有散落的猫毛,我们只能给椅子重做椅套,因为猫毛已经嵌入椅子的纤维里,无法清理干净。就在今天,一位读者又来寻问,泰勒去了哪里。人们仍然不愿意相信,这里已经没了泰勒的身影。很多人希望我们再养一只猫,但是,我们只能告诉他们,图书馆董事会对此事进行了表决,结论是不再养猫。"

我没看到粉丝俱乐部的回信,也没看到莱斯丽的回信。

事实上,我尽量远离图书馆。毕竟,我已经退休了,另外,图书馆养过两只长着有趣耳朵的猫,那时的图书馆是一个生机盎然的地方,现在的图书馆充斥着感伤的气氛,拜访这样一个地方,让我感到郁闷。那里没有了猫,如同死去一般,了无生机。一到图书馆,我的内心就很难受。

每星期我要去几次图书馆,毕竟,我要去那里借还图书。不过说实在的,除了还书、借书,与过去的同事简短地开个笑话,我没有理由长时间待在那里。我知道,这里的每个人都很忙,顾不上和我说话。

从图书馆员的角度来看,图书馆的变化很明显:一位倍受宠爱的永久雇员已经离开了他们,这不可能不影响图书馆的氛围。丹·多伊尔觉得,一夜之间,图书馆的整体氛围就变得冷冷清清。"它不再是社区里一个与人为善的图书馆了,"他说,"虽然它的人情味依然很浓,还是一个小巧玲珑的图书馆,但是,我们的感觉已经完全不同。"

我知道,我退休之后,图书馆一定会有变化,不过,我不会过分高估自己的作用。在形成和维系社区凝聚力方面,贝克和泰勒发挥了重要的作用,它们改变了图书馆的面貌,图书馆不再仅仅是一个借还图书的地方,而成为社区的活动中心。

* * *

刚退休的时候,我感到心烦意乱,这种状态大约持续了六个星期。我是在说,有多少次收拾家务,打扫卫生,然后走出户外,在巴掌大的院子里干点闲活儿,连我自己都数不清了。

我依然喜欢阅读。从童年时代直到现在,尽管有很多事情要做,比如,要到学校上课,要抚养孩子,要从事全职工作,要给粉丝俱乐部回信等等,但是,我仍然挤出时间用来读书。在我的生活里,每一天都在忙碌,有时候一天要连续工作十八个小时,想要享受休闲的生活,是一件很不容易的事情。现在,我突然清闲下来,这就像开车时,在没有系上安全带的情况下,车速突然从时速 60 迈变成完全静止的状态,让我无所适从。

退休生活已经开始,暂时还没有明确的计划,我感到焦虑不安。想读书的时候,只能在一两个小时里集中精力,余下的时间就精神涣散,无所事事。另外,我需要每天与人接触,不能总是一个人待在家里。

基于以上想法,我接受了一份县政府办公室的兼职工作,这份工作很适合我,因为在工作之余,我还有时间读书,对退休生活做出规划。

过了一两年,我辞去了这份兼职工作。第二次退休后发生的事情,让我很难过。

1998 年春季,粉丝俱乐部寄来最后的一封信。莱斯丽把信寄给卡罗尔,我去图书馆的时候,卡罗尔给我看了这封信。

"九年前二年级学生写信的情景,就像昨天的事情,"她在信里写道,"这些孩子现在已经是高中生了。他们也开始谈论变老的感受了……在过去的九年里,将近两百名学生成为贝克和泰勒粉丝俱乐部的成员,对他们来说,这是一段非常宝贵的经历。"

以我个人的观察,我不知道,莱斯丽能够在多长时间里,继续维系粉丝俱乐部的运行。令人难以想象,她居然是从一张猫的招贴画着手,筹建这个俱乐部的;而且,不论是学生还是她本人,甚至都没亲眼见过贝克和泰勒。我经常感慨,这一切是多么奇妙啊。

莱斯丽给图书馆儿童读物部门寄来三本连环画:因加·莫尔创

作的《吃六顿晚餐的猫》、艾伦·斯诺创作的《有关猫的真相》,以及普里莫罗斯·洛克伍德和克拉拉·乌里亚米联合创作的《猫孩儿!》。对她寄来的图书,我一直评价很高,大部分图书我都知之甚少。我推崇这些图书的价值,是因为莱斯丽是选书的行家,所选的图书展示了世界各地猫的真实天性。她的这方面能力,正是我缺欠的。

不过,他们告诉我一个重要消息:贝克和泰勒粉丝俱乐部完成了历史使命,已经不复存在。

* * *

加里·罗马拍摄的纪录片《图书里的猫咪:图书馆之猫冒险记》,于 1998 年正式发行,并且在波士顿美术博物馆举办了影片首映式。在随后的招待会上,他预备了几大碗香瓜和酸奶款待与会者,以这种方式纪念贝克和泰勒。

影片的录像带发行后,我看了录像。录像画面显示,泰勒为了寻找贝克,神色悲痛地在书架之间来回穿行。面对这样一幕,我难过地转过脸去,不忍再看。

很多人都有相同的感受。贝克和泰勒图书批发公司的前任总裁吉姆·乌沙莫后来谈起,他当时的感受与我完全相同。

"观看《图书里的猫咪》时,看到有一个镜头显示,泰勒在书架之间不停徘徊,四处寻找贝克,我忍不住大哭起来,"他毫不掩饰自己的感情,"我不想再看这部影片了,看了以后心里太难受了。"

我们后来才知道,加里·罗马拍摄影片的过程里,我们不是他最后的采访对象。他在影片拍摄的最后阶段,去过俄亥俄州的加哈纳市,拍摄粉丝俱乐部最新成员咏唱《贝克和泰勒之歌》的镜头。所有的人都身穿 T 恤衫,上面印着"贝克和泰勒粉丝俱乐部"字样,其间穿插着孩子们唱歌的镜头;加里还绘制了卡通形式的猫,它们根据歌词内容做出相应的表演。影片最出彩的部分,是加里在银幕上打出抒情诗句的字幕,以此纪念 1950 年代最著名的指挥家米契·米勒 (1911—2010,美国指挥家、唱片制作人——译者注);当年,这位指挥家设计了一个小球影像,让它随着字幕的每个单词逐个跳动,这样,观众就可以根据这个节奏齐声唱歌。加里仿效了这个方法,用一个毛球影像随着字幕的每个单词逐个跳动,方便观众共同歌唱。

受到人们喜爱的吉祥物已经去世,尽管如此,贝克和泰勒图书批发公司依然做出决定,在广告和市场推广活动中继续采用它们的形象。

"我记得,这完全不成问题,"乌沙莫回忆到,"我们希望,在我们的市场推广活动中,贝克和泰勒的形象仍然保持旺盛的人气。"

两只猫仍然受到人们的喜爱。根据这个情况,公司延伸出一些新的设想。2006 年,他们筹办了一次竞赛,孩子们可以寄去以贝克和泰勒为主题的绘画作品参赛,获奖照片将作为公司年历的画面。

在一段时间里,公司考虑再买两只苏格兰褶耳猫,找一个图书馆负责喂养,不过据我所知,这件事情后来不了了之。尽管如此,公司依然在全县范围内,努力寻找与贝克和泰勒长相相似的猫。2009 年,他们终于找到两只苏格兰褶耳猫,名字分别叫米奇和斯韦茨。按照公司的计划,要安排两次拍摄活动,第一次是它们幼年的时候,第二次是它们成年的时候。

那两件模仿贝克和泰勒形象的服饰,当年穿起来就很费劲,现在,在一年几次的图书馆展销会上,还经常有人穿它,一些社交网站也很快出现大量的相关照片,在一些自拍的照片里,图书馆员站在真人大小的猫模旁,愉快地摆出各种造型。

卡森谷地区仍在不断发展,大量人潮继续涌入,尽管势头有所减弱,至少增幅开始下降。在 2000 年至 2010 年间,当地人口的增幅仅为 14％，也就是增加了 5738 人；1970 年至 2000 年是当地人口急剧增长的时期，道格拉斯县的人口数量，从原来不到 7000 人，飞速增加到41000 余人，增幅接近 600％。政府对土地重新做出划分，很多地方完全改变了模样。假如用布条绑住我的眼睛，把我送到新开发的地方，然后问我这是什么地方，我必须诚实地说，我不知道这是什么地方了。

每次听到这个古老小镇推倒重建的消息，我都格外高兴。最近有一次接电话，我又听到了相关的消息。

"您好。"

"您好。您还好吧？"

我辨认不出电话那头的女性声音，"请问您贵姓？"

"我孙女住在沃肖山谷地区，"那位女性答道，然后报出她拨的电话号码。她拨错一位数字，把电话错打到我家。不过我不介意这个小过失。我们很快聊得热火朝天，我们谈到共同的熟人，谈到卡森谷地区以往质朴的生活方式。

我们聊了近一个小时，才恋恋不舍地互道再见。几星期后，电话铃声再次响起。

"您好。"

"哦。我又拨错电话号码了？"

"确实拨错了，不过没关系。"我说。"最近还好吧？"

我们又聊了一小时。

通话快结束的时候，我建议道："你看，也许我们应该找时间见个面。"她的回答是："好啊，这再好不过了。"

＊ ＊ ＊

2000 年春天，我父亲去世了。朱丽安、马丁和我开车回到加利福尼亚，与家人商量善后事宜。

朱丽安有些担心。"我都想不起来，究竟多长时间没见他们了，"她告诉我，"我能想起来的，就是那些乱糟糟的事情，还有随时发生的争吵。"我也很长时间没见他们了，不知道这次回去，会发生什么事情，尽管如此，我还是尽量安慰着朱丽安。

我们聚在父亲家里，经过协商，每个人都开出清单，确定自己希望得到的那部分遗产。弟弟托尼和我走进卧室，确定了卧室用具的归属。我们尽量保持公平，让每个人都满意。处理完遗产分配问题，我们到户外散步，交流各自的生活情况。遗产分配问题处理得很完美。开车回家的路上，朱丽安告诉我："这样的结果很好。本来就该这样。"

是啊，本来就该这样。说得太好了。在我看来，图书馆就该养猫。我那时意识到，泰勒去世时，即便我还没退休，我也会很快离开图书馆，因为在我的心目里，图书馆和猫已经融为一体，缺一不可。

我知道，很多人和我想法一样。

* * *

费吉尼先生于 2006 年去世。他的侄女克劳迪娅·伯尔托隆发现，他还有几本书没还给图书馆。所以，她把这些图书归拢起来，打算找个时间还给图书馆。

"这是我第一次听别人谈起他。"她说。她还谈到，她从未意识到，在她叔叔的生活里，图书馆和图书馆员具有何等重要的意义。其实这并不足怪。费吉尼先生不喜欢和别人谈论私事，即便面对家人也是如此。克劳迪娅觉得，叔叔发自内心地热爱图书馆和那两只猫，于是，她产生了一个想法。

她记得，他们住在加利福尼亚的时候，叔叔经常给桃树浇水，所

二十

以，为了纪念叔叔，她也想在图书馆门前栽一棵桃树。这没有问题。

不过，克劳迪娅提出了一个条件：她希望把叔叔的骨灰埋在树下。过了几年她告诉我："这样，叔叔就能永远留在图书馆，毕竟，他在这里度过了最快乐的时光。"

后来她得知，政府部门不同意在公共机构里埋葬人体骨灰，因此，她开始考虑第二套方案。

就在同一天，公园管理部门做出安排，为栽种桃树刨出一个大坑。一位图书馆员给克劳迪娅打去电话，告诉她树坑挖好之后，需要放置一个晚上，在第二天负责种树的工人，不知道坑里该放什么。

得知这个消息，克劳迪娅不顾天色已晚，带着年幼的女儿，连夜开车抵达图书馆，赶紧把叔叔的骨灰放到树坑里。

在第二天的植树仪式上，伯尔托隆及其家人，还有很多图书馆员，围着桃树肃然站立，彼此追忆费吉尼先生的生平。她表示："让我们手拉着手，共同为他祈祷，随后，我们吃了一些红甘草。"她感慨到："现在，每次走进图书馆，我都能看到他。每次到图书馆来，我都悲喜交加，图书馆就是他的家。"

费吉尼先生和两只猫还有一个相同之处：他们最终的安息之地，就是被他们视为家园的地方；读者和图书馆员，都是他们的家人。

这两只猫是伟大的平等主义者。不论谁走进图书馆大门，也不论他们需要什么，它们都不在乎。它们需要的，只是人们的关注，是的，贝克希望得到人们更多的关注，它们对所有人都一视同仁，除非有人故意扯它们尾巴，或者一些蹒跚学步的孩子对它们使坏。

贝克和泰勒是我的同事，也是无处不在的伙伴，图书馆就是它们的家。请想一下，这两只猫出生以后，只在饲养员家里住了十一个月，从此以后，图书馆就是它们唯一的家园。它们每天要应对出入图书馆的陌生人，从开始学步的婴儿，到手持拐杖的九旬老人，此外，还有吵闹的计算机噪音,以及每天的喧嚣声和混乱状况。在这样的环境里,很多猫都觉得难受,人当然就更难受了,不过多年来,贝克和泰勒以优雅的神情和无与伦比的魅力,欢迎成千上万的读者来到它们的家园。

* * *

姑且不论好坏,图书馆在不断地变化着。图书馆收到第一张 CD 的时候,所有的人都瞠目结舌,他们不明白,这究竟是一个有点分量的茶杯垫子,还是一个尺寸较小的飞碟。从那时到现在,已经过去了三十多年,图书馆呈现出新的气象。

过去,如果人们寻求帮助,或者寻找社区问题的答案,总是求助于图书馆员,还不懂得使用 Google。这些问题包括:去哪里看一场电影?哪家餐馆的纽约牛排味道最好?社区邻居是一些什么人?等等。

现在的情况就不同了。任何人在任何时候都可以利用网络,查找任何所需信息,纸质信息开始衰败。不过,即时检索结果往往缺乏个人之间的交流,也没有各种趣闻以及社区闲聊;即便使用各种应用软件,也无法获得充满人情味的交流内容。

这种变化在某种程度上影响了图书馆界。现在,复印原始文献和馆际互借的请求数量越来越少,图书馆之间以及图书馆员之间的交流也日益减少。介绍热那亚小镇开拓者斯诺肖·汤姆森的文章,刊登在 1885 年的报纸上。过去,我们只有一份报纸,因此,不论三年级小学生还是成年人,如果希望研究内华达州历史,就一定要阅读这篇文章。在这种情况下,个人之间的非正式交流是必不可少的;现在,尽管图书馆界每年召开年会,图书馆员可以在会议期间进行交流与总结,但是,这毕竟不能弥补非正式交流方式的缺失而带来的

二十

影响。

请不要误解。获取任何形式的信息与知识，永远是我们追求的目标，但是，如果技术进步减少了图书馆员面对面的交流机会，减少了所有人相互交流的机会，那么至少在我看来，技术进步是否真的给我们带来福音，还有待于观察。

我认为，以上论证充分说明，很多图书馆确实有必要聘用一两位猫雇员。充满温暖感觉的互动交流，只能源于图书与猫和谐共处的良好环境，在这一方面，任何智能手机的应用软件都无法与之媲美。猫可以帮助图书馆增进人际互动与交往，以一种自然的方式吸引读者更好地利用图书馆。图书馆员采取多种方式，吸引读者更多地利用图书馆，这总是一件好事。

不过，这只是我的个人看法。

* * *

总结起来，拥有如此丰富的生活经历，我对自己很满意。我希望生活更加绚丽多彩，又有谁不希望这样呢？我真正想做的事情，就是重新回到当初，并且做出适当的调整，也就是说，我要选择性地做出人生规划：用不同的方式去做已经做过的事情，但不会选择其他的生活道路。

我为什么没有学波斯语？

关于这个问题，我要完全怪罪于图书。

在读过的几乎每一本书里，我都能找到与生活对应的东西，就是说，我在小说里读到的事情，总会以特定的方式与我产生共鸣。

图书曾经是一种解脱途径。事实上，它们依然是一种解脱方式。即便你从图书里学到一些东西，这个性质依然不会改变。对我而言，图书就像毒药，我对图书有很强的依赖性，也就是说，我的身边一定要有图书。如果身边没有图书，我会手足无措的。

这像一种强迫症。我热爱阅读的原因之一，是我从图书的每一页里（甚至从图书的每个句子里）都能学到新的东西。我热爱阅读的另一个原因是，在图书的某些篇章里，我能读到对人类优秀品质的描述，这正是我希望拥有的。如果我还不具备这些优秀品质，那么，我希望自己成为具有这些优秀品质的人。当然，有些高贵品质我们可遇而不可求，不过，如果我们努力了，最终还是没有达到目标，我们依然感到满足，对此我们不能过多地抱怨。

我知道，很多图书我还没有读过。很多图书用不同的语言写成。还有很多图书，是我终其一生也读不完的。当然，也有一些图书，我是不想读的。不过我的体会是，一旦开始了阅读，阅读的过程就像一次竞赛。我就是想读完这本图书，不论付出多大代价。

不过，我最喜欢的图书，是那些还没读过的图书。

从另外的角度看，我的大脑从未停止过思考，我觉得很累。经过多年的辛苦劳作，大脑就像船那样，应当驶入一个港湾停下来，休息几个月，对船体做一些修理，清空留在船舱里的积水。

在我的一生里，有一件事情永远不会改变，那就是与动物为伴。从喜欢喝啤酒的杂种狗"小猪"，到山羊"潘恩"，当然，还有贝克和泰勒，都是与我共度人生的动物。图书，还有动物，让我成为现在的我。有些孩子在成长过程里，没有猫狗或者蜥蜴作伴，我为他们感到难过。我的意思是说，如果孩子被剥夺了与动物相互交流的机会，他们又怎么能与同为人类的伙伴友好相处？

贝克和泰勒是伟大的老师。在我晚年的时候，我要感谢这两位猫同事，它们教给我一些重要的人生经验。

它们教给我的第一个人生经验是，要忠实于自己。如果你的天性是每天要睡二十个小时，比如，贝克的天性就是这样，那就踏实地睡吧,不必在乎别人怎么看。泰勒喜欢摆出佛陀的姿势坐着,谁也无法阻拦它,对它来说,这就是最好的生活方式。

第二个人生经验是,不论做什么事情,都要做到最好。如果想睡觉,那就伸出爪子,遮住你的脸,专心致志地睡觉。对泰勒来说,与人类朋友比赛谁先眨眼的游戏,泰勒永远可以保持胜势,因为人类朋友明显缺乏这种能力。

第三个人生经验是,永远不要忘记最重要的人生目标。贝克不断地在图书馆里寻找最温暖的地方,泰勒愿意独自舔干净通道上的每个酸奶杯,除此之外,我不知道它们是否拥有明确的生活目标,不过实际情况是,我从未见到它们动摇过决心,这也激励着我坚定地走自己的生活道路。

抚养两只图书馆之猫,确实占用了我很多时间,但这一切都是值得的。

最后,图书馆是贝克和泰勒的唯一家园,它们是两只快乐的猫。它们热爱人们,图书馆员和读者也热爱它们。

拥有这样的生活,我心满意足。还有比这更加美好的生活吗?

在你所在的图书馆里养一只猫

很多人都希望,自己的图书馆能领养一只猫,不过,他们或许没有想到,无论是领养前的调研,还是领养后的日常照料,都需要投入大量的时间与精力。我们很幸运,领养了贝克和泰勒,我是第一个承认运气因素的人,不过,我们确实做过研究,研究结果让我们确信,这个品种的猫有助于推动图书馆的工作。

我建议,希望在图书馆养猫的任何人,不论是读者还是图书馆员,首先要与图书馆董事会协商,征得他们的同意。如果他们表示同意,那么,有必要确定一些基本规则,比如,猫在哪里睡觉,在哪里吃东西,读者提出抱怨怎么办,谁负担养猫的各项开支,等等。

一种可能性是,并非所有的图书馆都允许猫在馆内随意走动。一些图书馆将猫的活动范围限制在工作室或者密室里。在较为温暖的气候环境里,一些猫甚至全天候地待在户外,它们有专用的户外小型猫舍,图书馆员就在那里给它们喂食,照料它们的起居,猫从不走进图书馆里。

或许,可以先养一些小动物,比如,先养一条鱼或者一只沙鼠,甚至一只小鸟,做一个试验,如果抚养它们没有问题,那么,就可以考虑养一只猫了。至于图书馆是否养狗,尽管我不是动物心理学家,但是在我看来,除非某个图书馆员愿意每天把狗领回家去,否则,养在图书馆里的狗一定不会快乐。

如果你希望做进一步思考,以下建议可供参考:

- ○ 仔细研究猫的品种,某种猫的适应能力更强,性格更温和;
- ○ 领养一只性格温顺的猫;
- ○ 不要领养小猫;
- ○ 如果有人把小猫放在还书槽内,请权衡一下,把它放到别的地方;
- ○ 不要领养流浪猫;
- ○ 确保多人负责照料猫的起居,否则,如果有人度假、请假或者过周末,猫就无人照料了。

致　谢

首先,非常感谢孟德尔媒体集团的司各特·孟德尔先生,他以无与伦比的耐心和优雅的态度,帮助我完成了本书的写作;此外,还要感谢该集团的伊丽莎白·达碧特女士。

其次,在托马斯·邓恩图书公司/圣·马丁出版社方面,我要感谢彼得·约瑟夫、萨莉·梅丽克、丝塔西·伯特、劳拉·克拉克、金柏莉·卢以及琼·希金斯,由于他们的努力,本书得以润色不少。

还要感谢贝克和泰勒图书批发公司的克里斯汀·帕森斯,在他的授权之下,我得以复制贝克和泰勒的招贴画以及照片。感谢CLK转录公司的卡罗尔里·基德先生,他录制了长达几个小时的采访场景。

另外,非常感谢康斯坦丝·亚历山大、克劳迪娅·伯尔托隆-史密斯、查尔斯·克特勒、卡罗尔·纳尔逊、道格拉斯、丹·多伊尔、鲍伯·葛林多、比尔·哈特曼、辛迪·萨德勒·约翰逊、卡罗尔·纳加奥特、玛丽亚·皮尔森、卡罗琳·罗克斯、比莉·莱特米尔、加里·罗马、莱斯丽·克莱姆·特威格、吉姆·乌沙莫以及琳达·威尔逊,感谢他们丰富了猫的生活,也丰富了卡森谷地区的生活。还要感谢多年来在道格拉斯县公共图书馆工作过的历届图书馆员,还有在我任职期间共过事的所有图书馆员。说到这里,我还要诚挚感谢世界各地的图书馆员。

最后,要感谢我的家人:朱丽安,马丁,以及 H. H. 海特,也就是本书提到的"托尼",我的弟弟。

《图书馆里的喵星人》译后感

  作为译者,在翻译完《图书馆里的喵星人》(以下简称《喵星人》)之后,感觉有一些话想说。

  要说起来,《喵星人》一书讲述的内容,与译者本人的生活有着多重的关联。作者简是一位图书馆员,从事图书馆工作四十余年,直至退休;译者也曾经是一位图书馆员,有着长期的图书馆从业经历。相同的从业经历,使译者在翻译过程里自然获得一种亲近感。此外,上世纪八九十年代,译者曾经在某部委从事外文图书的进口工作,在与我们有业务往来的诸多国外书商里,有一家贝克和泰勒图书公司,就是《喵星人》里谈到的那家图书公司,书里那两只著名的猫,就是以该公司的名称分别命名的。记得我们在 1989 年拜访位于纽约的公司总部,负责中国事务的部门经理萨拉·柯玲女士(Sarah Kling)在业务商谈之余,送给我们一个纪念品,这是一个有机玻璃质地的半圆型镇纸,上面印着两只苏格兰折耳猫的图案,模样栩栩如生。经过介绍,我们了解到这两只大名鼎鼎的猫与这家公司的渊源关系,以及它们在全球图书馆界的响亮名声。还有,作者写作《喵星人》时临近退休,成书时已经退休,她在书里谈到了自己退休前后的感受,以及对流逝岁月的怀念与沉思,恰好译者在翻译此书时也临近退休,等到完成翻译,也已经退休,情形十分相似。同样的境遇,使译者对作者的思绪和经历感同身受,仿佛在阅读和撰写自己的生活经历。

《喵星人》是一部风格平实的纪实作品。它讲述了这样的故事:美国内华达州一个小镇上的公共图书馆,为了灭鼠而领养了两只猫。它们来到小镇之后,老鼠望风而逃,灭鼠工作变得可有可无,与此同时,由于两只猫性情友善,憨态可掬,很快受到当地图书馆员、读者和居民的由衷喜爱,成为图书馆的形象大使。在它们的推动下(当然还有其他因素),图书馆成为当地居民的活动中心,更多的人走进了图书馆,从而改变了小镇沉闷而乏味的生活氛围。通过人们的口口相传,以及商业公司的大力助推,它们的影响力不仅扩展到世界各地的图书馆,还扩展到了世界各地的普通公众,成为很多地方家喻户晓的名猫。此外,或许也是更重要的是,作者是从自己的视觉角度描述这一切的,这两只猫成为她个人生活里不可或缺的部分,从某种意义上说,她对猫的往事叙述也是对自己生活的追忆,呈现了一个图书馆员平淡而绕有意义的生活经历。对简而言,这两只猫在很大程度上改变了自己的生活,帮助简找到了属于自己的最美好的生活。

在翻译过程里,译者一直在思考这个问题:宠物猫本来是一种司空见惯的存在,为什么贝克和泰勒会有如此之大的影响力?译者在书里找到的答案是,除了它们本身所具有的魅力之外,它们巨大的影响力主要源自两方面的因素:它们潜移默化地给当地图书馆和社区带来了深刻变化,以及彻底改变了作者简的生活态度和生活状态。它们的影响力通过媒体传播和商业推广得到放大,触动了世界各地人们心灵深处最柔软的一面,激发了他们向往善良和质朴感情的美好愿望,这是贝克和泰勒身处小镇图书馆却赢得世界性声誉的原因所在。

苏格兰折耳猫这个猫种最初在苏格兰被发现,因为基因突变而导致耳朵向前曲折,因此而得名。它们的性情平和而友善。贝克和泰勒也秉承了这种生理特征和性情,并且憨态可掬。作为这个猫种的两个个体,它们当然性格各异,比如,贝克喜欢与人接触,性格有些大大咧咧;泰勒则有些内向敏感,喜欢整洁,喜欢秩序井然的环境。它们常有萌态十足的表现,比如,贝克喜欢四仰八叉地躺在图书馆入口处,期待着每个经过身边的读者抚摸它胖嘟嘟的肚子,一副乐天派的样子;有一次贝克把脑袋套在购物袋里拔不出来,急得它顶着购物袋在图书馆里乱跑一气,逗得大家哈哈大笑。而泰勒打坐的时候,总是摆出一副佛陀姿势,一本正经,令人忍俊不禁,此外,它还酷爱睡觉,一睡起来便鼾声如雷,等等。这两只猫给当地图书馆带来的变化,主要体现在两个方面。首先,它们给原先有些暮气沉沉的图书馆带来一股积极、新鲜的气氛,图书馆员每天都像过节那样,心情愉快地投入工作,其次也是更重要的,是它们吸引了越来越多的当地居民成为图书馆的读者。很多居民最初到图书馆来,只是为了看猫,为了欣赏它们的各种萌态,但是渐渐地,他们养成了经常光顾图书馆的习惯,开始每天都要读点书以增长知识。这两只猫本身固然十分可爱,但是,它们有别于其他宠物猫的地方在于,它们是两只常年生活在公共图书馆里的猫,在图书馆这样的公共服务机构里,它们所有的可爱之处都得到了放大,而且,通过公共图书馆这个平台,它们迅速融入了当地居民的生活环境,在很大程度上改变了他们的生活方式,使他们的生活变得更加健康、更加丰富。

　　在译者看来,本书侧重讲述的,其实是这两只猫如何改变了作者的生活,让她拥有了一种真正属于自己的美好生活。简出生于美国一个普通的家庭,父母经营一座牧场,放养着各种家畜。在这种环境里长大,天天与动物作伴,简对动物有一种天然的喜爱之情。长大之后,在她理想的幸福生活里,动物是不可或缺的。此外,除了喜欢动物,她还疯狂地喜欢读书。

简是一个普通的美国女性,没有接受过系统的高等教育,在参加图书馆工作之前,只能从事一些比较底层的工作,如医院的看护工作等,只是在一个特殊的时期里,由于图书馆行业的求职门槛较低,才有机会幸运地成为一名图书馆员。她与丈夫的婚姻关系,在维系了近二十年后,终于也走到了尽头,她不得不带着两个年幼的孩子,回到父母在内华达州明登小镇的牧场生活。工作的压力、婚姻的失败、经济的拮据和小镇生活的沉闷,令她心灰意冷,万念俱灰。但是,这一切随着贝克和泰勒的到来而开始改变。

这两只猫改变了简的生活,让她变得快乐起来。按照心理学的一般说法,宠物可以帮助人们释放紧张心情,因为动物的内心单纯,它们就像孩子一样,尽管淘气,却依附于人,与人为善,而且萌态十足,招人喜爱。而对于简来说,它们的加入,不仅让自己沉闷的心情变得轻松起来,还让她想起了自己快乐的童年,仿佛又回到了那个无忧无虑的年代。渐渐地,这两只猫成了简生活中不可缺少的伴侣,双方构成了相互依存的密切关系。比如,猫总是希望吸引简的关注,但她需要聚精会神地工作,猫就暗地里观察她的目光,如果观察到她的目光落在一摞图书上,它们就知道,简很快要处理这摞图书,于是,它们就跳到图书上面,赖着不走,以这样的方式迫使简抱一抱它们。在猫的陪伴下,当然还有图书馆这个她最喜欢的环境,简的内心似乎找到了归宿,变得宁静而快乐起来。有一次和弟弟聊天的时候,弟弟突然发现,姐姐居然情不自禁地微笑起来,表明她已经从沉闷低迷的生活状态中走了出来。她在工作中也越来越自信,充满了决断力,处理问题得心应手,真正成了自己生活和工作的主人。

从贝克和泰勒的身上,简也看到了自己生活的影子。随着岁月的流逝,它们步入了猫的老年阶段,开始大量地掉毛,行为有些失控,动作也开始迟缓起来,而简也成了老年妇人,即将临近退休。他们都进入了生命的最后阶段,彼此的亲密相处,让他们产生了同病相怜的感受。贝克由于肺部积水感染,早一步离开了世界,简平静地处理了它的后事,但内心深处的痛楚使她悲伤不已。贝克去世后,泰勒以为它去了别的地方,于是每天在图书馆里四处寻找,寻找过程持续了几个月的时间。拍摄纪录片的记者,专门用镜头记录了泰勒每天在书架之间不知疲倦地寻找贝克的场景,每位看到这一幕的人,都会情不自禁地潸然泪下。没过多久,泰勒也因为身患疾病,跟着离开了这个世界。图书馆董事会后来做出决定,图书馆不再养猫,这意味着图书馆养猫的场景成为绝唱,成为一种无法再现的美好回忆。目睹身边两条生命的逝去,简自然感慨万千。她触景生情,对自己与猫相处的情景,对自己的一生,做出了审视性的回顾,同时,也感觉生命易逝,应当把握自己,让每一天的生活都过得充实而美好。

什么才是美好的生活?简与猫相处的这段经历,对此做出了回答,尽管这个答案只是针对她本人而言,但是我们依然可以借鉴其中的潜在意义。简喜欢读书,在她看来,读书是她脱离世俗、进入美好的理想世界的一个途径,而与猫的相处,让她的心灵回到了童年,获得了宁静和快乐。一个如简这样普通的人,就是以这样的方式,找到了属于自己的幸福生活。她在书的结尾部分这样写到:

"拥有这样的生活,我感到心满意足。还有比这更加美好的生活吗?"

再普通的生活,只要我们赋予它以意义,就是一种有意义的生活。

图书在版编目（CIP）数据

图书馆里的喵星人/[美]简·劳奇,[美]丽萨·罗格克著;苗建华译.—上海:上海三联书店,2018.3
（书店的灯光/段晓楣策划）
ISBN 978－7－5426－6221－7

Ⅰ.①图…　Ⅱ.①简…②丽…③苗…　Ⅲ.①纪实文学－美国－现代　Ⅳ.①I712.55

中国版本图书馆 CIP 数据核字(2018)第 032010 号

图书馆里的喵星人

著　　者 / [美]简·劳奇　[美]丽萨·罗格克
译　　者 / 苗建华

策　　划 / 段晓楣
责任编辑 / 张静乔
装帧设计 / 一本好书
监　　制 / 姚　军
责任校对 / 张大伟

出版发行 / 上海三联书店
　　　　　(201199)中国上海市都市路 4855 号 2 座 10 楼
邮购电话 / 021－22895557
印　　刷 / 上海盛通时代印刷有限公司

版　　次 / 2018 年 3 月第 1 版
印　　次 / 2018 年 3 月第 1 次印刷
开　　本 / 890×1240　1/32
字　　数 / 196 千字
印　　张 / 8.625
书　　号 / ISBN 978－7－5426－6221－7/I · 1377
定　　价 / 45.00 元

敬启读者,如发现本书有印装质量问题,请与印刷厂联系 021－37910000